寺山修司　ぼくの青森ノオト

久慈きみ代

論創社

はじめに――三輪車に乗る少年

列車にて遠く見ている向日葵は少年のふる帽子のごとし　『初期歌篇』
ころがりしカンカン帽を追うごとくふるさとの道駈けて帰らん　『初期歌篇』

寺山修司（一九三五～一九八三）は、活動領域が広い。俳句、短歌、詩、小説、ラジオ、TV、映画、演劇、競馬、作詞、評論、エッセイ、写真、編集、インタビュアー（取材者）と幅広いジャンルに足跡を残し四十七歳で旅立った。寺山修司をとらえようとすると一筋縄では行かない。

この彼の異常にみえる広い芸術活動の世界を理解するにはどうすればよいのだろうか。自分の興味あるジャンルを入り口に、彼の芸術にふれてみることが彼を理解する一番の近道のようだ。が、たとえば短歌を入り口に進んでみると、そのジャンル内での揺れ幅が広く迷うことになる。映画、演劇、写真の分野も同様である。実験映画と長編映画は様相を異にしている。また、前衛劇といわれる寺山劇も、初期、中期、後期とその変化は著しく、ここでも理解に苦しむことになる。

最近の若い人は、「寺山修司」＝おどろおどろしい作品を創る得体の知れない人という先入観を持たず自由に寺山の世界を楽しんでいる。が、年齢が高くなると、さっぱりわけの分からぬ劇だ、この写真はなんだ、と拒否反応を示す人がまだまだ少なくない。

冒頭の短歌はどうだろう。わけの分からぬおどろおどろしい世界と無縁な、瑞々しい映像性に富む短歌ではないだろうか。ところがこんな短歌もある。

旧地主帰りたるあと向日葵は斧の一撃待つほどの　黄「法医学─犬神」『田園に死す』
地球儀の陽のあたらざる裏がはにわれ在り一人青ざめながら
「変身─新・病草紙」『田園に死す』

寺山修司の世界は、どこから光を当てても一様でなく、妖しくゆれて定め難い。彼の芸術活動の全体像をみようとするとるつぼに嵌り抜け出せないことになる。

人間は分からないことを知りたい動物である。鑑賞者により評価が分れる作品を創る謎に満ちた寺山修司を理解したいと思う。その実態を言葉で結んで、他者と寺山体験の感動を共有したいと考える。

寺山作品には、様々な感動（魅力）がある。なかでも、別世界にみえる日本の古典文学との共通性を感じ、突き動かされることが度々ある。アバンギャルド（前衛芸術）の活動をした人のなんとも言えない、この日本の古典文学への近さは、彼の言葉が作るこの世のリアリティー、真実からくるようだが、今はうまく言葉にできずにいる。

「寺山修司のどこがいいのか、教えてほしい」という質問をよく受ける。年々高まる寺山の評価を前に、自分の感性に不安を感じての質問であろう。私も寺山のどの分野においても斬新な活動を目にして戸惑い、同様な不安を持ち迷い続けている一人である。

この迷いの解決になれば、と寺山修司の青森の少年時代の文芸活動の調査をしてみた。その報告が前著『編集少年 寺山修司』（論創社、二〇一四年八月）である。調査は、作品のみならず、作品の発表媒体である学級新聞や文芸雑誌と彼の関係にもおよんだ。その結果、夥しい作品創作と同時に、文芸同人誌や学校新聞の企画・編集も彼の重要な文芸活動の場であることがみえてきた。

寺山修司の姿は、まるで三輪車を一心にこぐ子供のようであった。詩を作ると詩論を、短歌を詠むと短歌論を、俳句を詠むと俳句論をものすという具合で活動していた。加えて作品発表の媒体の企画・発行もこなしている。つまり、作品の、創作、理論、発表媒体の企画・発行という三つの領域の車輪を付けた三輪車に乗り、一心にペダルをこぎ、ハンドルを操作し前進する姿である。少年期に確立したこの「三輪車をこぐ」スタイルは、創作の場で生涯変わることなく続けられていたとみえる。

本著では、前著でその存在が明らかにできずにいた資料の収録をした。第一章『黎明』『はまべ』、第二章「魚類の薔薇」「ガラスの髭」がそれである。第一章では三論車をみごとにこいだ結晶のような自撰歌集『咲耶姫』（中学時代の短歌集）を全歌収録し、この歌集の持つ意義にふれた。

第三・四章では、やはり前著で気にかかりながら調査できずにいた「牧羊神」にふれた。「牧羊神」についてはすでにすぐれた考察があり、屋上屋を架すところであるが、筆者なりに読み解いてみた。第三章では、「牧羊神」の命名、概要について、第四章では、活動内容、創作論、俳句革命や結社論についてふれた。俳句の初出や句歴を示し、寺山が俳句をあちらこちらの雑誌へ持ち回す様子や、なぜこれほど作品を持ち回したのか、その理由を考えてみた。

第五章では、「青年俳句」に発表した「カルネ」・「新しき血」と「五月の詩—序詞」『われに五月を』が「俳句との別れ」を述べた同趣旨の作品であることを説いた。第四章で明らかにした寺山修司の「まとめの定番スタイル」を援用した試論である。

終章では、第一章から第五章の考察を踏まえ、寺山修司と故郷について考えてみた。『寺山修司全歌集』と『続・書を捨てよ町へ出よう』の刊行目的を探る過程で、彼の故郷への思いをみた。この章の考察も第五章同様に「まとめの定番スタイル」を援用し無関係にみえる両著が対の作品であるという結論に至った。自撰句集『べにがに』（高校一年時の俳句集）を「寺山と故郷」いう文脈の中で読む意義を考え、この章に全句収録した。

本著は、単行本未収録作品や目にふれる機会のない作品の紹介を旨とした。紹介した資料から、寺山修司の作品創作を支える理念が「シュウルリアリズム」論であることがみえた。それは少年期無意識に実践されていたが、青年期になると芸術理論の学びにより確固たるものにしていく寺山の理論好きな姿が浮かんだ。芸術活動のあり様は、「三輪車をこぐ」スタイルであり、十代に確立したこともみえた。

調査対象は、前著『編集少年寺山修司』からさらに時間を広げ、中学卒業時から二十一歳頃までとした。作品でいえば「俳句との別れ」『青年俳句』、第一作品集『われに五月を』（一九五七（昭和三十二）年）までとなる。

本著が、寺山芸術の過激な表層の裏からせり出す人間の持つ美しさのあり様や、寺山が命を賭して目指した前衛芸術活動の核となるものを、多少なりとも探り得ていれば幸いである。寺山修司を総合的に理解する一歩になることを願っている。

寺山修司 ぼくの青森ノオト　目次

凡　例

一、本著で引用する寺山修司の作品は、表記は改めず以下に示すようにそのまま引用した。

・旧仮名、旧漢字、促音、拗音の表記も原則改めず引用。
例「チエホフ祭」は、発表時の旧仮名表記に従った。「花がいつぱい入つた」→促音拗音表も発表時の表記に従った。

・繰り返し記号の使用も寺山修司の表記に従った。

一、「その一」、「其の二」などの表記の相違、固有名詞等における新旧漢字による表記の相違は、統一せず引用資料の表記に従った。

一、引用した寺山修司の童話、詩、短歌、俳句などのレイアウトは、スペースの関係等で、行間を詰めるなどの変更が加えられている。

一、引用作品中で使用されている括弧記号は、そのまま使用し、原則変更を加えなかった。

一、本著における書籍の括弧の使用は以下のようにした。
単行本、月刊、年間刊行雑誌は『　』、同人誌、学校新聞等は「　」を使用。

一、紙や印刷の劣化により判読不可能な文字は、空欄等でその都度明記した。

一、引用した作品には、人権擁護の見地から不適切な語句や表現もあるが、時代背景を鑑みて引用資料に従った。

第一章　姿をみせた文芸雑誌『黎明』『はまべ』と『咲耶姫』『青蛾』について

1　『咲耶姫』殉情歌集

本章で紹介する文芸雑誌の発行順は、『黎明』（中学二年）『はまべ』（中学三年）『咲耶姫』（高校一年春）『青蛾』（高校一年秋）となるが、最初に、寺山修司の第一歌集ともいえる『咲耶姫』―殉情歌集を紹介したい。

この歌集の所蔵者は、寺山修司と中高時代に文芸活動を共にした特別な友人の京武久美《きょうぶひさよし》である。京武は『文芸あおもり一四一号』（一九九四年七月三十一日）に「たわむれ」を除きこの歌集を公表した。鮮やかなターコイズブルーの表紙の歌集は、寺山修司生誕〇〇年、没後〇〇年と銘打った企画展、特別展で必ず展示され、見学者に人気の作品である。しかし、会場でじっくり短歌を読むことはできず、特別展の図録に短歌が収録されることもない。そこで、今回全歌四十五首を収載し、この歌集が持つ意義を考えてみたい。表記は寺山の原表記を尊重して、上の句と下の句を分けた二行書きにした。一箇所ある振り仮名も彼が付したものである。作品に筆者が手を加えた箇所はない。筆者の注は（　）に入れ、その都度明記した。

歌集発行の日付は、昭和二十六年五月二十六日。自筆ペン書き自撰私家集である（図1〜4）。歌集にみる四十五首は、青森市立野脇中学校三年時に発表した一首を除き新作である。新作を揃えた歌集は寺山には珍しい。つまり、寺山は、中学卒業時の三月末から二ヶ月ほどの間で歌を詠み、手の込んだ装丁の歌集を高校一年の五月に完成させた。そして、何かあれば、「京武に会いたい」「京武はどうしている」と記す特別の友に謹呈した。筆者は二十年ほど前に京武久美から、白黒のコピー版を頂いた。当初この歌集はガリ版刷りであるとみていたが、青森県近代文学館で開催された没後二十五年の特別企画展「寺山修司孤独な少年ジャーナリストからの出発」（二〇〇八年五月）の折に実物を手にして、自筆ペン書きであると知った。「えっ、手書きだったのですね」と学芸員の佐々木朋子さんと目を見合わせた。少年寺山の歌集作りの熱意と、唯一無二の歌集を無二の親友に手渡す寺山の心に胸を打たれた。

咲耶姫　殉情歌集　　寺山修司

裏山に狐の嫁入りあると言う
　　夕月まろきふるさとの秋
いつしかに恋知る年となりにけり
　　垣の夕べのからたちの花
逢わぬ日は胸に満たらぬ思いあり
　　哀しからずや十六の恋
×××　　　×××　　（筆者注・×××記号は、寺山が段落分けに好んで使用）

鉛筆は　はかなき事を綴るなり
　ふと見入るてはシン折りて見る
逢びきは哀しかりけり雨けむる
　千鳥の町のアカシアの花
カルタ取る君が友染やゝ小さし
　千鳥鳴く夜の片われの月
嘴《クチ》赤き小鳥木の実を食わんとす
　樫の日暮の山道にして
春の雨初恋痛きからたちの
　針のトゲうつ垣の夕ぐれ
あみさしの赤き毛糸の果つるまで
　若きいのちのあこがれの君
手にとれば虹の七色しつとりと
　吸いて哀しきわが涙かな
くしけずる髪に五尺の思いあり
　少女十五で恋知りそめぬ
声あげて泣き泣き泣きて目のつかれ
　庭の小菊は美しきかな
裏庭の日かげに咲ける沈丁花

何思えるや花も恋すや
むき合えど二人語らず夕焼は
たゞ眞赤なり哀しかりけり

たわむれ

名も知らぬ春の小鳥に唄われて
心顫ひし病む少女かも
倉壁の月夜は哀し逢曳の
人の声する花の香のする
友染の赤き模様を佳しと言う
君それだけを言いに来たるや
なぐさみに君と我とを例えたる
空と海とはあわれなるかな
くれないに小さく息ずくローソクの
ほのおの影に夜は静かなり
百合一りん水に浮べて君遊ぶ
びんのほつれのいとほしきかな
この砂の果てに故郷のあるごとく

思いて歩む春の海かな
砂山に夕日沈みて君一人
砂に書く名の人いずこなる
硝子戸に夕焼映えて腕白の
子供の笛の哀しかりけり

かの瞳

黒髪をとけば清水にやわらかき
少女の恋のたゞ美しきかな
おどろきの鳩の赤目のごとくして
君何言わん告白のあと
六月の雲に涙を流しつゝ
捨てゝまた摘むタンポヽの花
窓越しに病める少女のピアノひく
姿哀しきアネモネの花
思ひ出の痛さに泣きて砂山の
千鳥数えぬ春のゆうぐれ
折鶴は紙の鳥ゆえ命なし
（筆者注・野脇中学校三年時の旧作）

岩木に残る夕やけの色
フリージャは風に吹かれて折れんばかり
なぜ強からぬ…みにくからぬ
からたちの白き花びら手にとりて
何か語らん恋は哀しき
二度三度君が玄関往き帰り
こゝろさびしき秋に入りけり
春雨の部屋にこもりてさみしくも
あわれわが歌恋こうる歌
草若葉少女ごころに君思う
心知らじな石楠の花
月の夜は狐踊ると人に聞き
出でし四月の村の道かな
雪深し君が手袋作るとて
千鳥鳴く夜を毛糸使ひぬ
羊の毛さすれば春の匂する
小高き丘の松の木の下

夕べの唄

垣越えて合歓の白花咲きにけり
　恋知りそめし初春にして
海近き墓地に名のなき墓あらば
　乙女の墓と花置きにけり
鈴蘭の白きつりがね見せんとて
　君連れて来し山の二里かな
片恋の花の垣根のわがこゝろ
　泣かじ笑わじ君を得るまで
十六の百合のつぼねの恋ごころ
　神さえ知らじわが思う人
若さゆえ哀しき恋を君知らぬ
　南の海の春のあけぼの
夢多き歌を作りて時雨る夜を
　一人すごせる病む少女かも
眞白き時計台今二時を打つ
　杉の木陰の逢びきの時

寺山修司の歌人デビューは、一九五四年（昭和二十九年）十一月、第2回『短歌研究』五十首応募作品）「チエホフ祭」で特選を受賞したことによる。が、少年時のこの歌集に託した熱い想いを汲むと、これこそ寺山修司の歌人スタート、第一歌集と呼んであげたくなる。『咲耶姫』の評価は低く、習作レベルでみるべき歌がない、というのが大方の見解であり注目されずあった。はたしてそうであろうか。

四十五首を全歌引用した。歌の良し悪しを別にして不思議な風景がみえてくる。これから中学時代の文芸雑誌『黎明』、『はまべ』とみていくが、中学時代の寺山の作品のテーマは「父」「母」「故郷」である。ところがこの歌集からは、それらの言葉はみえない。こだわりの強い「故郷」も二語のみである。では、彼は何をテーマにしたのか。この歌集のテーマは、どうも初恋のようだ。

「母」や「父」、「友」や「故郷」にかわり花の名前が目立つ。たとえば、からたち（三首）、百合（二首）、アカシア、小菊、沈丁花、タンポポ、アネモネ、フリージャ、石楠花、合歓の白花、鈴蘭といった具合である。花の名に託して、少女との初恋物語を創作して詠う。「たわむれ」「かの瞳」「夕べの唄」という小題も、少年の恋のあわい妄想を助けるに充分な言説として機能している。切ない初恋物語の歌集を編む目的で『咲耶姫』を作ったと考えてよいだろう。

「母」「父」「故郷」の他にもこの歌集から消し去られた風景がある。野脇中学校三年の夏休みに発行した文芸雑誌『白鳥』にみる風景である。

肺病の子にもらいたる青に透く玉に映りしふるさとの家
夕映の校舎の窓にもたれつゝハーモニカ吹く知らぬ師もあり

二年前落語かたりてわらわせし友肺病で　延学と聞く
友は皆卒業終えて巣立てどもかの白痴あり我と語りぬ
校門の前のいちょうの古木さえいづこ去りしか形とゞめず
一列の前の五番の我椅子に今座れりという片目ありしも

右に引いた歌は、『咲耶姫』の半年ほど前に発行された『白鳥』にみる短歌である。病的な精神を感じさせる歌が並ぶ。一人、叔父の家に残された寺山の精神がぎりぎりの状態であった反映であろうが、まさにロートレアモンを彷彿させる歌である。ロートレアモンに出会う前に、すでに彼はロートレアモン的な中学生であったといえる歌群である。なぜ寺山は、これらの風景を消し去ったのだろうか。

『咲耶姫』が、一流の歌人になる夢の実現にむけた歌集であったからであろう。寺山には根拠のない夢ではなかった。中学卒業時の野脇中學校新聞第五號「和歌コーナー」には、寺山短歌のみが十二首掲載された。それらの歌は、啄木、白秋、晶子の模倣歌であるが、一人選ばれた栄光のために中学生の彼は歌人になれると錯覚した節がある。

『咲耶姫』殉情歌集の歌集名がどのような想いで選ばれたのか定かではないが、なかなかの歌集名であろう。『咲耶姫』は『日本書紀』『古事記』の神話「木花咲耶姫」からの引用であり、ニニギノ命とコノハナサクヤ姫の恋物語を響かせた歌集名である。また「難波津に咲くやこの花 冬ごもり今は春べと咲くやこの花」は、歌の父とも母とも言い伝えられ、手習いをする人が真っ先に習った歌である」(「古今集の仮名序」)とされる。寺山の『咲耶姫』がこれらの情報を踏まえての着想とすれば、寺山のこの歌集に込めた思いは並々ならぬものであったろう。

　このような『咲耶姫』という歌集名から推測するに、「和歌コーナー」の十二首単独掲載の名誉が歌人になれるという自信を生み、和歌づくりに精進させた。それにふさわしい歌集名を選択し、誇らしさの中で、創作と製本に励んだ結晶がこの歌集ではなかったろうか。

　この歌集について、「チエホフ祭」の源流になる秀歌はみられないという指摘（小菅麻起子「チエ《ママ》ホフ祭の源流」『初期寺山修司研究』（翰林書房））に賛同しつつも、『咲耶姫』が寺山の芸術活動の基本のスタイルを知る貴重な資料であることは指摘しておきたい。つまり、寺山の作品創作が言葉の世界から入っていくこと、と同時に、作品を発表する媒体も自前で用意すること、その上に理論の学びが重ねられるというスタイルであることを我々に示している。

『咲耶姫』発行後、高校一年の夏からは周知のように俳句に熱中する。しかし、短歌も諦めてはいなかった。当時の彼の俳句と短歌が分かち難く共存している様子をみると、『咲耶姫』にみる歌人になろうとする夢と、花の図鑑を観て詠んだ失敗作への無念さが常に心から離れずにあったと考えられる。短歌へのこだわりが分かち難さを生む原因とみえる。

　一九五一年（昭和二十六年）五月の『咲耶姫』刊行から一九五四（昭和二十九）年八月「チエホフ祭」の特選受賞までの寺山短歌を「東奥日報」新聞や「青森よみうり文芸」欄（読売新聞）をみると、俳句に熱中期であるが短歌の創作にも励み、投稿している。短歌と俳句が分かち難く共存していることも確認できる。

　まず「東奥日報」新聞への投稿歌と「青森よみうり文芸」欄から引用してみた。「青森よみうり文芸」欄からの引用歌には、㋵と付した。筆者の解説は〈筆者評〉として記した。【　】内の歌は

「チエホフ祭」特選受賞歌である。

昭和二十六年（高校一年）

朝の道にいちようは金の鳥に似し若葉ふらして立ち並びけり
なの花の咲ける畑の月の出に病める子のふくハーモニカの音
積わらに寝て雲見ればたくましう父の声する風の中より
線香花火を胸にともして病院のほの暗き中庭に一人いるかも
母を入れて風呂焚きおればふるさとの空澄ませつつジエット機の飛ぶ

〈筆者評〉第三首目の短歌は、俳句「麦わらに父の声する風の中より」と選者に誤読され、そのまま俳句全集に収録された。それほど短歌と俳句が接近していたことを示す例である。投稿歌には、消し去った『白鳥』にみる病的な精神を感じさせる歌や晶子調の歌とさまざま並ぶ。寺山が創作に苦しんでいた証しであろう。

昭和二十七年（高校二年）

今年こそは癒えむといえる友の目に光あるのをたしかめて来し
芒野の芒は花穂たちそろへみな一面にわれより高し

夢にさめて朝となりたり病室に一番列車の行く音きこゆ
音たてて墓穴深く母の棺おろされしとき母目覚めずや
【音たてて墓穴深く父の棺下ろさるゝ時父目覚めずや】
古びたる碗と枯れたる花ありて父の墓標はわが高さなる
【向日葵は枯れつつ花を捧げをり父の墓標はわれより低し】
校庭にポプラそよぎて移りゆく師にわれらみな校歌うたひぬ
ⓨ朝はやき教室の窓みな開けて鐘のなるまで読書せんとす
去りし師が授け残しし素読のこえ師のごとくわれも高く高く読む
母と居てひそかに祝ふ誕生の灯は降る雨に洩れてゐるらし
ミシン踏む母は若葉の窓ひらきときどき庭の子にほほゑめり
くるところまで来て崖を手でささえ髪吹きすぐる迅き風聴く
廃園の枯草ふかく連れだちて来てさりげなく帰る日課よ
暗がりに母の髪油の匂ひして瞳がわたれり戸のすきまより
落葉ふる教会堂の前の店に兎買ひたく見つつかへりぬ

〈筆者評〉最初の三首は『白鳥』にみる病的な歌である。「音たてて」の短歌は新聞投稿時「母」で、「チエホフ祭」では「父」と改稿。「枯野ゆく棺のひとふと目覚めずや」（初出「暖鳥」昭和二十七年二月）の句と分かち難くある。俳句を短歌に引き延ばした例といえる。俳句の「ひと」は「友」（青森県句集第十四輯昭和二十七年十月）「われ」（『花粉航海』昭和五十年一月）と推敲が重ねられる。「古びたる」の歌は、「向日葵は」の歌に改作し「チエホフ祭」へ応募。これらの短歌と類想の俳句に「夕凪や父の墓標はわが高さ」『學燈』（昭和二十七年五月）がある。「廃園の」、「暗がり」、「落ち葉ふる」三首には、おどろおどろしいと言われる前衛短歌の萌芽がみえる。

昭和二十八年（高校三年）

　卒業の唄が耕地にひびききて母のふる鍬はあさくせわしき
㋵なにとなく海に向けたる椅子なれば老いたる兵の来て坐らむか
㋵列車にて遠く見てゐる向日葵は少年が振る帽子のごとし

〈筆者評〉第一首目の短歌は、「卒業歌なれば耕地に母立たす」（青高新聞昭和二十八年三月）との共存が一目瞭然である。「なにとなく」の歌は、戦死した父を想像させる寂しい歌である。昭和二十七年の歌群にもみえるが父の不在による心の傷が透けてみえる。「列車にて」は、改稿なしで「チエホフ祭」応募の特選受賞歌である。また「向日葵」は、寺山がどの花をどのように詠えばよいか、理解した証であろう。

　以上投稿歌をすべて引用してみた。母のやさしい眼差しをみせる「ミシン踏む」のような歌から、のちにみる前衛性の彷彿する歌など幅広く詠っている。俳句との関係の深さもうかがえた。なにより

『咲耶姫』で消した風景の「父」「母」やロートレアモン的短歌を蘇らせている。『咲耶姫』の現実の心境を反映させない図鑑に寄りかかり過ぎた歌の失敗を寺山も自覚していたのであろう。その反省と俳句で培った言語感覚が「チエホフ祭」特選を受賞するレベルの寺山短歌を生んだと考えられる。

寺山修司の瑞々しい青春抒情歌に至るには、『咲耶姫』の花の名の手習い歌が必要であった。ここでの学びは、俳句に熱中しながらも寺山に短歌で何を詠えばよいかを考え続けさせた。現実生活の体験からくる感情を伴わない言葉（花の名）の知識に寄りかかった作品は命が通ったものにならないという失敗体験が糧になり、「列車にて」の歌に至る力をつけた。その結果が「チエホフ祭」特選受賞による歌人デビューであった。後の創作の場でも、この現実と虚構のバランスの匙加減は、活かされたであろう。前著で「寺山修司の言葉は、いつどこで出会っても圧倒的な力に満ちている。俳句や短歌、詩はもとより、映画や演劇の中にあっても彼の言葉は、ある刹那物語の流れを離れ、我々の心奥でくすぶっている意識を引き連れるようにして立ち上がってくる。古びず、無駄がなく、力強い存在感をもった彼の言葉は、大勢の私性を背負って明確なイメージを結ぶ。寺山修司のこの言葉の力はどこからくるのだろうか。知りたいと思う」と述べた。彼の言葉が圧倒的な力を持つ理由は、このような苦い学びの体験が活かされたからであろう。

2 『黎明』（昭和二十五年四月十日発行、図5・図6および《資料1》参照。脱稿三月か。）

これから学級文芸雑誌『黎明』に載る寺山修司の作品を紹介していく。

詩　海の冬

人ッ気のない
　雪一面の浜辺………
そして
　うつとりと引きつけられ
　　いるような
　すごい力
小さい伝馬船だつて
流れて来るゴミだつて《ママ》
　同じようなものだ
一つ波をこえて
　又、次の波がくる
超えた波の中に
　そのすごい雄叫び
　そして今に
　夜がくる

　?.?.?

（筆者注・?は、印刷状況の劣化により判読不能）

ローソクが三こ
悠然（？）と立てゝある。
一本は長くて一本は短かい
一、消えそうに燃えているのは母だ　（筆者注・一、二、は意味不明である）
御らんその色を　黄色く弱はい
母のかほ、音もなく流れゆくロウ
二、そして、長いのはぼくだ
紅色の焔を一面に投げかけ
なをもそのいきをいをたやさぬ
僕―　一本は途中で消えてしまった
死……父なのだ
音もなく寂静その物だ

抒情詩　紫雲英（筆者注・右に引用した題名判読不能の詩の類想詩として、参考までに、「抒情詩　紫雲英」文芸誌『白鳥』（中学三年時昭和二十五年八月発行）を引用する。）

春の小川の夜《ヨ》のおもて
何のあかりか知らねども

　三つともりてほの明き
土手に淋しいものがたり
中の一つはお母さま
　次の一つが私なら
　残る一つはなんとしょう
青い夜霧の川のえの
　夜のかゞみに映ってる
　残る一つは　あけの色

いつか帰ると信じつゝ
淡いあかりをともしつゝ
帰らぬ旅を越えてった
父なる明かりのほのぐらく
なおもあかして
春よりも
次なる春を待つ心

詩　カナリヤ

「待って下さい
　カナリヤさん、
あなたは私のお友達
　たった一人の眞心を
　打ちあけられる
　　　人なのよ
逃げてはいやです。
　　いつまでも
せまい私の手のひらで
　　心の内をかたりませう」
白い五本の手のひらで、
　　逃げるカナリヤ
を《ママ》さえつつ
なげくある日のことでした

俳句　寺山修司三首《ママ》

戸も屋根も冴えて輝く雨上がり
残雪のとけて流れぬ春の道
窓あけて吹きこむ風ぞ春寒し

【解説】
俳句三句は、『増補改訂版寺山修司俳句全集全一巻』（あんず堂一九九九年刊行）に収録済。但し他誌に投句した句歴はみえない。青森の早春を素直に詠んだ句である。

3　『はまべ』（昭和二十六年三月十九日発行、《資料1》参照）

これから『はまべ』に載る寺山修司の作品を紹介していく。

短歌　（筆者注・十五首）

六月の雪に涙をさらしつゝ捨てゝ又つむタンポヽの花
人形を白き指もて遊びいし春の五月の病ありし子
病みて今日友のシケンを思いつゝ窓の机に百合にあそびぬ
下駄を手に渡る線路はヒヤとして使帰えりの山の端の月

桐一葉散る下ほりて哀しさにほうむるポチよ；；小鳥来て鳴け
将棋さす音のひゞいてシト〳〵と窓辺の雨のうつダリアかな
墓参りかすかにゆれる萩の葉にトンボ一匹秋更けにけり
花摘めば北の香のかすかなる待の岬の汐鳴りの音
思い出の痛さになきて砂山の千鳥数えぬ春の夕ぐれ
（筆者注・『咲耶姫』と重複歌）
逝く秋の磯の浜辺の立つ墓に今も咲けるや矢車の花
函館の砂に腹ばいかすかなる未来思えり夕ぐれの時
もの云わぬ君のはかなる線香のにほいにむせて散るもみじかな
海近くイチョウは金の鳥に似て落ちてゆくなり夕暮の時
二三枚おちてつもってフルサトの背戸の畑に秋はふかみぬ
タソガレの小さき子供の手にありし赤き落葉に晩秋の風

俳句　「春を呼ぶ」
（筆者注・二十句）

綴り糸の青き心や初暦
待春の病む子の折りし鶴十羽
コマまわす子等のまなざし春を呼ぶ
病む妹のこゝろ旅行く絵双六
雪国はまだ春遠いコマ遊び

写真見て父恋う子也春浅き
ふるさとの山の姿や絵双六
切爪や妹が指さす空の果て
ヒヨコ抱いて写真に入りし春日かな
春着縫う心静かに外は雨
雪鬼の取りのこされし月夜かな
小春日や病む子も居たる手毬唄
焼芋の湿気の中なる母の笑
タバコ屋の看板赤きみぞれかな
残菊や障子越しなる琴の音
外套の裏赤き子やカラツ風
すきま風絵本をめくる小部屋かな
母と子の食事まずしきすきま風
病む母やうす桃色の寒卵
破れたる障子貧しき寒の月

【解説】

俳句二十句は、『増補改訂版寺山修司俳句全集全一巻』（あんず堂一九九九年刊行）に収録済。但し他誌に投句した句歴はみえない。なかなかの佳句があるようだが……。

詩　六月

垣根の前に
日ざしをうけて立つていた。

母の日の哀しさを
白い花に秘めて（白いカアネーションに）
いつまでも
空をみていた。

母を診察した
医者が通りかゝると
敵意にもえて石を投げた。（石を打った）

【解説】
詩「六月」は、『秋たちぬ』（岩波書店二〇一四年）では昭和二五・一〇と日付がついて掲載されている。また下段（　）中は『秋立ちぬ』の表記を示す。
『秋立ちぬ』について。B6判ノートに手書きされた寺山修司詩集『秋たちぬ』を原本とし、二〇一四年に、「寺山修司未発表詩集『秋立ちぬ』寺山修司、田中未知編」が岩波書店より出版された。寺山のノート版『秋たちぬ』は、高校二年修了時に作成し、寺山が大切に手元に保管していたものである。ノートの表紙には赤字で「K君へ」とある。K君は、京武久美のことであろう。

みかん

母さんは僕を置いて
帰えつて行つた。

タソガレの桐の木の下で
僕の手に母さんがおいた。
一つのみかんの
黄色の香が
プンと鼻をついた。
母さんは今頃
四っ角のポストを
越えたかしら

金魚

縁日の金魚屋の
ガラスの家で
一生けんめい
踊ったけど
誰も買ってくれないの・・・
私がほんとうは
一番—
きれいなんだけど

踊ったけど
　誰も
買ってくれないの—
　ほんとは
あたいが
一番、きれいなんだけど

（昭和二五・一〇）

【解説】
下段に『秋たちぬ』の表記を示した。記入された日付を参考に推敲過程を推定してみる。詩集『秋立ちぬ』（昭和二十五年十月）の「あたいが」を「はまべ」（昭和二十六年三月）では「私が」に改稿。『秋立ちぬ』の「金魚」が素朴である。『はまべ』では教師の指導が入り標準語に改稿した可能性もあるが、寺山自身の推敲による変更かもしれない。

のれん

しもやけの手に　　（しもやけの赤い手に）
百円札をもつて　　（にぎつて）
入ろうか、止そうかと
考えた。
青いノレンに粉雪が　　（青いのれんに）
チラ〱こぼれる　　（チラリと散つた。）
奉公のヤブイリに　　（やぶいり）
家のない僕なんだもん
えい、入っちゃおう　　（えいつ　入つちやおう）
カタ〱戸をゆすると
粉雪が散って　　（落ちて）
ソバの匂がプンとした。

焼いも　　（やきいも）

粉雪―
粉雪―

道のすみっこ
「焼芋はどうです。
あつたかいですよ。」
「どんな味がするの?。」
「あんた、お父さん　（あんたにおつとさんはおありかい）
おありかい?。」
「うゝん」
「お父さんの息の様に　（おつとさんの息のように暖くてさ）
あたか《ママ》い…
思い出しますよ。」　（思い出しますよおつとさんを）

粉雪―
粉雪―
道のすみっこ。

【解説】
「のれん」、「焼きいも」は、「野脇中學校新聞　第六号」（昭和二十六年三月二十一日発行）にも掲載。下段の（　）に新聞の表記を示した。「野脇中學校新聞　第六號」と『はまべ』の発行日（昭和二十六年三月十九日発行）は近接している。どちらが先と確定することは難しい。『はまべ』では方言を離れスマートに改稿したとみえる。「金魚」と同様に、寺山自身の改稿か、教師の指導による改稿か二通りが考えられる。ともかく寺山修司が常に作品に手を入れ推敲する環境にあり、作品作りに精進していたことがわかる。

童謡　風にのって

ちょうちょうが飛んでた。
春の丘
牛にほっぺたなめられて
昼ねの夢をやぶられた。
おういと呼べば向こうから
一人二人とかけてくる。

ちょうちょうが飛んでた。
春の丘
〇〇が芝生をかけてった。
〇への子供がのっていた。
時計台からだん〳〵と
小さくなってきえてった。

ちょうちょうが飛んでた。
春の丘
口笛吹いて手をくんで
皆歌おう春の詩
青いむこうの○○の

（筆者注・○○は判読不能文学を示す）

『はまべ』について

青森市立野脇中学校三年六組の文化部発行による『はまべ』は、雑誌のエピグラフに林古渓《はやしこけい》作詞の「浜辺の歌」を使用。誌名はこれによったものであろう。誰の提案であったか気になる。何故なら「はまべの」歌詞は、紀貫之《きのつらゆき》『土佐日記』に共通すると言う論文が最近出されたからである。（小野和彦「浜辺の歌「林古渓の原詩の研究および土佐日記との類似」『埼玉大学紀要教育学部』二〇一七年）。

昭和二十九年『二十四の瞳』が上映され、「浜辺の歌」が挿入された。この映画を観た寺山は松井牧歌宛のハガキ（川口29・10・23消印）に「二十四の瞳」には泣かされました、と書いている。寺山修司にふれていると紀貫之の姿が浮かんでくる。二人に共通点があるからだろう。まず、二人は編集者にして歌人、「空」を素材にした作品が多い。二人の「空《ソラ》」は、実景を離れ「クウ」として捉えられている。「はまべ」の歌が持つ貫之の感性に寺山が直感的に魅かれた誌名だろうか、興味が湧く。

また、『伊勢物語』作者に擬せられる紀貫之は和歌を素材に歌物語を編む手法を成功させた大先輩である。寺山の第三歌集『田園に死す』にも、歌物語「新・病草紙」、「新・飢餓草紙」がある。二人の仕事の共通性についての考察は、後日を期したい。

さて、紹介した作品の他に、友人四名と句会を開いた時の席題句も掲載されている。寺山は「手毬」と「切凧」を席題に出す。この席題から寺山の言語感覚が他の友人と較べ抜きん出ていることがわかる。寺山が席題で詠んだ俳句を紹介する。

切凧

切凧を目で追う妹や空の春

教室

教室に帽子わすれし春の凧

手毬

手毬つく妹一人春の凧

春

垣板に猫のもたれる春日かな

ぬかるみ

満員のバスの行方や春の泥

せゝらぎ

せゝらぎの音する様な鯉昇

夕立

夕立に家の恋しい雀かな

卓球

笑う娘や卓球場の百合の花

『黎明』の八句、『はまべ』の「春を呼ぶ」二〇句、席題詠八句は、以後、他の雑誌に投句されていない。当時、俳句に対する熱意が薄かったからであろう。以上これらの雑誌をみる限り中学時代の寺山は、詩、短歌、俳句、童話と、どのジャンルの作品も熟していた。詩と短歌は、俳句以上に熱心であったようにみえる。

図１　自撰私家集『咲耶姫』表紙
（縦 11㎝、横 16㎝。手帳サイズ）

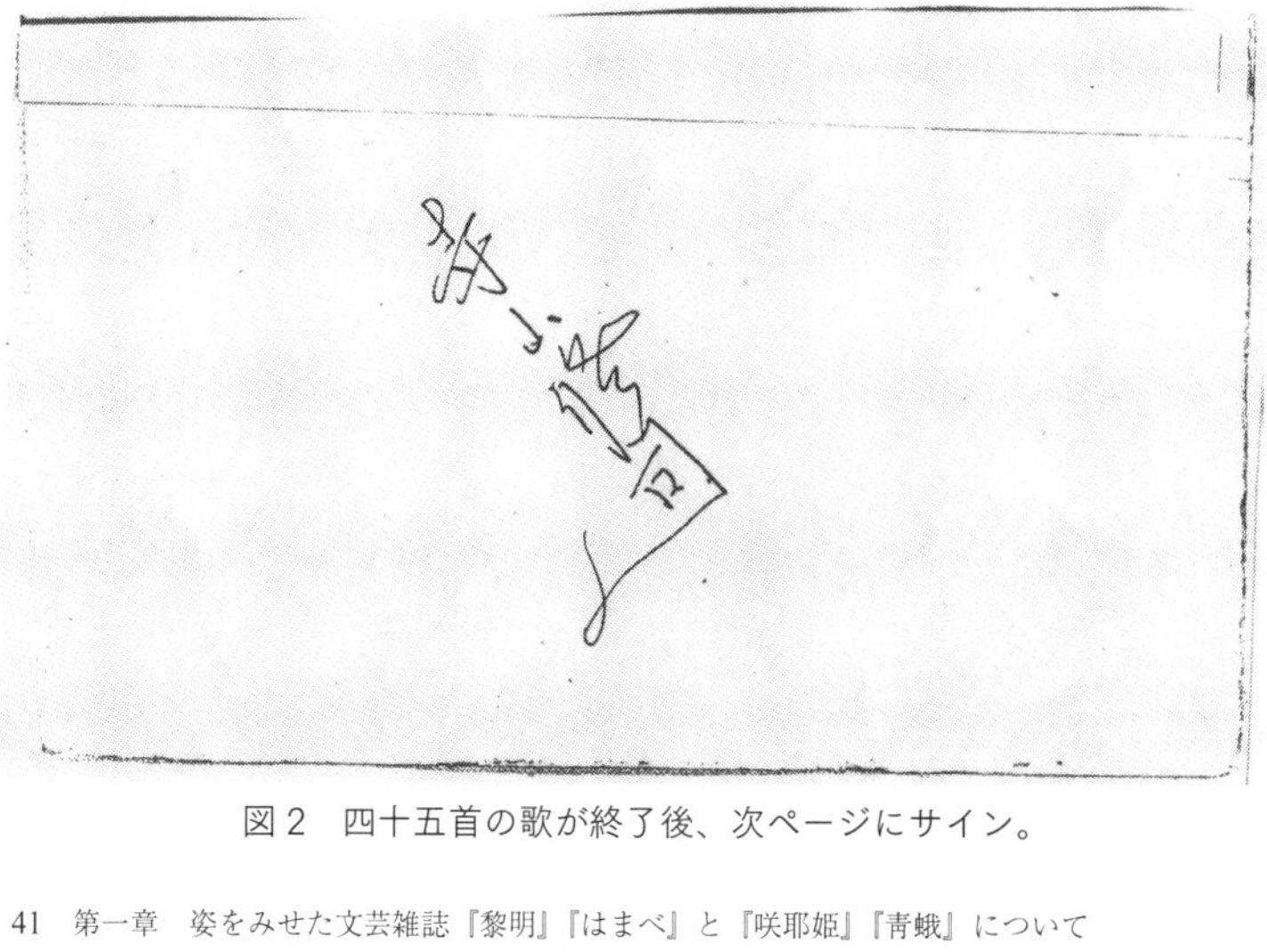

図２　四十五首の歌が終了後、次ページにサイン。

図３　『咲耶姫』裏中表紙

図４　『咲耶姫』裏表紙。製本は鋲止め

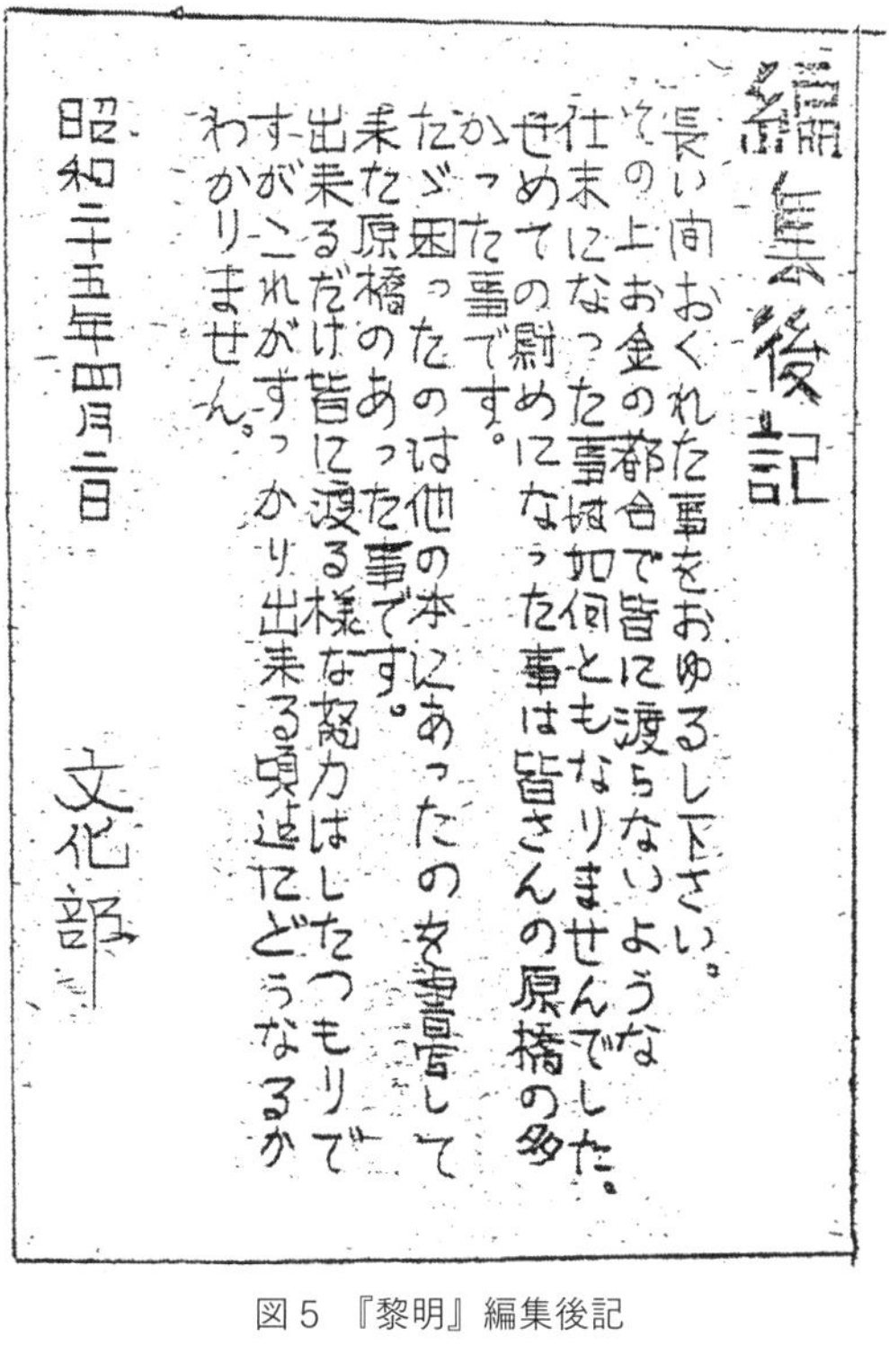

編集後記

長い間おくれた事をおゆるし下さい。その上お金の都合で皆に渡らないような仕末になった事は如何ともなりませんでした。せめての慰めになった事は皆さんの原稿の多かった事です。

ただ困ったのは他の本にあったのを書写して来た原稿のあった事です。

出来るだけ皆に渡る様な努力はしたつもりですがこれがずっかり出来る頃迄にどうなるかわかりません。

昭和二十五年四月二日

文化部

図５ 『黎明』編集後記

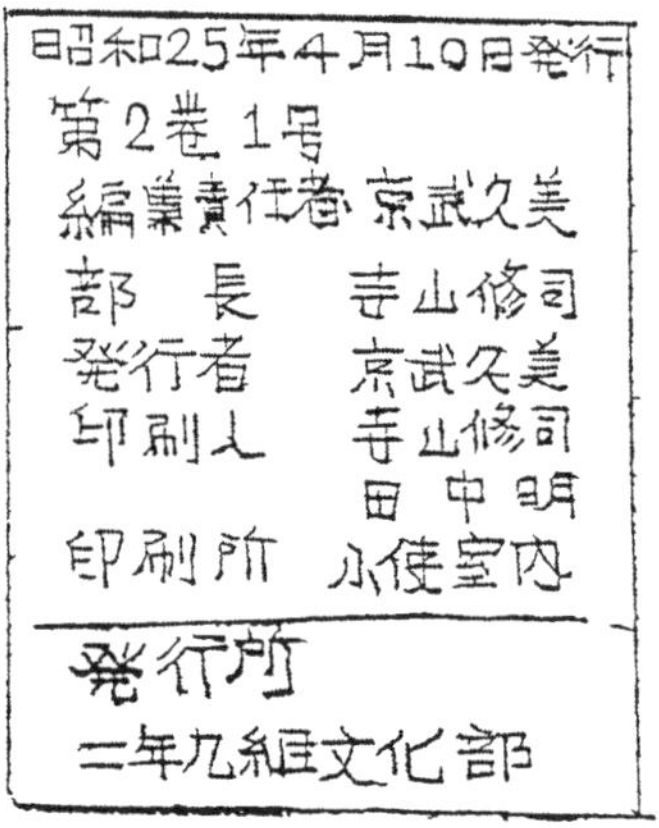
昭和25年4月10日発行
第2巻1号
編集責任者 京武久美
部長 寺山修司
発行者 京武久美
印刷人 寺山修司 田中明
印刷所 小使室内
発行所
二年九組文化部

図6 『黎明』裏表紙奥付
2年9組の文化部発行であることがわかる。印刷所が小使室内とある。

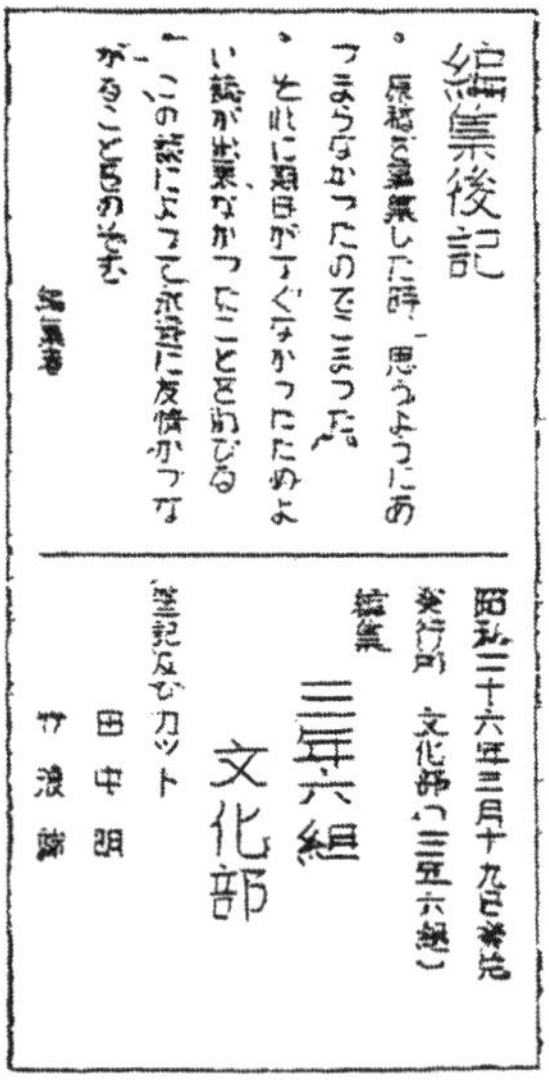
編集後記
・原稿を募集した時、思うようにあつまらなかったのでこまった。
・それに期日がすぐちかったためよい詩が出来なかったことをわびる
・この誌によって永遠に友情がつながることをのぞむ
編集者
昭和二十六年三月十九日発行
発行所 文化部（三年六組）
編集 三年六組 文化部
筆記及びカット
田中明

図7 『はまべ』編集後記

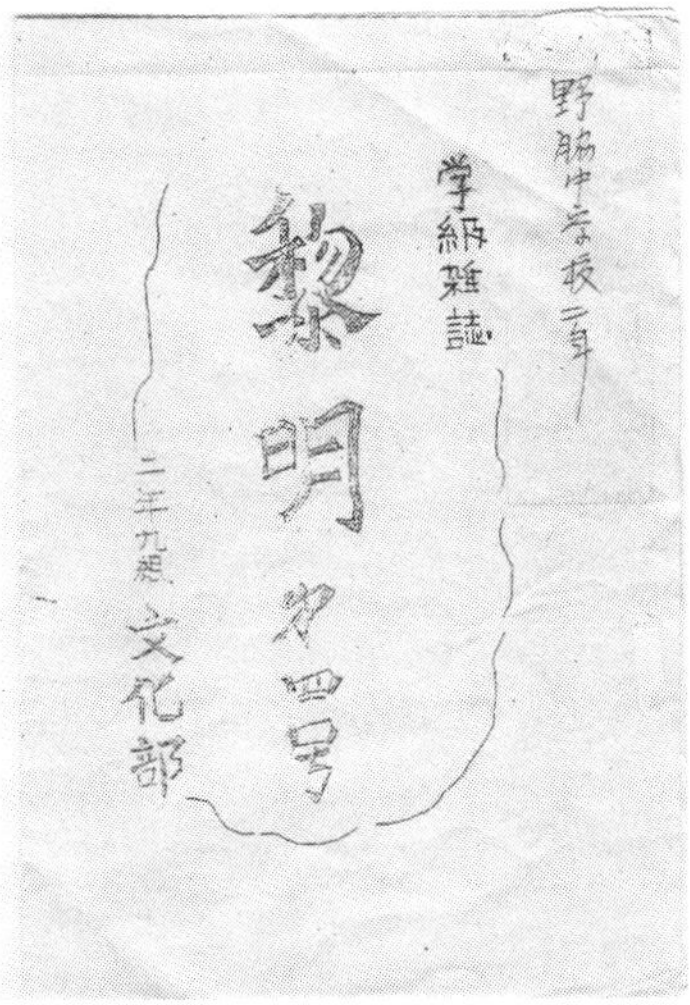

①　京武久美所蔵

《資料1》『黎明』『はまべ』について二種類の文芸雑誌が数年前に姿をみせた。野脇中学校時代の文芸仲間である京武久美氏と大柳マル（旧姓赤田）氏が所蔵していた。ところが、『黎明』に不可解な点があった。京武氏と大柳氏所蔵のものが異なっていた。内容は同じである。③は前年発行した①を元に増刊したものであった。寺山世代の中学生が文芸雑誌の発行に熱意を注いでいたことがわかる。
①『黎明』（縦18cm 横13.5cm）45頁　②『はまべ』（縦25.5cm 横18cm）15頁　③彩色された朝顔の表紙、学級新聞増刊版として再版。

③　大柳マル所蔵

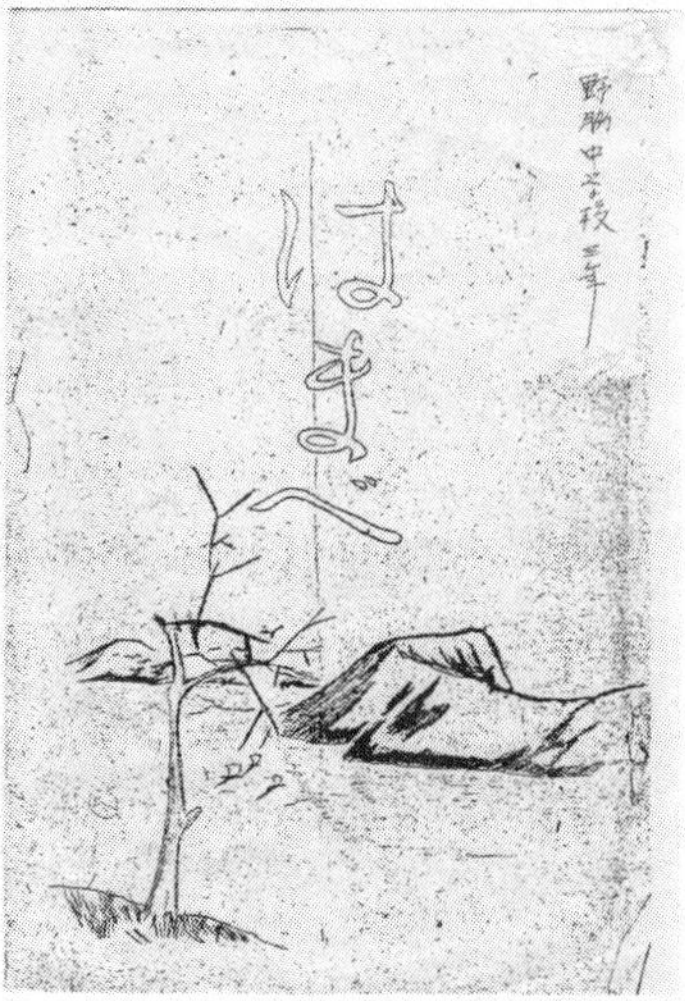

②　京武久美所蔵

4 『青蛾』（昭和二十六年九月三十日発行。図7、8、9参照）

短歌　八月抄　　　　　　　　　　（筆者注・十二首）

夾竹桃咲く校庭のかの窓に　わがくちづけの硝子哀しも
黄昏の菜畑めぐりてほそぼそと病める子が吹くハーモニカの音
顔一杯しゃぼんつけつつ母のこと思う風呂場にこほろぎの鳴く
西海の日の入るかたに鬼住むと母が語りぬ父逝きし日に
硝子戸にういきよう寄りてかなしくも父の勲章は何も語らず
籐椅子に海鳴り近くひびきいてかなしく果てぬ十六の恋
桐の花白く散るなり黄昏に若き生命の相寄りし時
落日のでこぼこ道をさみしくも空馬車ゆけり山赤うして
海鳴りに障子ひたひた鳴りおりて病める母またアルバムを解く
横顔を美しうしてわが母は海のかなたに父住むと言う
ふと思い薔薇に唇おしあてて遠くはるかに雲飛ぶを見ぬ
ふるさとの丘の草吹く春風に幼心は秘めおきしかな

詩　日曜

ひまわりの
のびた庭先に
姉のふむ
ミシンが聞える。

父は
ひるねをしていた。
母は
買物に出ていた。

部屋の中を
ちょうちょうが
とんでも誰も
気ずか《ママ》なかつた。

縁側は
ひとりで暑くなつていた。

はえのねむい羽音と
きびの涼しい葉音………
玄関があいて
「ごめんなさい」……と
声がした。
やがて姉が出て行く。
いつの間にか
馬鈴薯の
白い花陰で
ほろほろと
淡く
虫が鳴いていた。

『青蛾』について

『青蛾』の編集後記（図8）を読むと、この雑誌は先生方の企画、編集、発行であることがわかる。

豪華な「活版印刷」であり、寺山たちが発行していたガリ版印刷とは異なる。発行日は、一九五一年（昭和二十六年）九月三十日。阿倍竜応の鮮やかな緑のフルカラーの表紙であり、編集兼発行責任者は奈良嘉樹となっている。寺山修司、高校一年夏休み明けである。彼の年譜によると、一九五一年の事項欄に「雑誌『青蛾』を発行」（高取英版年譜、守安敏久『寺山修司論―バロックの大世界劇場―国書刊行会）とある。最初の文庫本『寺山修司青春歌集』（角川文庫一九七二年・昭和四十七年一月三十日初版）の年譜に『青蛾』の記載はない。いつから、寺山が発行したことになったのか、不明だが、『青蛾』に「作品が掲載された」と記載するのが正しいようだ。先生方が主導した雑誌でどの程度寺山が編集に関与していたか確かではないが、編集の手伝いをした話がだんだんふくらんだのかもしれない。

一九七五年六月に刊行された『青蛾館』（文藝春秋）のあとがきで寺山は次のように述べている。

『青蛾館』は、「財産目録」から一年ほどおくれて、西日本新聞に連載された。ほとんど同巧異曲エッセイであるが、どっちも私がふだん人に公開したことのない自分の遊戯的な生活、趣味、などについて書いたものである。青蛾というのは、私が青森高校の生徒だった頃に編集していた文芸部の機関誌につけた名である。

目くじらをたてて批判するつもりもないが、彼は「青蛾」という言葉を好んで使う。その出発点がここであるという事情は知っておいた方がよいだろう。また阿部竜応の表紙が気に入ったようである。一九五四年（昭和二十九年）四月に発行した「魚類の薔薇」ＶＯＬ４号の表紙絵は寺山が画いたものだが、『青蛾』の表紙の模倣である。掲載されている短歌や詩は、中学時代の延長で目新しいものはない。参考に、中学二年時の詩「晝《ひる》の一時」を『青蛾』に載る「日曜」の類似詩として引く。

晝の一時

お湯を茶わんにうつして
ゴクゴクと飲む母。
鋤を草でふきながら
時々顔の汗をふく兄
　何もいわないでおにぎりを
　ほをばる弟
むし暑い夏の陽の下の
ホコリ立つ畠の昼である
　皆働いて皆食べる
草の枕に草ぶとん、その上にねて
青空を行く白い雲を仰ぎながら
　まだ復員しない父を想った。
晝の畠の片すみに
虫が淡くホロホロと泣いた

「晝（昼）の一時」は、中学二年、東奥日報の文芸欄に掲載された詩である。三年時に発行した文芸誌『白鳥』（寺山修司編集長）にも寺山は収載した。父は、戦病死、母は九州の芦屋へ出稼ぎに出るという生活環境の中で作られたこの詩は、寺山修司を精神の崩壊から救った。精神学的な分析はできないが、肉親の支えを失い、強い不安感に苛まれて精神を病んだ状態であったことは、当時の短歌からもわかる。

肺病の子にもらいたる青に透く玉に映りしふるさとの家
夕映の校舎の窓にもたれつゝハーモニカ吹く知らぬ師もあり
二年前落語かたりてわらわせし**友肺病で**　延学と聞く
友は皆卒業終えて巣立てどもかの**白痴あり**我と語りぬ
校門の前のいちょうの古木さえいづこ去りしか形とゞめず
一列の前の五番の我椅子に今座れりという**片目ありしも**

（中学三年「母校」『白鳥』より）

これらの短歌は、一人、叔父の家で世話になっている時の歌である。通常な精神の持ち主が可視化できない世界を危険な精神状態にあった寺山の精神が可視化した歌ともみえる。『青蛾』の歌からは寺山が精神の落ち着きを得たことがうかがえる。母の語る父の歌はなかなかよい。寺山は、この頃から詩や短歌から少し距離をおき俳句に熱中して、新しい創作環境へ進んでいくことになる。

少年時代に、私がもっとも熱中したのは俳句を作ることであった。十五歳から十九歳までのあいだに、ノートにしてほぼ十冊、各行にびっしりとかきつらねていった俳句は、日記にかわる『自己形成の記録』なのである。（「次の一句」『青蛾館』より）。

『咲耶姫』と『青蛾』は、孤独な少年を脱皮して新しい「寺山修司」を生むための分岐点であったとみえる。たとえ凡作であろうが、作品を作り続けることで自分の心のバランスを保ち、次なるステップのためのエネルギーの蓄えになったのであろう。寺山修司が凡作かろ抜け出すための創作論の確立については、第四章で詳しく述べる。

5　その他「浪漫飛行」について

寺山修司自撰句集「浪漫句集」昭和二十八年十二月発行、と『寺山修司俳句全集　増補改訂版全一巻』（あんず堂一九九九（平成十一）年五月）に紹介されているが、どうも『べにがに』のような製本された句集として発行されていないようである。但し、昭和二十八年度版『青森高校生徒会誌』に「浪漫飛行［その一］、［其の二］がみえる。その一には、「牧羊神」の同人金子黎子《かねこれいこ》のプロジット「空しくなつた恋の為」というエピグラフがつく。

代表句を引用する。

［その一］

夏井戸や故郷の少女は海知らず
わかれても残るたのしさ花大根

［其の二］
—古びたアルバムには、いつか消えてしまつた友達や恩師の顔がある。その髭とさみしい花束の為に—プロジット。ふたたび。

いまは床屋となりたる友の落葉の詩
口開けて虹見る煙突工の友よ
詩死《ママ》して舞台は閉じぬ冬の鼻

この句集「浪漫飛行」の存在については調査を継続中である。

編集後記

○幾度か暗礁に乗り上げし、我等が機関雑誌も遂に発刊の運びとなつた。我々の微細なる文学活動が、さゝやかながらも実を結んだのである。それ丈に我々の喜びは非常に大きいのである。今後この「青蛾」に如何なる雨風が激しく吹きまくるかも知れない。だが我々の情熱の結晶である「青蛾」を決して死なせてはならないのだ。

○今年始めての活版雑誌であるが、部員外の投稿が大分あつた事は喜ばしい事である。「青蛾」を自他共に誇り得る雑誌にするためには矢張り全校諸君の御協力が必要である。

○しかし種々の事情により発行が遅れたことは申訳ない次才である。

○なお、御多忙の所、旧青中、青高の先輩、北畠八穂、小野正文の両先生から玉稿をたまわり、又阿部竜応先生からは装幀に御協力をたまわり、巻末ながら厚く御礼申上げます。

一九五一年九月二十五日印刷
一九五一年九月三十日発行
編集兼発行責任者　奈良嘉樹
印刷所　船水印刷株式会社
印刷人　船水石蔵
発行所　青高文学部
【非売品】

図8 『青蛾』編集後記

図 9 『青蛾』表紙
表紙裏表紙ともに鮮やかな緑色

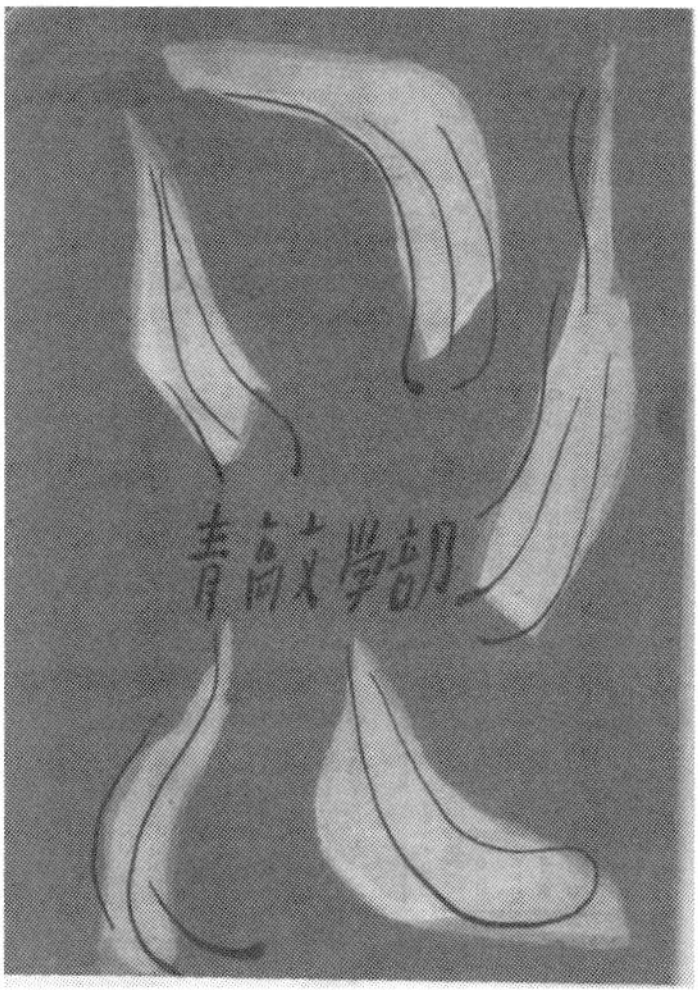

図 10 『青蛾』裏表紙

第二章　同人詩誌「魚類の薔薇」「ガラスの髭」「明星」（単行本未収録）

――シュウル・リアリズムの世界から詩劇への道

この章では寺山修司が高校時代に参加した同人詩誌に載った作品を［解説］を加えて紹介していく。

1　同人詩誌「魚類の薔薇」と寺山修司

「魚類の薔薇」VOL1①

航海日誌②

空はハンカチーフの影の白雲
二等室の号の令嬢《ママ》の不在に鸚鵡は
TABACCO　が欲しかった。五月。
ダイヤモンド手函の中の夏の手紙。
ぼくは鉛筆を失くした。ライスカレエ

の調理室に。ぼくは丸窓から帽子
を捨てた。
その風のうれしい南タンジエルの地図に。

ぼくはかなしいコックです。
令嬢を毒殺しよう。

博士[3]

—DOCTOR—
茶色イ背景ノヒシメク地図。
赤イ note ヲ、ギッシリ抱エテ来タ
古イ背広ハ燕ノヨウニ。
黒イチョッキニ掛ケテ吊ラレタ水晶ノ
懐中時計。
思案。不均斉ナ四角帽子ノ重力。
白イ大理石講堂ノ空ノ椅子。
七世紀前半ノ世界史ヲ内臓《ママ》シテイル。
歩キ去ルトキペンギン鳥ニ似テイタ。

【解説】

（1）「魚類の薔薇」VOL1は、目次、奥付もなく、発行年は不明。シンプルな詩誌である（図6参照）。「魚類の薔薇」VOL3（一九五四年（昭和二十九年）二月一日発行）の編集後記の書き出しに、「『魚類の薔薇』が創刊されてから早くも三ケ月がすぎた。」とある。また「魚類の薔薇」VOL4の表表紙の見返りに「○…本会は十代のモダニストを糾合せんとする意図の下に、昨年十二月に発会された。」とある。これらの記事を基に一九五三年（昭和二十八年）十一月あるいは十二月創刊と推定する。

（2）この「航海日誌」は、自作品や参考作品を書き留めてある寺山の手控えのノートから選び、原稿用紙に清書し、「魚類の薔薇」VOL1に投稿。「ガラスの髭」にも投稿し、掲載される。手控えのノートは何冊かあったようだ。寺山の創作の源となった貴重なこのノートを以降「手控えノート」とよぶ。これらのノートは『いまだ知られざる寺山修司―わが時、その始まり』展（2013年11月26日（火）～2014年1月25日（土）早稲田大学125記念室）で初公開された。上京後に作成された類似のノート「雑萃」は、三沢市寺山修司記念館に常設展示されている。

（3）この「博士」も「航海日誌」同様に、寺山の「手控えノート」から、原稿用紙に清書し投稿、掲載される。

「魚類の薔薇」VOL2④

「魚類の薔薇」VOL3(5)

アンブレラ・リズム(6)

鶯は夜のオペラ歌手。
オペラを帽子に伏せてしまえば
暦がめくれる。
　　—劇場
　—Bar
ステッキはつまらないけれど
バーテンはガラスの髭をつけている
〈ビールを飲みすぎたのね〉
すると黒ン坊がオートバイに乗つて
空から墜ちてくる
いやらしい太陽は笑いころげて
これは不思議な砂漠の曲芸師

墜ちる黒ン坊。さかさのオートバイ
のつぽのサボテンにぶつかると
粉々に消えた。

また暦がめくれる。
お　酔いどれの
馬の紳士よ。

闘牛士[7]

赤いネッカチーフ。
忘却。
焙り肉をめぐる肥満した食欲
内臓《ママ》されたナイトクラブ。

(1)〈闘牛師《ママ》〉「手控えノート」より
赤いネッカチーフ。
焙り肉をめぐる肥満した食欲。
内臓《ママ》されたナイトクラブ

(2)　闘牛師《ママ》「原稿用紙清書」より

赤いネッカチーフ。
忘却。
焙り肉をめぐる肥満した食欲。
内臓《ママ》されたナイトクラブ。

【解説】

（4）「魚類の薔薇」VOL2の所在は不明。調査中。
（5）「魚類の薔薇」VOL3は、以下の奥付の情報等を参照にした。頁数は、12ページ。
・「奥付」発行年月日の記載なし。（筆者注・表表紙に1954・2とメモがある。これが発行年月日であろう）
・発行所　青森高内「魚類の薔薇」会
・編集者　東義方
・印刷所青森市浦町野脇三六　創造社
「作品掲載者：塩谷律子、木崎了、仙賀須義子、近藤昭一、東義方、京武久美、金子黎子、太田洋、寺山修司」と「牧羊神」仲間の名がみえる。
（6）「アンブレラ・リズム」は、『青森高校生徒会誌』昭和二十八年度版三月十六日発行にも掲載。
（7）「闘牛士」も、「手控えノート」(1)から原稿用紙に清書後(2)、「魚類の薔薇」と「ガラスの髭」に投稿し掲載。初出は、(1)の「手控えノート」であろう。清書時の「忘却」の語の挿入により、詩に物語性が増している。さすがな推敲である。

雑誌発行の苦労と文学の意義――【PostScript】（「魚類の薔薇」VOL3編集後記）より引用。

◇「魚類の薔薇」が創刊されてから早くも三カ月がすぎた。今、僕達は反省して見る必要がある。過去の僕達の行動をはつきりと意識に入れてその中から未来への指針を見出さねばならない。

◇何故僕達は「魚類の薔薇」を創刊させねばならなかつたか。この事は何故僕達は詩を書かねばならぬかと云う問題と相通じている。今僕は「……ねばならぬか」と書いたが是の二つの重要な問題は僕達に取つて何の必要性もない。それなのに何故僕達は詩を書く事を止めないのか、果して苦しい思いまでして「魚類の薔薇」を刊行する必要があるのか。

　僕達は未だもとの沈黙の気楽さを忘れてはいない。何もかも投げ出してもとのモクアミに帰りたいなどと思うのもあながち無理とは云い得ないであろう。

◇然し僕達は詩をかくことによつて明らかに僕達自身を他の人と区別している。小さい子供を十二人も抱えて、さびれた悪長屋に住み、保険の勧誘員などをしていてその日を過ごしているような、そんな救《ママ》のないみじめさから逃《ママ》れたために僕達は詩を書いているのかも知れない。未だ何も知らずに手取りでおず〳〵歩いている現在の僕達にも只一つの事だけは判然としている。―詩を書く事によつてより一層人は美しくなり得る！

◇それにしても第三号を出した今僕達は全くつかれ果てた。全ての事が遠い過去の出来事のように。僕達は全くつかれてしまつた。僕達は今まで一人で同時に三つの役割を演じて来たのでようなものだ。――自分の踊りのために自分で笛を吹き、しかも同時にその踊りの出来具合を批評しなければならない事。この無理な役割　僕達をつかれさせたのだろう。今は強力な補助者の出現が望まれる。
◇新人として塩谷律子、小山内明子の両人が同人参加してくれた。然も塩谷律子の作品「偽善者」は登場第一回にして推薦巻頭となった。今後の発展を期待する。
なお、編集会議では金子黎子「果て」木崎了「2月の果物」が「偽善者」に次いで点数を得た。
×××　東義方

東義方の文学論はしっかりしている。敗戦から九年、少年たちが自費で二十頁ほどの同人詩誌を発行する苦労を語るPostScriptを全文引用した。何故、苦労をして詩を書くか、何故「魚類の薔薇」を刊行するか、「―詩を書く事によって、より一層人は美しくなり得る！」からだという。協力者の居ない活動に全く疲れてしまった、全てを自分たちでしなければならない苦しみである。才能のある仲間が出現したのにと。助けてはもらえまいかと絶叫している。この仲間の呼びかけを見過ごしにできず、立ち上がったのが寺山修司である。編集長の【PostScript】における真摯な文学論は、寺山の琴線にふれ、作品を創る意義についても深慮を促したであろう。次号「魚類の薔薇」ＶＯＬ４の寺山の奮闘ぶりをみると明らかである。次号にすすむ前に、もう一例詩誌発行の苦しみを嘆く資料をみたい。寺山たちの[8]「魚類の薔薇」を「東奥日報」新聞の夕刊学芸欄で紹介してもらえまいか、という依頼文（図1）である。「ＶＯＬ３」の表表紙の見返しの空白部に記入して、発行時、東奥日報社に持参したものだろう。

当時の実情がよくわかる。依頼文の日付からは、ＶＯＬ３が二月発行であることがわかる。

【解説】

（8）図1の依頼文は、誰が書き入れ、新聞社に持ち込んだのか不明。筆跡は寺山ではないが、この掲載依頼のアイデアに寺山も参加したと考えて「寺山たち」とする。

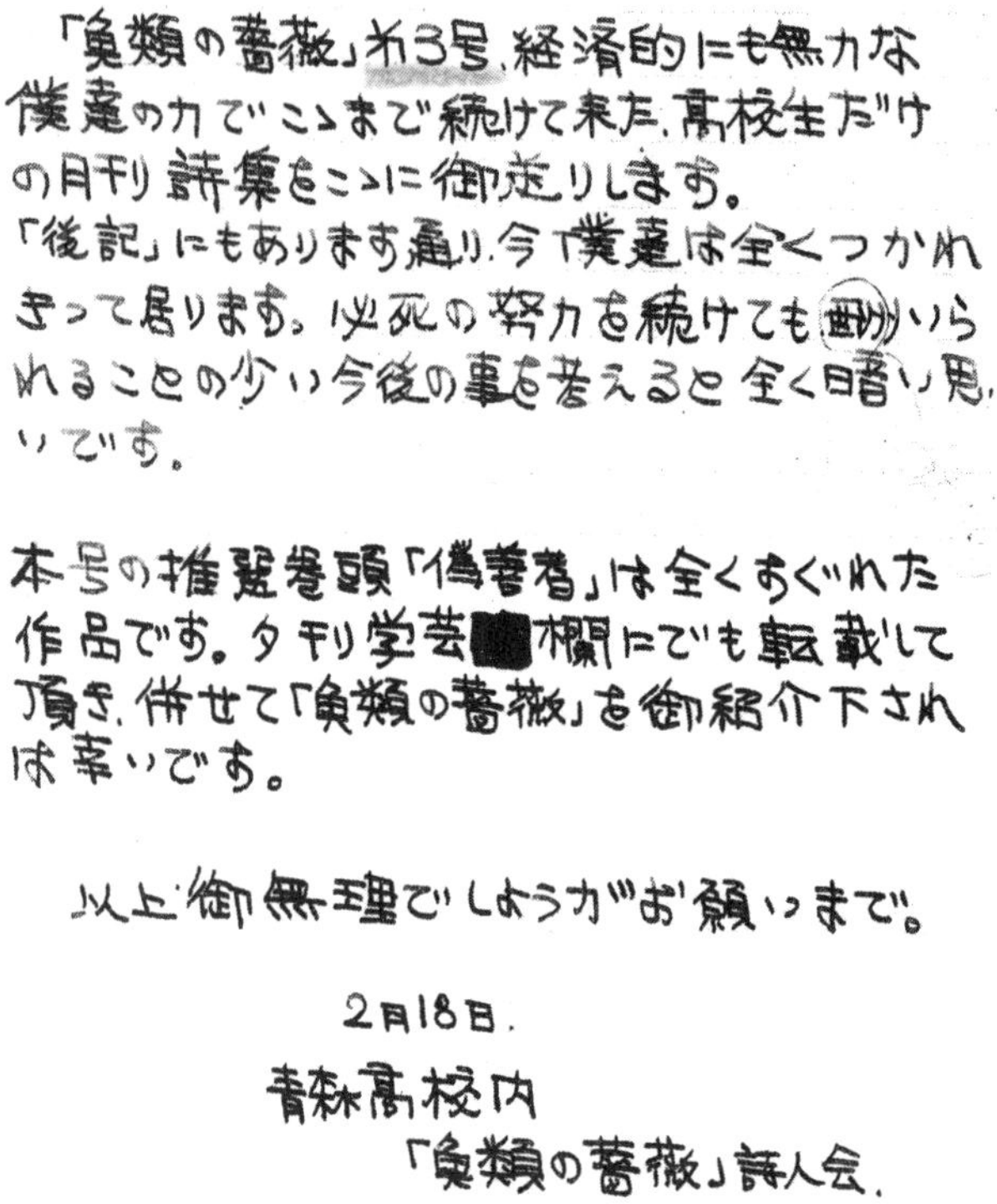
「魚類の薔薇」第3号。経済的にも無力な僕達の力でここまで続けて来た。高校生だけの月刊詩集をここに御送りします。
「後記」にもあります通り。今僕達は全くつかれきって居ります。必死の努力を続けても酬いられることの少い今後の事を考えると全く暗い思いです。

本号の推薦巻頭「偽善者」は全くすぐれた作品です。夕刊学芸[redacted]欄にでも転載して頂き、併せて「魚類の薔薇」を御紹介下されば幸いです。

以上御無理でしょうがお願いまで。

2月18日。
青森高校内
「魚類の薔薇」詩人会。

図１　故新谷ひろし氏寄贈、青森県近代文学館所蔵

「魚類の薔薇」VOL4[9]

樅の木に[10]

ヤガテ向日葵ノ　勲章ヲツケテ帰ルトイヒ、髭ヲ剃ツテ連レテ行カレタ
人ヲ今日モ待ツテイタ。楽器ノ上ニ桜ノ実ガ熟レテ地平線ノドコモガ
故郷デアツタ。
―エ、。本当ニモウ少シデス。

ポカント口ヲ開ケテイタ。足ノ裏ニ茸ガ生エタ。奪ラレタモノヲ待ツ
トキノ、ソレハセイ一杯ノ唄デアロウ。貴婦人ハ薔薇ヲ買ツタ。
秋ナノ。

ヤガテ数冊ノカレンダーガ積マレ、山モスツカリ見アキテカラ、モウ
帰ラナイトイウコトヲ知ツタ。
ソノ頃地面ニ半分根ガオリテ僕ハ樅ノ木デアツタ

涙ガ風船玉ノヨウニフクレテ
桃色ノビルデングガ建ツタ。
　Whg dovit gou believe me, whg, whg,

ア、、樅ノ木ノソノ底抜ケノ慟哭ヲ風ハ聞イタカ。
―父サンヲ還セ。

（四・九）

幸福のパラドックス(11)

グラスの影にある
幸福園の切符　５の彷徨

〈黒ン坊です〉
くさめをしながら穴を掘る
昼の三日月の森にまだおまえは
貝釦を探しあてなかつたのか。

蜥蜴はいつも桃色で、
ジェニイはもう年をとりました。
小鳥だなんてわ
吹かれているわ
吹かれているわ

寺山修司

樅の木に

ヤガテ向日葵ノ馬車ヲツケテ帰ルトイヒ、髭ヲ剃ツテ連レテ行カレタ
人ヲ今日モ待ツテイタ。桑畑ノ上ニ桜ノ実ガ熟レテ地平線ノドコモガ
故郷デアツタ。
――エヽ。本当ニモウ少シデス。

ポカンと口ヲ開ケテイタ。足の裏ニ草ガ生エタ。奪ラレタモノヲ待ツ
トキノ、ソレハセイ一杯ノ唄デアロウ。貴婦人ハ薔薇ヲ買ツタ。
秋ナノ。

ヤガテ数冊ノカレンダーガ積マレ、山モスツカリ見アキテカラ、モウ
帰ラナイトイウコトヲ知ツタ。
ソノ頃地面ニ半分根ガオリテ僕ハ樅ノ木デアツタ

涙ガ風船玉ノヨウニフクレテ
桃色ノビルデングガ建ツタ。
Why dovit you believe me. why. why.
アヽ、樅ノ木ノソノ急抜ケノ微笑ヲ風ハ聴イタカ。
――父サンヲ還セ。

（四・九）

-10-

図２　「魚類の薔薇」VOL4、寺山修司「樅の木に」

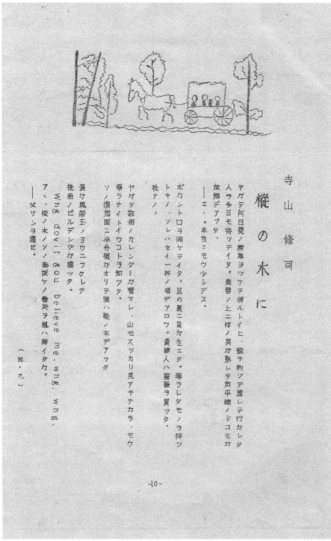

あるいは拒絶された少年。
猟銃を胸にあて、
乙女を聞いている。

あゝ午前の選手交代。
〈もう少し
待つて見よう〉

（四・九）

「魚類の薔薇」VOL4　鼎談「シュウル・リアリズム論」

詩誌「魚類の薔薇」の方針について中心メンバーである寺山修司、東義方、塩谷律子が「シュウ《マ》ル・リ《マ》アリズムについて」鼎談をする。その記録である。詩稿される作品がほぼシュウル・リアリズム化してきたことを受けて、いっそのことシュウル・リアリズムを主唱する詩誌にしたらどうか、が検討された。シュウル・リアリズム以外は認めないことにする意見（塩谷）と、「僕達のシュウル・リアリズムは、モダニズムの中のシュウル・リアリズムなので、モダニズムをも包括して行った方がよい」という意見（東）が出された。結果、東の意見が採用された。この結論に至る過程で、シュウル・リアリズムやモダニズムの定義について白熱した意見が交わされる。以下該当部分を引用したい。

「シュウ《マ》ル・リア《マ》リズムについて」鼎談　寺山修司、東義方、塩谷律子

寺山　「今、塩谷さんの云つた、シュウル・リアリズムの定義ということだけど、それは一寸難しいな。つまり、僕達のシュウル・リアリズムと云うのは説明すれば、喜劇を悲劇に変えようとする一つの試みなんだ。だから、出来上つた作品だけを見れば、非常にきれいごとだけど、深い思想性とか、そういつたものが全然意図されていないようにも見受けられる。けれど、それは、未だ僕達の至らない所なんで、理想とするところは、つまり、現実に存在しているのは悲劇なんだけれど、まず虚構の世界に喜劇を掲げておいて、そこから、虚構の世界を現実に転化させようと云う積りなんだ。だから、僕達のイズムは常に明るくて、決して絶望しない。他の人々は言葉のあそびとでも見るかも知れません。けれど、僕達にして見れば、確固としたひとつのイズムの上に立つて仕事をしているんだから……。」

東　「僕の主張は、それとは又少しちがうんだ。僕は詩について第一番目に考えるのは、詩の美しさという事なんで、美しさのない詩は、詩としての意義がないと思う。それから、根本的なイズムとしては、矢張り今、寺山君の云つた事が、はなはだ要を得ていると思う。人は、誰だつて幸福になろうとして努力しているんで、然し、その努力にも拘らず不幸な人々は、夫々に不幸なんです。それで、不幸な人々が余りにも多いと云うことが現実の悲劇なんでしょう。だから、僕達は一応不幸な人々の側に立つて、それで現実とは正反対の明るい「虚構の場」を形成している。夢と云うものをしつかり把握して置いて、そこから、現実を夢の高さまで引き上げようとする。それが僕達のシュウル・リアリズムなんでしょう。これは余裕的な確に《ママ》甘い考え方ですが、然し、

僕は矢張り、こう云うブルジョア的な美しさを失いたくないなあ。」

塩谷「要するに、シュウル・リアリズムと云うのは、現実を超越したイズムなのではなくて、現実に徹し過ぎたという意味のシュウル・リアリズムなんでしょう。」

寺山 えゝ、勿論ですよ。だから、シュウルの作品でも時には非常に現実の匂いのするものも出て来る。結局、人生と云うもんを客観化してしまつて、重大事件が起つても映画の一コマをでも見ているように取り扱つてしまう。もう人生全体を演技として断定するようなやり方ですね。」

東「然し、そんなに極端でもないですよ。現実と云う立体的な場を上下から押しつぶしただけで、結構シュウル・リアリズムの用は足りるんです。圧縮された現実は、格別歪んで見えるんですが、それが又非常に美しい。その上に更に、普段は見ようと思つても見えなかつた部分が出て来る。こう云うやり方がシュゥル・リアリストとしては常識なんでしょうね。」

塩谷「えゝ。そう云うこともあるんです。だから、こゝではつきりと云つて置かなければいけないことは、シュウル・リアリストと云うのは単なる審美主義者ではないと云う事なんです。このことは、非常に重大なことで、私達にしても、はつきりと宣言して置かなければいけないと思います、私達は、理想の究極に於いて美を求めるのであつて、現実を無視している所か、近《ママ》つて過剰に意識してのシュウルなんですから。」

寺山「僕達は、僕達の究極に於て求めている夢へ（是は美と云つても同じことなんですが）をまず最初に、打ち出してしまつてそれから、現実を導いて行こうとする、云わば逆説的なやり方なんで、是が誤解を受けるんでしょうね。」

寺山や東の言うシュウル・リアリズムは、虚構した喜劇（作品）を現実の悲劇に転化する、現実の悲劇を踏まえ、夢・美の世界（作品）を形成しておいて、現実を形成した夢の高さ（作品のレベル）まで引き上げるというものであった。これを無意識のうちに実践していたのが中学時代の寺山修司であったろう。第一章で紹介した短歌や詩「晝の一時」「日曜」に顕著に表れている。父の戦病死、母の九州への出稼ぎ、という過酷な現実を詠わず、明るい短歌や詩を作成してその世界に救われていた。作文を書かないこともこのような意識の表れであったろう。高校生になり出会ったシュウル・リアリズムの理論は、寺山には現実感のある理論であった。

この鼎談記は、寺山の「同人誌には、作品の発表だけでなく、文芸論も載せるべきだ」という意向をうけて掲載されたものであろう。鼎談における寺山や東の発言からは、作品創作の原理の確立がみえる。寺山の作品創作論の原点はここが出発であると言えよう。

【解説】

（9）「魚類の薔薇」ＶＯＬ４の発行年は昭和二十九年四月一日と奥付にある。頁数は22ページ。図3の「奥付」は、「魚類の薔薇」ＶＯＬ４の裏表紙にある。

編集　塩谷律子　　表紙絵　寺山修司

発行　青森市野脇一東方「魚類の薔薇」会

印刷　鎌田工房　青森市浦町字野脇三七　昭和廿九年四月一日印刷・発行

「後援同人 MEMBER）」は、一頁の表表紙裏に記載。

宮田和子（兵庫）、仙賀須義子（兵庫）、桑畑公（宮崎）、一宝治（京都）、鈴木ゆり（黒石）、中

野誠一（三戸）、樋口高士（新潟）、三谷忠夫（青森）、小泉芙智子（青森）、高木仁郎（青森）、青山辰夫（青森）

「作品掲載者」は、「魚類の薔薇」VOL4最終頁に掲載（図5参照）。東義方、京武久美、木崎了、金子黎子、寺山修司、塩谷律子、樋口勇一、正津房子。中央の詩壇でも注目されるメンバーもいた。

悲痛な「魚類の薔薇」VOL3【PostScript】（編集後記）や掲載「依頼文」が寺山をふるい立たせたのであろう。この号から編集に本格的に取り組んだ。注目すべきは、表紙寺山修司とあることである（図4、5参照）。この表紙の女性画は、第一章で述べた『青蛾』の表紙と酷似している。寺山がいかに『青蛾』魅せられていたかよくわかる。

「─詩を書く事によつてより一層人は美しくなり」得る！（VOL3【PostScript】）という東義方の主張は、寺山の心に響くものであったろう。現実の苦しみを越えられる美、文学にするために、モダニズム論を取り込んだシュウル・リアリズムの理論を深めた号になった。寺山の環境も早稲田大学に入学で変化する。芸術を論ずる仲間も増えたが、これらの文芸雑誌から「寺山修司」になるための重要な季節であることがうかがえる。東義方の影響は見過ごせないだろう。

表表紙の見返しにある「十代のモダニズム詩人へ」と題した文を引用する。

○…本会は十代のモダニストを糾合せんとする意図の下に、昨年十二月に発会された。

○…本会の機関誌としてパンフレット「魚類の薔薇」を月刊している。

○…本会は同人諸君の合議と協力によって運営されるものである。

○…同人は十代のモダニズム詩人であること。それ以外には一切の煩瑣な規約を排除している。

○…同人参加希望者は、「魚類の薔薇」宛　詩稿同封の上申し込むこと。

「魚類の薔薇」詩人会　一九五四・四・一

（10）「樅の木に」は、父の還りを待つ少年の慟哭である。父を亡くした少年により「父還せ」の詩が多数作られた時代であった。社会性のある詩である。

（11）「幸福のパラドックス」は、前衛詩であるが、詩として成功しているとはいえないようだ。しかし、俳句に熱中している一方で、前衛詩にも意欲をみせている。寺山のジャンルを横断した活躍がここにもみえる。

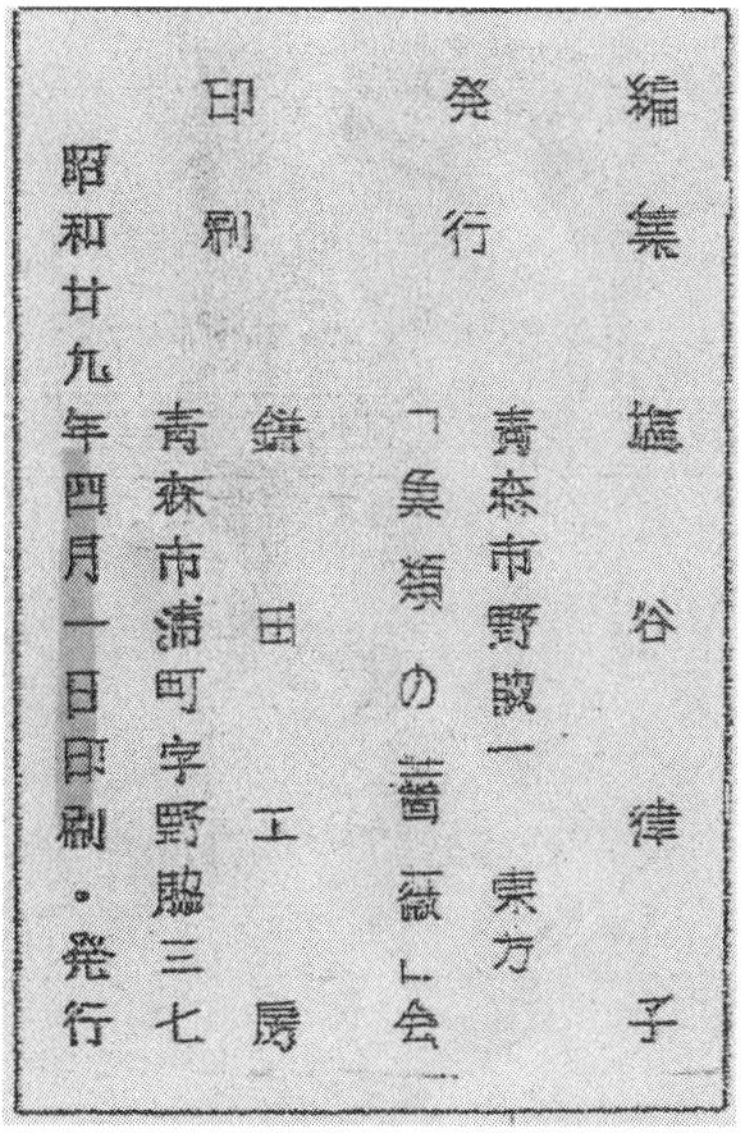
編集　塩谷律子

発行　青森市野脇一　東方
「魚類の薔薇」会

印刷　鎌田工房
青森市浦町字野脇三七

昭和廿九年四月一日印刷・発行

図３　「魚類の薔薇」VOL4 裏表紙奥付

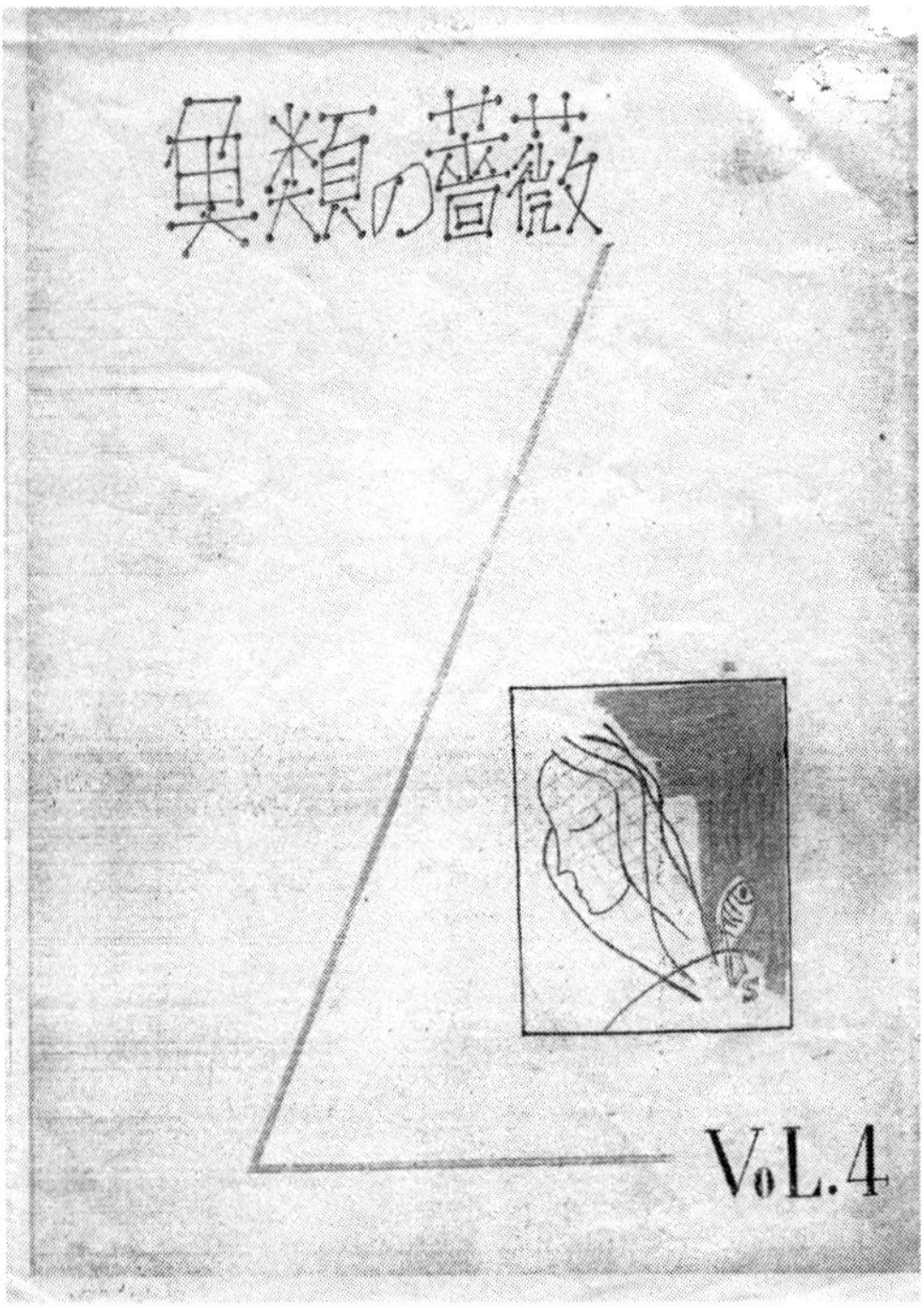

図 4 「魚類の薔薇」VOL4 表紙。寺山修司画（モノクロ）

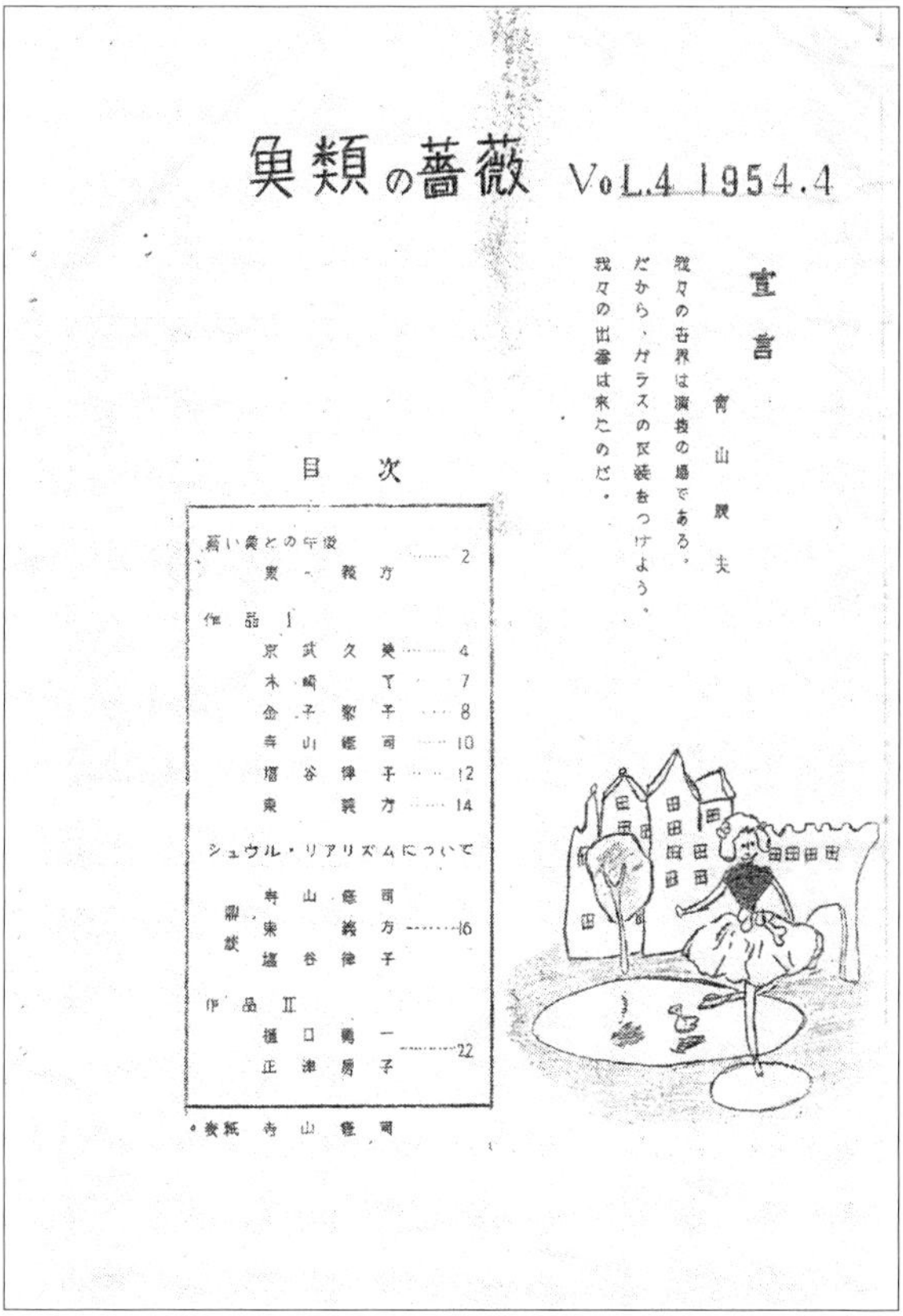

魚類の薔薇　VoL.4 1954.4

宣言

青山賦夫

我々の世界は演技の場である。
だから、ガラスの衣装をつけよう。
我々の出番は来たのだ。

目次

・表紙　寺山修司

図５　「魚類の薔薇」VOL4 最終頁
（表紙　寺山修司）

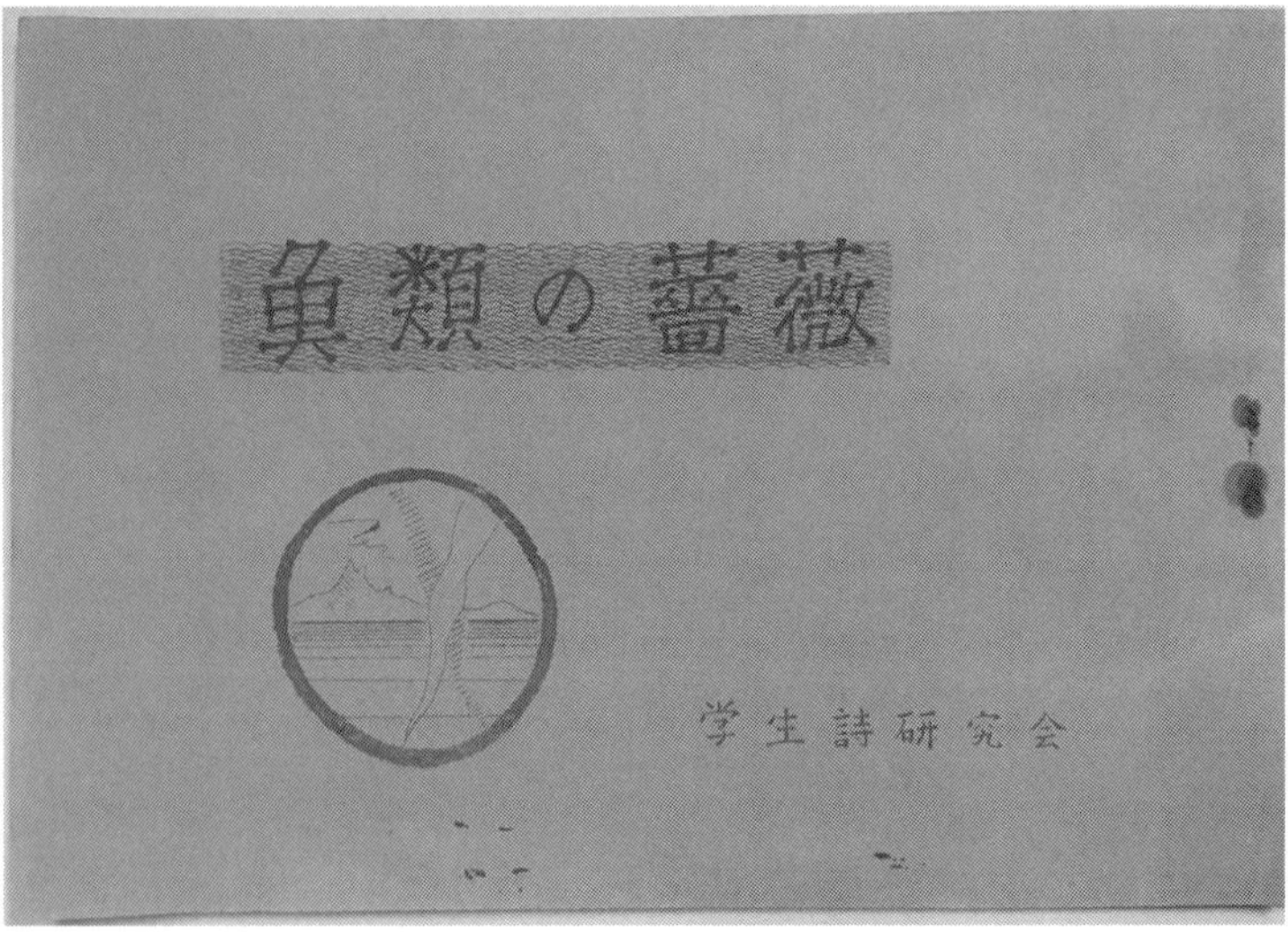

図６　「魚類の薔薇」第一号表紙

2 「ガラスの髭[12]」と寺山修司

航海日誌[13]

空はハンカの影の白雲。
二等室5号の令嬢の不在に鸚鵡は
tabacco が欲しかった。五月。

ダイヤモンド手函の中の夏の手紙。

ぼくは鉛筆を失くした。ライスカレエ
の調理室で。ぼくは丸窓から帽子
を捨てた。その風のうれしい
南タンジエルの地図に。

ぼくはかなしいコックです。
令嬢を毒殺しよう。

俳句『オルガン物語』

オルガンは黄昏の音楽、それは呼声、それは言葉——美明　（エピグラフ）

１〈ランドセルの中〉

櫻の実職員室に時計打つよ

車輪繕ふ地のたんぽゝに頬つけて　（初出句）

２〈けれども母は〉

いまは床屋となりたる友の落葉の詩

花売車どこへ押せども母貧し

母来るべし鉄路に菫咲くまでには

３〈屋根部屋から〉

口開けて虹見る煙突工の友よ

教師恋し校柵に凭せ春の落葉　（「七曜」）

車輪の下はすぐに郷里や溝清水

西行忌あほむけに屋根裏せまし

４〈海のロビイ〉

こゝで逢びき落葉の下に川流れ
野に菫濃し秀才の名もいらじ
帰燕仰ぐ頰いたきまで車窓に凭せ
夏井戸や故郷の少女は海知らず　（初出句）

5〈憧憬写真〉
冬の猟銃忘却かけし遠こだま
卒業歌遠嶺のみ見ることは止めん
母は息もて竈火創るチェホフ忌　（「浪漫飛行」「暖鳥」）

【解説】
(12) 編輯後記と奥付から、文芸誌「ガラスの髭」の概要がわかる（図7参照）。頁数22ページ。青森県高等学校文学連盟の発行。発行日昭和二十九年一月。この号は、青森県立弘前高校が担当校である。
作品の下の（　）内の文は筆者のコメントである。また（初出句）とは、『寺山修司全句集　全一巻』（あんず堂）に未収録句であることを示す。
(13) 「航海日誌」は、前述したように「手控えノート」から原稿用紙に清書し、「魚類の薔薇」VOL1号に投稿。推敲を施し「ガラスの髭」に再投稿したようである。完成稿が「ガラスの髭」であろうか。両者の違いを示す。

編輯後記

機関誌というものは大抵作品の発表誌であるが、この様な連盟のものとなると、作品よりはむしろ各校の連絡、情報交換の比重が大きくなるべきではなかろうか？それは、別に会報で、出すというのならば話は別。完全な文芸誌に育てましよう。

〃ガラスの髭〃は、多く、詩と短時型のものに偏った。これは、予算の関係にもよるが、集まった原稿の比率をも示している。尚原稿は、前の会誌の決定というものに従って、当校で選ませて貰った。

青森縣学生文学連盟というものが、青森縣各高校の文芸部（或は文学部）を対象としたものか、それとも青森縣の学生という個人を対象としたものか、性格が曖昧なので、今号には〃会員ではありません〃と断わって投稿してきた人もあった。

我々は、性格がはっきりする迄全員、非会員等という区別は考えずに、館友も投稿作品を対象として選載したものである。この点を含み願いたい・（これは一月五日の会合ではっきりした）

（弘高 穂）

ガラスの髭
昭和廿九年一月廿日印刷
昭和廿九年一月廿三日発行
発行所　青森縣学生文学連盟
編輯　縣立弘高文芸部
印刷　弘前建築工補導所

図７「ガラスの髭」編集後記

「魚類の薔薇」ＶＯＬ１　　　　「ガラスの髭」
・空はハンカチーフの　　　　・空はハンカチの
・二等室の号の　　　　　　　・二等室５号の
・調理室に　　　　　　　　　・調理室で

「ガラスの髭」「魚類の薔薇」についての参考文として次の二点を紹介したい。京武久美「高校時代」から「ガラスの髭」「魚類の薔薇」に言及した箇所と天沢退二郎「寺山修司の影の下に――記憶と資料」から「魚類の薔薇」に言及した箇所を引用する。共に『現代詩手帖寺山修司十一月臨時増刊』（一九八三年十一月二十日）による。

【参考文１】京武久美「高校時代」

寺山の主唱で、青森県高校文学部会議を組織し、詩を中心にした雑誌を発行しようということになり、誌名を「ガラスの髭」と決めたが、資金に行き詰まり、一号も出さずじまいとなった口惜しさも手伝って、寺山は、仲間だけで、詩誌「魚類の薔薇」を発刊することになった、と記憶している。そして全国の十代のモダニズム詩人を網羅した詩誌にしようとしたが、新編集長の自殺という思いがけない出来事により、「魚類の薔薇」はまぶしいまでの光りを秘めたまま、四号で終焉することになってしまった。
思えば、廃墟のなかで、「耐えがたいほどの一杯の自由を与えられ」た時代の故郷ほど、寺山に、自信と活力の大きな瘤を与えたものはなかったような気がする。

【参考文2】天沢退二郎「寺山修司の影の下に」―記憶と資料

この金子黎子さんというのは、やはり私より一級上、川崎高校生で、「學燈」の投稿詩欄の常連であり、詩誌「魚類の薔薇」の同人であった。私がこの詩誌に加わったのは第五号から、すなわち一九五四年の末であって、青森高校二年の塩谷津子が編集していたが、滝口修造の『地球創造説』の一行から題をとったこの詩誌を創刊したのはたしか寺山修司であると、いまも思いこんでいるがその根拠となる資料は手もとにない。たとえそうだとしても、私が加わったときはすでに寺山は上京し、早稲田に入って病気になっていたときで、「魚類の薔薇」メンバーにその名はないから、寺山さんと私とは縁がつながらないまますれ違ったことになる。（中略）

翌年、一九五六年のことだが、大学に入ってすぐ考えたことは「NOAH」がもし続いていたら参加したいということで、秋元潔に手紙を出すと、あれはだめになって、彦坂紹男とふたりで「舟唄」というのをやっている、よかったら、というので、二人に会ったのが、詩を書く仲間とのつきあいのはじまりであったから、ここでも寺山修司との縁はできずじまい、しかし、「舟唄」の向こう側にはやはり寺山修司の影が見えかくれして、たとえば私が加わったときすでに出ていた三号の編集後記には《同人消息・雫石尚子は浪人してぶったおれ一度寺山修司のところへ出没したらしいのだがよく分らない。寺山兄はいま重態面会できないときいた。四月の初め、ひどく悪そうだったが、口は元気に女の子についいて話をしてくれた。その詩劇忘れ《ママ》られた領分は二十六日の緑の詩祭に山口洋子くろかわよしのり等によって上演される。見られるひとはみてほしい》とあって、それで確かに私も見に行った記憶があり、次の四号は私の詩が初めて乗るのだがその編集後記冒頭に、《詩劇誕生、あえてそう言いたい。一筋走る詩の感動が劇《ドラマ》と一致して有ったというこの一言に。準備不足による欠けたところも幾つか見られたが、〈忘れた領分〉評判は高い。嬉しいことだ。グループ・ガラスの髭の人達にはただ賞賛と感謝、ほんとうにご苦労さまでした。寺山兄にお会いして創作動機をきいたりした。また面会制限、当分ご無沙汰しなければなるまい》とある。これらの後記の筆者はいずれも彦坂紹男である。

引用が長くなったが、寺山修司伝記本系の思い出話と異質な話なので紹介した。「NOAH」は、寺山が「牧羊神」で挫折した直後、新しく立ち上げた同人雑誌である。書簡で熱心に山形健次郎を誘っている。山形は諸般の事情から不参加。一号で終刊となる。主に資金面の問題があったようだ。

さて、早稲田で立ち上げた「グループ・ガラスの髭」の名称は、青森県高校文学部会議の「ガラスの髭」を使用したものであろうか。第一号で頓挫した詩誌「ガラスの髭」の無念さからの命名であったろうか。第一章で前述したが、『青蛾』(第三号・青高文学部・一九五一年九月三十日発行)も忘れられない雑誌名であり、後年、西日本新聞に「青蛾館」(昭和四十九年八月二日から九月三十日付)というエッセイを連載。翌年『青蛾館』(文藝春秋・昭和五十年六月十五日発行)として刊行。寺山は、そのあとがきで「青蛾というのは、私が青森高校の生徒だった頃に編集していた文芸部の機関誌につけた名である。」と紹介している。年譜等では、寺山修司編集、発行とするが、疑問符がつくことは前述した通りである。高校時代の雑誌名が忘れられない寺山修司のあり様をみると、やはりこの時代が寺山の芸術創作において重要な意味を持っていた、とうかがい知れる。京武久美の指摘の通り、「ガラスの髭」も『青蛾』も、「自信と活力の大きな瘤を与え」た忘れ難い雑誌名で、この仲間と共有した時間の場こそが寺山の故郷であったのだろう。

3 「明星」第壱号（晩鐘會）、同人詩誌「圏」第三号にみる寺山修司

「明星」第壱号（晩鐘會）と寺山修司

今まで、目にすることのなかった文芸同人誌「明星」についてふれたい。「魚類の薔薇」ＶＯＬ１号と似たスタイルの文芸誌である（図８・９参照）。発行主催は表紙から「晩鐘會」とわかる。作品発表者は、寺山修司の文芸仲間たち。東義方、近藤昭一、木崎了、京武久美というおなじみの名前がみえる。しかし、奥付はなく、発行年等の詳細は不明である。

寺山作品は、詩二編が載る。紹介したい。急いでいたのであろうか、彼にしては、推敲が不充分である。（　）内の文は筆者注。

望遠鏡

―ある晴れた春の日に―　（『秋立ちぬ』には、このエピグラフはない。）

船室の廊下で
黒ン坊給仕が
ボタンを拾つた。

少女と
そのちちが
波をまぶしがると
（どいてつてば）　　（この括弧は、寺山修司が付した。）
私の望遠鏡の
視界にも
白い
しろい
蝶が居た。

【解説】『秋立ちぬ』（岩波書店・二〇一四年十一月刊行）にも所収。『秋たちぬ』については、第一章『はまべ』の解説でその刊行の経緯を述べた。

海恋し

海恋し潮の遠鳴かぞへつゝ少女となりしちちはゝの家　晶子

その日から私は
海を見なかつた。

けれども
耳には
欠けた記憶の
潮騒があつて
玫瑰と　　　　　（（はまなす…と）と表記）
貝殻が　　　　　（貝殻……が）

いつも
唄つた。

ある日――。
私の描いた海の絵が
白い波をけたて、
私に迫つた。

【解説】

一、エピグラフに使用した晶子の短歌の表記は、そのままにした。「海恋し潮の遠鳴りかぞへては少女となりし父母の家」（『恋衣』）である。

一、「海恋し」は、寺山所蔵の詩集ノート「秋立ちぬ」・『秋立ちぬ』（岩波書店・二〇一四年十一月刊行）では「海を恋ふ」であり、晶子の短歌はない。表記等は一部改稿し「明星」へ投稿。また、詩集ノート「秋立ちぬ」には、創作日が昭和二十七年・四・九と記入されている。詩の下の（　）内にはノート「秋立ちぬ」の表記を示した。

一、昭和二十七年青森県啄木祭に応募して「玉葱を刻めば」が第二位を受賞。その時に「海恋し」も一緒に応募した。寺山修司高校二年の春である。啄木祭に応募するために晶子の歌をエピグラフ風に仕立て使用したのであろう。

一、「明星」第壱号の発行年を推定したい。岩波書店版の『秋立ちぬ』の刊行の手伝いをした折、寺山所蔵の詩集ノート「秋立ちぬ」をみる機会に恵まれた。ノート「秋立ちぬ」の表紙に「K君へ」と大きく朱書きがある。青森高校の二年時編集した自撰詩集ノートに「K君へ」と書かれていれば、これは京武久美のことであろう。

寺山修司は、高校一年時、自筆ペン書きの自撰短歌集『咲耶姫』を京武久美に贈呈している。高校二年時春は、自撰俳句集『べにがに』を発行。高校二年に自撰詩集の発行を計画し、京武に贈呈したいと考えていたと推測できる。時間や経済的な関係で、発行することは叶わずノートのまま手元に残された。「明星」創刊を聞きつけたか、誘われてこのノート版「秋立ちぬ」から「海を恋ふ」を選び「海恋し」に改題して、「明星」第一号に投稿した。投稿の流れをこのように考えると、自撰詩集の刊行計画が始まった後しばらくして、「明星」第壱号の発行であろう。「魚類の薔薇」「ガラスの髭」「牧羊神」の活動開始の少し前となろうか。「明星」発行はノート「秋立ちぬ」に記入されている詩の創作日である昭和二十七年四月九日より一年ほど後になろうか。「明星」なら与謝野晶子というように投稿先に合せて改作する姿が目に浮かぶ。貴重な寺山関係の資料は、終戦直後で紙質も悪く劣化が進んでいる。早期の保存対策と公開が待たれる。

4　同人誌「圏」第三号と寺山修司

OPERA

ガラスのホテル
茶色い蹴球選手
その幕には黒ン坊のシャボンの
ような模様がありまさァ

オートバイに乗って幕が立去《ママ》ると
魚の幽霊め
あいつの帽子には
白い太陽がかくしてある

熊の観客はみんな昼寝をして
これはふしぎな
飛行舞台なんで

支那のハナミでおまえの
紙の鼻を切りましよう。
鉛の涙に酔つぱらつて
さようなら
ピエロは消されてしまつた。

終演でございます
奥さま

飛在

シルクハットでござい
その暗闇にダイヤモンドの大都会を飼つておき指輪の流行児には
思い出という影のない存在がつきまとわぬ―ャァ梟の暦がめ
くれとんでる

それは太古の森
はじめに神話があつた。そのふり仰ぐ頭上の深さに鵁子の恋は未完成をよしとした。石は石同志で火を創る習性をもっていたので。

やがて僕があつた。ナルシサスの水を訪ねて南京袋を背負つてあるいた。昨日哄笑した火事が今日は黒い。僕はガラスの帽子を啄んで逃げた赤い小鳥をを撃ちとめたためしがありもしない。―僕はいつもこうなんだ。

旗を下したら町が見える。爆煙くさいその屋根で綱渡りの男が幾千万も見下ろされた。その尻を基点としてシャガールの円は始まつていた。
あれは燕です
なんだつまらない。

という訳で
ぶらんこから落ちた道化が
くさめをした。

【解説】

同人詩誌「圏」第三号（一九五四年三月）に引用した二編の詩が載る。一九五四（昭和二十九）年一月創刊、一九六〇（昭和三十五）年十一月、五十八号まで、詩人鎌田喜八によりガリ版刷りで月刊された。鎌田は、寺山世代より十歳ほど年長の詩人である。編集後記を引く。

先日の詩会は〝圏〟魂入れ詩会であった。〝圏〟県内詩人の詩の廣場であり、公器であると云うのがその個性たるべく吹き込まれた。（中略）本号から新同人として寺山修司氏、東義方氏が加入された。寺山氏は今春青森高等学校から進学した為に在青しないが、〝圏〟を舞台に熱意をもつて詩作されることを約束された。東氏は同校三年在学中であり校内詩誌「魚類の薔薇」を出している。〝圏〟にこのような若い精神が出てきたことは実にうれしい。その超現実派風の詩美はきわめて良質であると思う。」（鎌田喜八）

寺山たちの「魚類の薔薇」を超現実派風の作家の集う同人誌であると高く評価している。京武久美は参加していなかったようだ。

「OPERA」は、昭和二十八年度版青森高校『生徒会誌』（昭和二十九年発行　第二号（高校三年時）にも発表。一部表記等に推敲のあとがみえる。「飛在」は、単行本未収録作品である。

上京した寺山修司が、俳句の「牧羊神」活動のみならず、詩にも力を入れていたことがわかる。このように郷土の「暖鳥」や同人詩誌「圏」にも投稿している。「魚類の薔薇」の同人仲間である東義方との関係からの参加であろう。

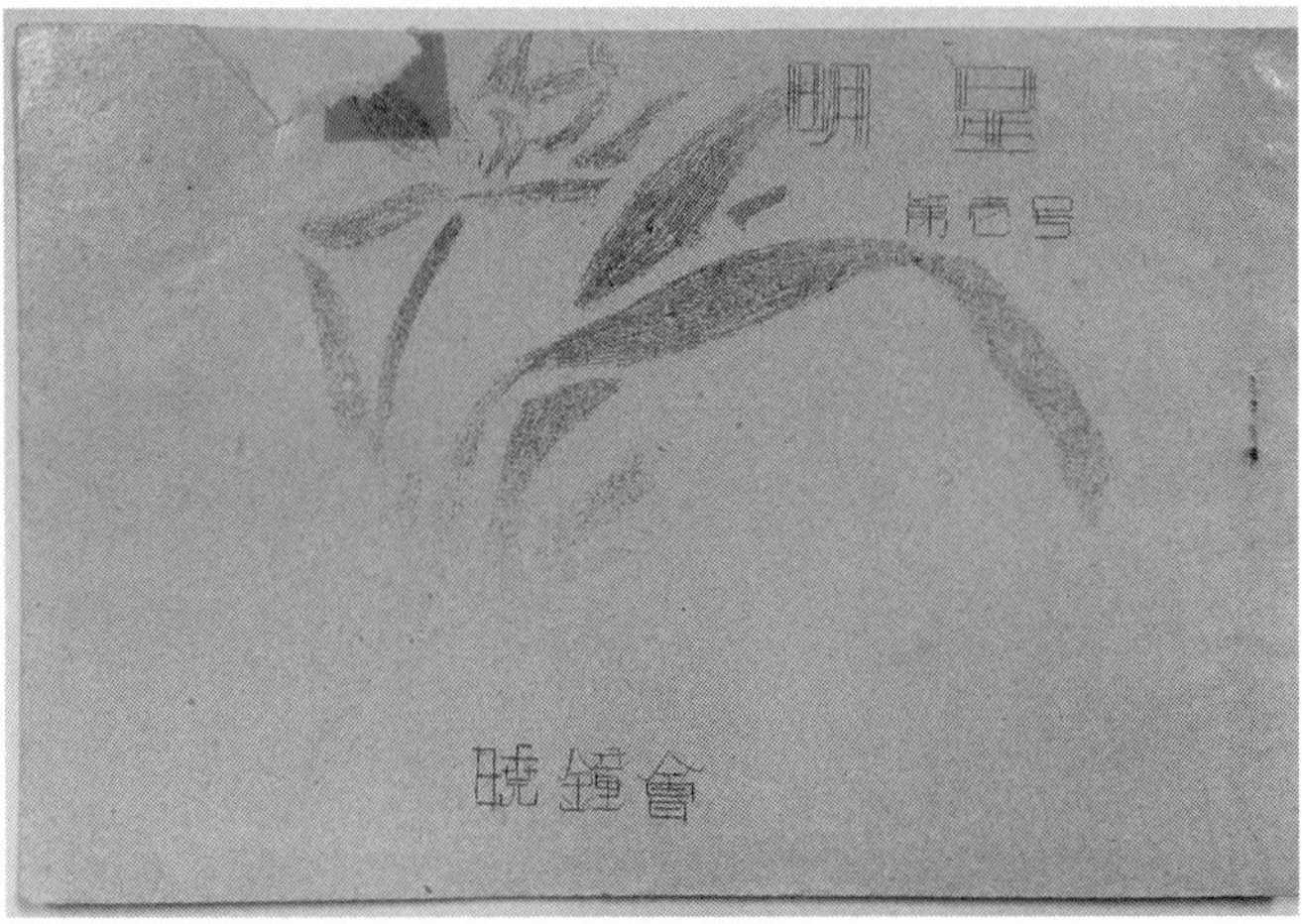

図８　「明星」表紙

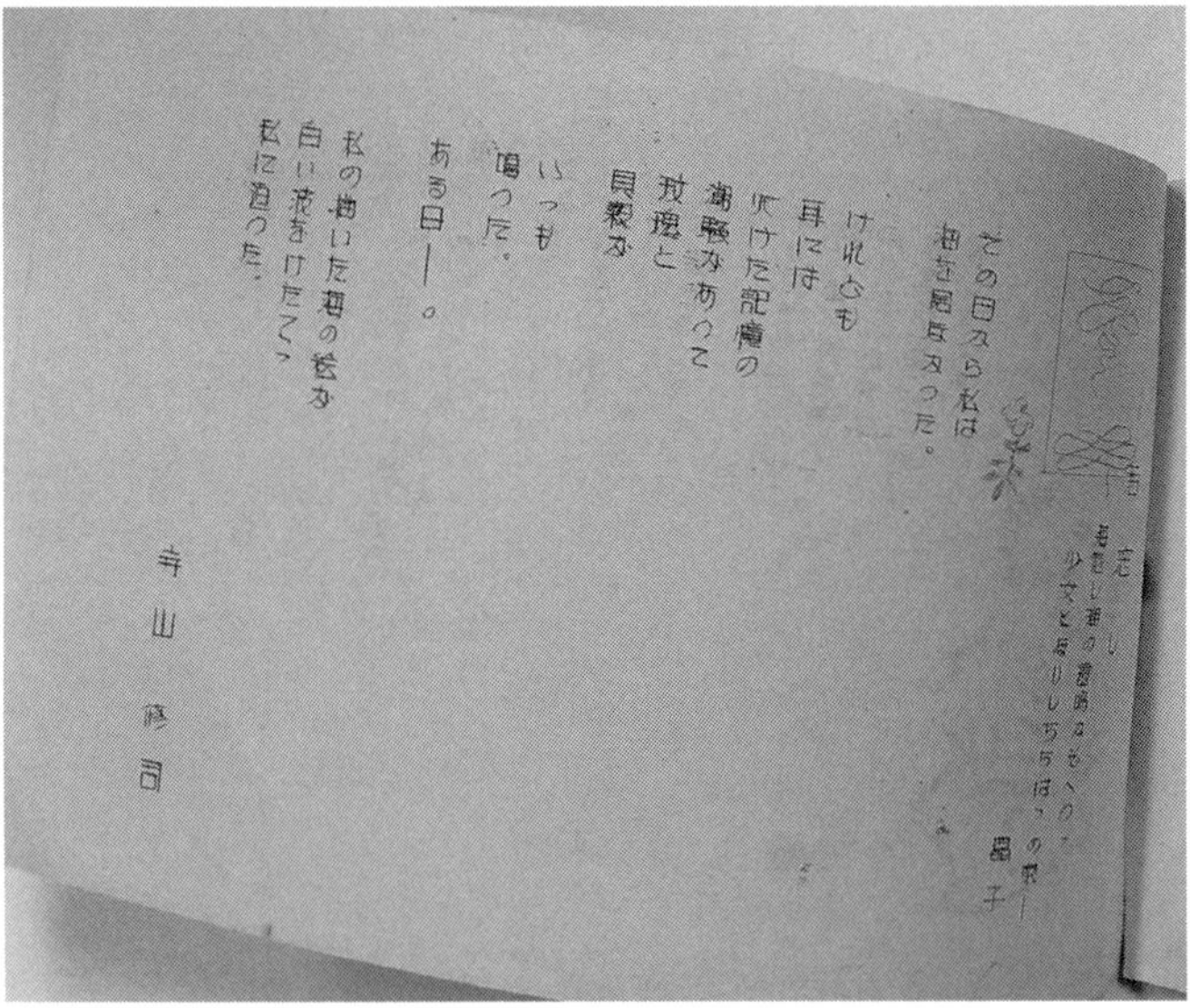

図９　「明星」第一号より、寺山修司「海恋し」

第三章　寺山修司「牧羊神」活動の概要

1　はじめに

寺山修司の原点は俳句か

二〇二三年は、寺山修司没後四十年になるが、彼とその作品の話題が途切れることなく聞こえてくる。今なお若いアーチストの創造力に刺激を与えているからであろう。一方、虚実をない交ぜにした胡散臭さが漂う過激な表現活動に反発もある。しかし、ことさら挑発的に見える作品も、人間の真実を実に見事にあぶり出している。たとえば「家出のすすめ」という扇動的なタイトル持つ若者向け評論集も、ごくあたり前な自立のすすめである。さまざまな表現分野を目まぐるしく渡り歩き、多くの分野に足跡を残したことも話題が途切れない理由の一つでもあろう。

改革の旗手として、多ジャンルで周囲を扇動しながら駆け抜けた寺山修司について、「彼は何者ですか」、「職業は何ですか」という他の作家とは異なる次元の疑問府が付く。この疑問に答えられる人は少ないようだ。領域を限定しての疑問さえも答える難しさは同様である。中でも「寺山の原点は俳句である、いや短歌だ」という俳句と短歌の間で繰り広げられている原点論争はよい例である。今のところ俳句派に分があるようにみえる。この論争には、我が陣営に寺山修司を戴きたいというねじれた寺山愛もありそうにみえる。人々は胡散臭いと悪口をいうほどに寺山を愛しているのかもしれない。しかし、実際は俳句界からも短歌界からも快くは迎えられていないようにみえる。俳句か短歌の問題は、第一章、短歌と俳句が分かち難くある、第二章の詩・短歌・俳句と創作が多岐に渡っている、とみてきたように、そう単純に判断はできないようだ。ではどうすればよいか。

彼が活躍したそれぞれのジャンルから発せられた彼の声に耳を傾けて、考えていくのが一番よい方法だろう。実は、俳句、短歌、詩、小説、戯曲、映画、演劇、写真、評論とあまりにも活動が多岐にわたり、それぞれの場から発せられた彼の声を聞くこと自体が容易ではないのであるが。

俳句活動の履歴

まず、幾分分があるようにみえる俳句から考えてみたい。

「中学から高校にかけて、自己形成にもっとも大きい比重を占めていたのは俳句であった」（「十七音」『誰か故郷を想はざる』、「次の一句」『青蛾館』）、

「十五歳から十八歳までの三年間、私は俳句少年であり、他のどんな文学形式よりも十七音の俳句に熱中していた。」「手稿」『花粉航海』）

と、自ら何度も公言するように、青森高校時代、俳句にのめり込んだ体験が寺山の創作活動を支えた核であることは確かであり、俳句から生涯離れずにいたことを鑑みれば、俳句が彼の表現活動において重要であり続けたことも間違いないだろう。この点が俳句こそ寺山の原点であると主張する人の拠り所のようだ。

中学から高校にかけての俳句を中心にした文芸活動を整理してみる。☆印を付し簡単なコメントを添えた。

中学時代

・小説、詩、短歌、俳句、評論風エッセイを創作。習作時代といえる。学級・学校新聞、文芸雑誌の編集・発行。第一章でみたように詩と短歌が創作の中心であり、俳句はお付き合い程度であった。

高校一年の夏から卒業時まで

・俳句熱中期。「一ヶ月に百句ほど創作していた」（京武久美発言）。「ノートにしてほぼ十冊創作」（寺山修司発言）。県内外の結社誌に俳句投稿。

・校内（高校一年）、県内（高校二年）、全国（高校三年）の俳句大会を企画、実施。大成功を収める。「俳句少年」として全国に名を馳せる。

・「山彦俳句会」を設立。俳句誌「山彦」（五号より「青い森」と改称）編集発行。

・文化祭に作品集『麦唱』編集発行、二年時十円で販売。三年時は三十円で販売。

・青森県学生文学連盟を組織、詩を中心の文芸同人誌「ガラスの髭」発行。

・詩集「魚類の薔薇」ＶＯＬ１～４の発行。豆本俳句誌「木兎」、詩集「明星」（第二章にて、今回初出公開）に参加。

・全国組織の「牧羊神俳句会」設立。十代の俳句研究誌「牧羊神」ＶＯＬ１、２、３、４、５、

6、7、10の編集発行。

☆俳句や俳句論が創作の中心。しかし、詩の創作にも熱心に取り組む。密かに小説家を夢みて小説を書いていた。

高校卒業後から、俳句絶縁宣言、第一作品集『われに五月を』発行まで

・「魚類の薔薇」（4号にて終刊）。「牧羊神」発行、「牧羊神俳句会」の活動を継続。「牧羊神」東京支部創設、PAN句会結成。

・北園克衛の「VOU」に参加。滝口修造の作品に出会う。詩誌名「魚類の薔薇」は、滝口の「地球創造説」の詩句からの引用したものである（第二章2、参考資料2天沢退二郎発言から）。

・十代の全国短歌同人誌「荒野」（大沢清次、北村満義）に参加。

・「チエホフ祭」（原題「父還せ」）で、『短歌研究』五十首詠募集特選受賞。

・二十代の俳句雑誌「青年俳句」に参加。［創刊号～六号までと、一九五六（昭和三十一）年十二月発行の十九号・二十号合併号］。合併号に「カルネ」を発表、俳句絶縁宣言をする。「新しき血」百四十六句も同時に発表。

・詩劇グループ「ガラスの髭」組織、設立。戯曲第一作「忘れた領分」を書く。早稲田大学「緑の詩祭」の旗揚げ公演として上演。

・全国学生俳句コンクール企画実施。寺山修司第一位受賞。このコンクールの経緯、顚末は不明な点がある。詳細については第四章参照。

・第一作品集『われに五月を』（昭和三十二年一月）。以降、短歌での活動が中心になる。

・エッセイ集『はだしの恋唄』（昭和三十二年七月）刊行。

この様に書き出してみると寺山修司の創作活動が様々なジャンルに及んでいることがわかる。文芸活動が俳句に限定されていない。本著の「はじめに」で述べたが、創作（詩、詩劇、短歌、俳句、エッセイ）・創作理論（詩論、俳句論、川柳論）、作品の発表媒体（詩誌、俳誌、学級新聞等）の編集・発行・イベントおよび俳句大会等の企画・実施という三つの分野で同時進行的に活動をしている。まるで三輪車を一心にこぐ少年のようである。その他、近年公開された詩集ノート『秋立ちぬ』（岩波書店、二〇一四年）や、自作品や参考作品の「手控えノート」も作成している。これらのノートの存在は、京武久美も知らなかったという。堀辰雄に心酔して本気で小説家を目指していた節もみえる。寺山の初期短歌にみる「麦藁帽子」、「燃ゆる頬」は、堀の短編小説の題名からの引用とみてよいだろう。また明らかに堀の「ルーベンスの戯画」をまねた小説「麥の戯画」を青森高校『生徒会誌』（二年時、昭和二十七年度版）に発表している。詳細については前著『編集少年 寺山修司』（論創社）で述べた。前著では、所在が公にされず埋もれていた「寂光」（第八章）や、「青年俳句」（第十章）における寺山関係の資料も紹介した。参照されたい。

本著では、前著で所在不明、調査中とした資料の『黎明』『はまべ』を第一章で、第二章では、高校卒業間際に立て続けに発行した前衛詩誌「魚類の薔薇」、「ガラスの髭」、「明星」、「圏」（参加）について報告してきた。そこには俳句以外の幅広い文芸活動が日々行われていた様子がみえた。最も重要なことは、多様な活動の中から「シュウル・リアリズム」による文学創作論を確立していく姿をみたことであろう。本章では、それらを踏まえた上で、寺山修司の原点論争に深くかかわる俳句、「牧羊神」始発時についてふれてみたい。

2　「牧羊神」の概要・活動期間

同人誌をなぜ発行したか――目的

《資料2》「「牧羊神」発行年譜」にみるように「牧羊神」の活動は一年半ほどと短い。十代の俳句研究誌「牧羊神」が発行されたのは、一九五四年（昭和二十九年）二月一日。卒業を一ヶ月後に控えた慌ただしい時期である。文芸仲間の多くが卒業後の進路も決まらず、不安の中にいた。寺山も就職か、進学か、進学するのであればどの大学を受験するか、落ち着かない日々であった。なぜ、大学受験を控えた資金のない高校生が、詩集「魚類の薔薇」、俳句誌「牧羊神」と立て続けに発行したのか。

京武久美「高校時代」（第一章2項の引用参考文に同じ）に、「牧羊神」発行に至る経緯を記した箇所がある。引用してみたい。（　）内は筆者の加筆説明を示す。

高校の最上級生になった頃には、詩や短歌も書いていたにもかかわらず、校内俳句大会（一年）、青森県高校　俳句大会（二年）を矢継ぎ早に開催したこともあって、文学部員の殆どが、自然、俳句をつくるようになり、知らず知らずのうちに俳句が文学部の主流となっていた。勢い技を磨き上げるため「蛍雪時代」や「學燈」にまで、競いあって投稿した。投稿を続けているうちに、毎月きまって掲載される高校と顔ぶれがわかり、県高校俳句大会を成功させた寺山とぼくは、もう一歩前進し、全国高校俳句コンクールを企画し、彼ら投稿者に呼びかけた。参加者は予期に反して百名近くにも及び、寺山とぼくを有頂天にさせた。後にこの参加者を中心に十代の全国俳句誌「牧羊神」を発刊することになるのだが、その頃だったと思う。

京武の言うところの寺山の有頂天、高揚ぶりを「牧羊神」創刊号ＰＯＳＴ（編集後記）から引用する。

・こゝに「牧羊神」の創刊を諸君と共にお喜びする。思えば青高俳句会が「青い森」で不死男先生を囲んで　若い情熱をあたゝめ、県の学生俳句大会や会誌の発行などに力をそそぎ始めてからわずか三年。早くも各地に「三ツ葉」「冴」「柏」「青年俳句」「三八俳句会」など ten-age の俳誌やグループの活動が見られるようになつたのも僕らの小さな感激の一つである。

・僕らの俳句革命運動は本誌三号あたりからＰＡＮ宣言として僕や京武君などが交代で毎号の巻頭にその理論を体系づけてゆくつもりであるが、古い言い方を借りれば「論より実行」。諸君の実作がペンの余滴の何行にも勝るようになることを信じて疑はない。

・本グループ結成早々で誠にうれしいような申し訳ないような話であるが近く本誌同人の京武久美・丸谷タキ子、近藤昭一、石野佳世子、松井寿男（牧歌）、僕で卒業記念の合同句集を「雲上律」を出すことになった。題字は山口誓子先生の予定で美術謄写上質製一部百円である。希望者は編集部宛申しこまれたい。

勢い余って、実行不可能な計画まで口走っている。卒業記念句集「雲上律」は華々しい事前広報のみで発行されなかったらしい。おかげで、研究者や当時の仲間は「雲上律」探しに奔走する。が、発行しない雑誌は見つかるはずはない。有頂天になり、次々計画を提案する根底には、文学好きという他に、仲間との刺激的な活動から離れ難い思いがあったからであろう。もう一つ寺山には、一流作家になるという野望もあり、中央に打って出る布石のために矢継ぎ早に計画したともみえる。それにしても、なぜそこまでして自分たちの発表媒体が欲しいのか、疑問も残る。斎藤愼爾氏の次の解説に答えがありそうだ。（傍線筆者）

「同人誌」俳句結社といえど閉鎖的になりがちである。ピラミッドの頂点に独裁者のごとく屹立する主催者には物を言えない。競合意識から他の結社には門戸を閉ざす。一般会員は主催者に選ばれない限り作品を発表する機会は得られない。不満がたまる。結社誌の同人欄への推挙はまだ先の話である。そこで志をひとつにする俳人が同列同格の立場で作品を発表しあう「同人誌」が構想される。（「俳句航海記Ⅷ―同人誌、句集」『寺山修司の俳句入門』光文社文庫）

若い彼らは作品を発表する場、作品発表媒体が理屈抜きで欲しかった。思えば寺山たちは、高校時代、地元の俳句結社の同人誌に作品を掲載してもらい、句会には自由に参加し、主宰者に対等以上の句評の発言が許される環境にいた。青森の俳人は高校生の寺山たちの才能を温かく見守り育てていた。高校を卒業すれば、大人の扱いになる。同人の会費も支払わなければならない。作品を発表できる場、仲間と自由に批評し合い切磋琢磨できる場が欲しかった。同人誌の創刊は、若い作家の切実な願望であった。

3　誌名「牧羊神」の着想はどこから得たか

次に誌名「牧羊神」は、どのようにして決まったか考えてみたい。寺山は「牧羊神」創刊号ＰＯＳＴ（編集後記）に「誌名はいつのまにやら牧羊神と決つてしまつた。牧羊神とは髭の濃い醜男の音楽の神様でＰＡＮといゝ、その詩的な性とふんいきは永く愛と親しみの対称《ママ》となつていたものである。」と述べる。松井牧歌も誌名「牧羊神」について「牧羊神」創刊号を持ち、受験で上京した寺山と、上野駅の喫茶店で話したことを以下のように語る。―寺山は「牧羊神」創刊号を取り出し「牧羊神」という誌名の感想を聞かせて欲しい」と言った。「ギリシャ神話の牧畜の神様だろう。音楽や舞踏を好む牧神だから、僕たちの俳句雑誌にピッタリだよ」そう答えると、彼は大きな瞳を輝かせた。―と（『寺山修司の「牧羊神」時代』（朝日新聞出版二〇一一年）。また座談の席で同人仲間に「この名前をどう思うか」と聞いていているところをみれば、「牧羊神」は、寺山が一人で決めた誌名のようだ。

では、この誌名の着想を寺山はどこから得たのであろうか。最近発見された中学時代の資料を紹介することから始めたい。三年前、寺山が同級生の大柳（旧姓赤田）マルさんに中学校卒業記念に寄せ書きをしたサイン帳が発見され話題になった。次の短歌が書かれている（図1　寺山修司から赤田マルさんへの寄せ書き参照）。

毬のごと打てば跳ねくる心もて　幸を求めん山のかなた江　Good. bye　寺山修司

赤田さんは、『黎明』『はまべ』で寺山たちと一緒に文芸活動をした文学少女。名前のようにふっくらとした活発なお嬢様であった。寺山は、名前の「赤田マル」と闊達な容貌から、毬を連想し短歌を詠んだと思われる。同時に「毬と殿様」の唄も浮かんでいたであろう。

「てんてんてんてんまり　てん手まり
てんてん手まりの
手が　それて
どこからどこまで　とんでった
垣根を　こえて　屋根　こえて
表の通りへ　とんでった　とんでった」

『はまべ』（第一章の3項）でみたように、寺山が俳句会で出した席題は「手毬」「切凧」であった。因みに、友人は「教室」「春」「せゝらぎ」「夕立」「ぬかるみ」「卓球」である。同級生との言語感覚の違いが歴然としている。言語感覚の鋭い中学生の寺山が、赤田マルさんに寄せた短歌から、寺山の中を駆けめぐった言葉の連想を追ってみると誌名「牧羊神」の着想の有り処の一端がみえてきそうである。

名前の「赤田マル」から元気な手毬を、同時に童謡「毬と殿様」へ連想はのびていく。殿様に抱かれて毬は紀州までいく。童謡の最終部は、「紀州はよいくに日の光、山のみかんに、なったげな、赤いみかんに、なったげな」であり、「毬」は幸せになる。この解釈にはいろいろ異説もあることを承知で、はずんだ感じの手毬唄としておく。毬のように打てば跳ね返るような心を持って、山のかなたへ幸せを求めて行こう「幸を求めん山のかなた江」と詠ったわけである。紀州まで旅した毬が寺山の中でイメージ的に重なったと考えてよいだろう。さらに、下の句「幸を求めん山のかなた江」は、上田敏訳のカール・ブッセの「山のあなたの空遠く「幸」住むと人のいふ」（上田敏「山のあなた」『海潮音』）からの着想であることは説明を要しない。中学時代にこのような創作体験を持つ寺山が、高校卒業間際に、上田敏の『海潮音』と『牧羊神』に新たな出会をする。

上田敏の訳詩の初版は明治時代であるが、実は昭和二十七年十一月二十八日『海潮音』が、翌昭和二十八年三月十五日『牧羊神』が、新潮文庫本初版発行がされた。寺山たちが「牧羊神」を創刊する十ヶ月前である。本屋を図書館のように使っていた寺山が手にしないはずはないだろう。連想ゲームのような話からさらに連想を重ねるが、一九五四年（昭和二十九年）二月創刊の「牧羊神」の誌名は、この上田敏の『牧羊神』から得たと考えたい。中学生の彼の心を動かしたのは上田敏の訳詩集「山のあなた」の載る『海潮音』であったろう。しかし、ここで『海潮音』と『牧羊神』をことさら分けて扱う必要はないだろう。創刊の十ヶ月前に文庫本の『牧羊神』を昨年の『海潮音』に続き手にした彼の高揚感を読み解きたい。「誌名はいつのまにやら牧羊神と決つてしまつた」という照れた言い方からもそのように感じる。また、「手控えノート」にも上田敏「山のあなた」を丁寧に書き写している。上田敏の訳詩を読んだ感動のほどがわかる。（図2　寺山修司「作品手控えノートメモ」よりを参照）。

4　活動の指針　俳句は「もはや老人の玩具ではない」

ここまでに、なぜ「牧羊神」を創刊することになったか、誌名は何から着想を得たか、考えてきた。次に、寺山と京武はどのような同人誌にするつもりでいたか探りたい。格好の資料がある。「十代の俳句誌・グループ牧羊神結成に関するメモ」である。まず、実物の画像をあげる（図3）。これは、十代の俳句研究誌「牧羊神」を立ち上げるにあたり寺山修司、京武久美が作成し、各地の高校生に送ったものである。「牧羊神結成に関するメモ」の作成日は、「同人（一月十五日現在）」とあるところをみればから、一九五四年（昭和二十九年）一月に作成したものであろう。寺山修司の若い十代による俳句革命運動の主唱を知るうえで貴重な資料である（図3参照）。

要点をまとめてみたい。今、俳句が「俳諧趣味」から純粋な青春の文学として再出発の期にある。が、桑原武夫『第二芸術論』を超えられず、中村草田男も途上にあり、うまく進んでいない。若い世代の僕たちこそが明日の俳句を切り開き〈読まれる俳句〉〈感激の対象になる俳句〉のために動かねばならない。僕たちは、まだイズムの統一は確立していないが、誰もが十代であり現代俳句運動の旗手である。一緒にやろう。「青春は顧みるときの微笑でなければいけないから。俳句を青春の文学として蘇らせるのは十代の若い僕たちだ、という意気込みが語られている。途中、会費、機関誌発行等の会則が記され、将来の展望で締めくくられている。

明日を信じる事は楽しいことです。

やがては文学史に残る僕らの運動となることを信じて。（文責　寺山）

俳諧趣味から抜け出して読まれ感動される俳句（文学）のために、十代の僕たちで一緒にやろう、という呼びかけだが、寺山は同時期にほかでも同様の主旨を述べている。青森県立黒石高校俳句会誌「三ツ葉」の再開を願って代表の中西久男に宛てた書簡である。中西は高校時代からの俳句仲間で、「牧羊神」同人でもある。この書簡は、「牧羊神」創刊の前年である一九五三年八月頃に出されている。

往復書簡　みつばいろいろ　寺山修司

「みつば」大分長いこと出ませんね。一つの空白期をぬけてのあたらしい詩情はそれだけに楽しみです。そこで一つ。編輯子である貴男に、こんな事を考えていたゞく事にしました。それは、その編輯があまりにもありきたりの、田舎じみたものからぬけだす事への一つの挑戦と、そして俳誌ではない俳誌への試みです。「万緑」を見る時と「ホトトギス」を見る時に感ずる時代差とその感覚は、前者がシャープな、より文学的なセンスで纏められているとするならば後者は前世紀的で趣味的です。（全く編輯だけで考えたとしても）私達は久保田万太郎の「俳句は文学でなくてもい、さ」などというつぶやきをより太いクレパスで塗りつぶしてしまわねばなりません。キエルケゴールに「もし私が黙っていたとしたならば、石だって黙っていますまい」という意味のアフオリズムがあります。これを言葉を更えていうならばもし俳句作家をしてその情熱の短詩型への完成への努力をなさなければ外国文学の翻訳と、何でも横文字にしたがるいわゆる海外文学者という人たちをして、いたづらにつばを吐きかけられるのみだ、という事になりましょう。草田男氏に代表される現代の俳句はもはや老人の玩具ではないことを貴男は御存知でしょうね。そうしたらそんな小さな趣味団体に採報されても、誰もついて行かなかったとしても、あなたはその仕事を休む事は許されない筈です。あなたの実作と編輯の下に又一つ文学史に残る快挙がなされるかも知れませんからね。

御健吟を祈って「みつば」復刊の早期なる事を渇望します。

中西久男君

（「みつば」の表記は寺山に従った。傍線筆者）

これらの文章を読むと、「〝前世紀的で趣味的俳句〟から抜け出し文学足らしめるために一緒にやろう。中村草田男の俳句にみるように、現代の俳句はもはや老人の玩具ではない」と熱い思いにかられた「牧羊神」の発刊であったことがわかる。

結果は「文学史に残る僕らの運動」には至らず、一年半ほどで、寺山は「牧羊神」から手を引くことになる。

十代が現代俳句運動の旗手であるという自覚の下に「牧羊神」活動を展開していた寺山修司。明日の俳句を信じてその役割を担っていこうと主張し、俳句論の確立に努力した。この点については、第四章1項の（2）で「牧羊神」にみる寺山修司の俳句論として述べる。「牧羊神」における挫折の無念さを寺山修司は生涯忘れることはなかったろう。晩年、同人俳誌『雷帝』を企画したことは、この無念さからきているのだろうか。しかし、『雷帝』に俳句を投句することもなく寺山は旅立ってしまった。

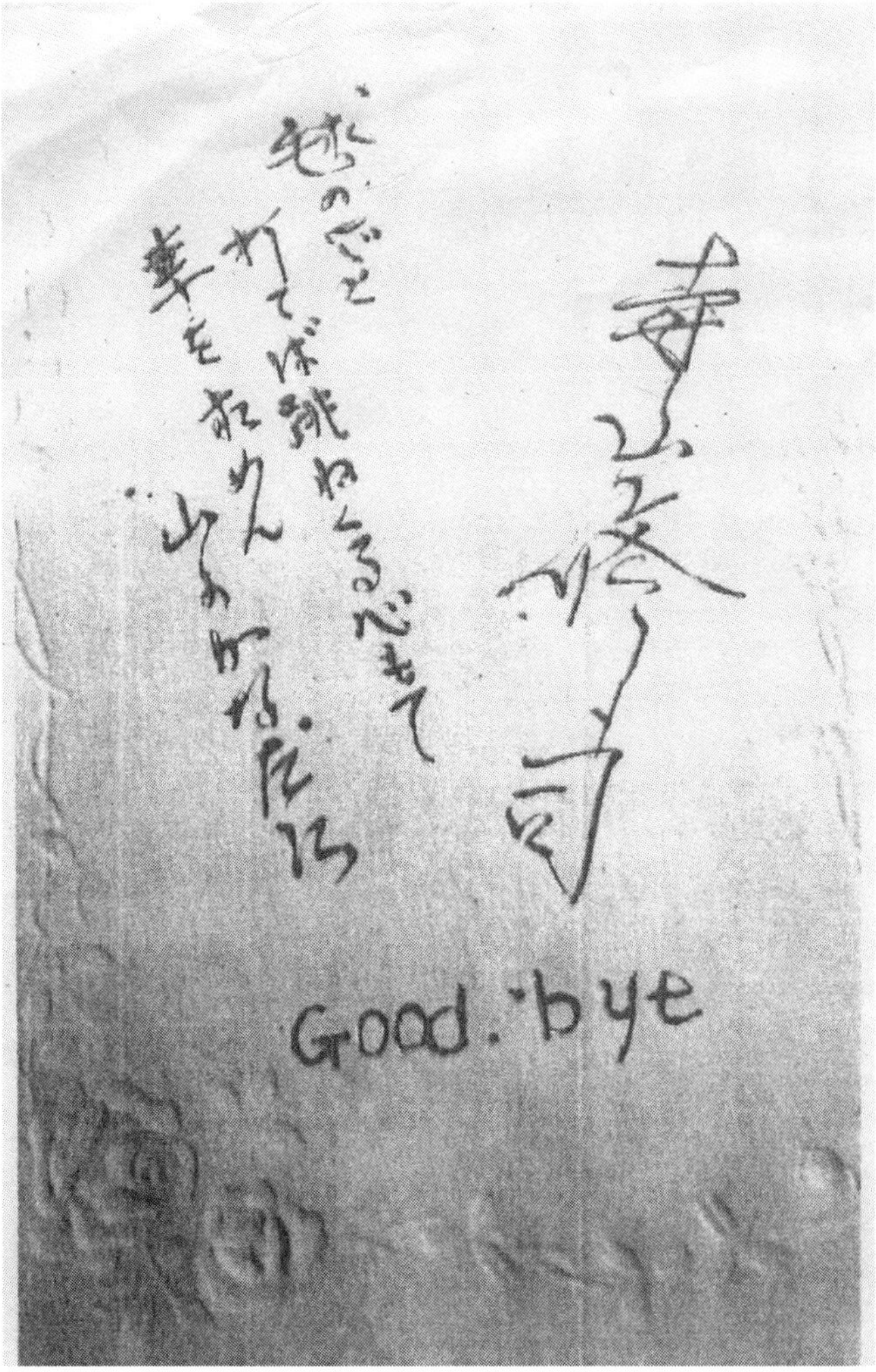

図１　寺山修司から赤田マルさんへの寄せ書き
（サイズ約ハガキ大）

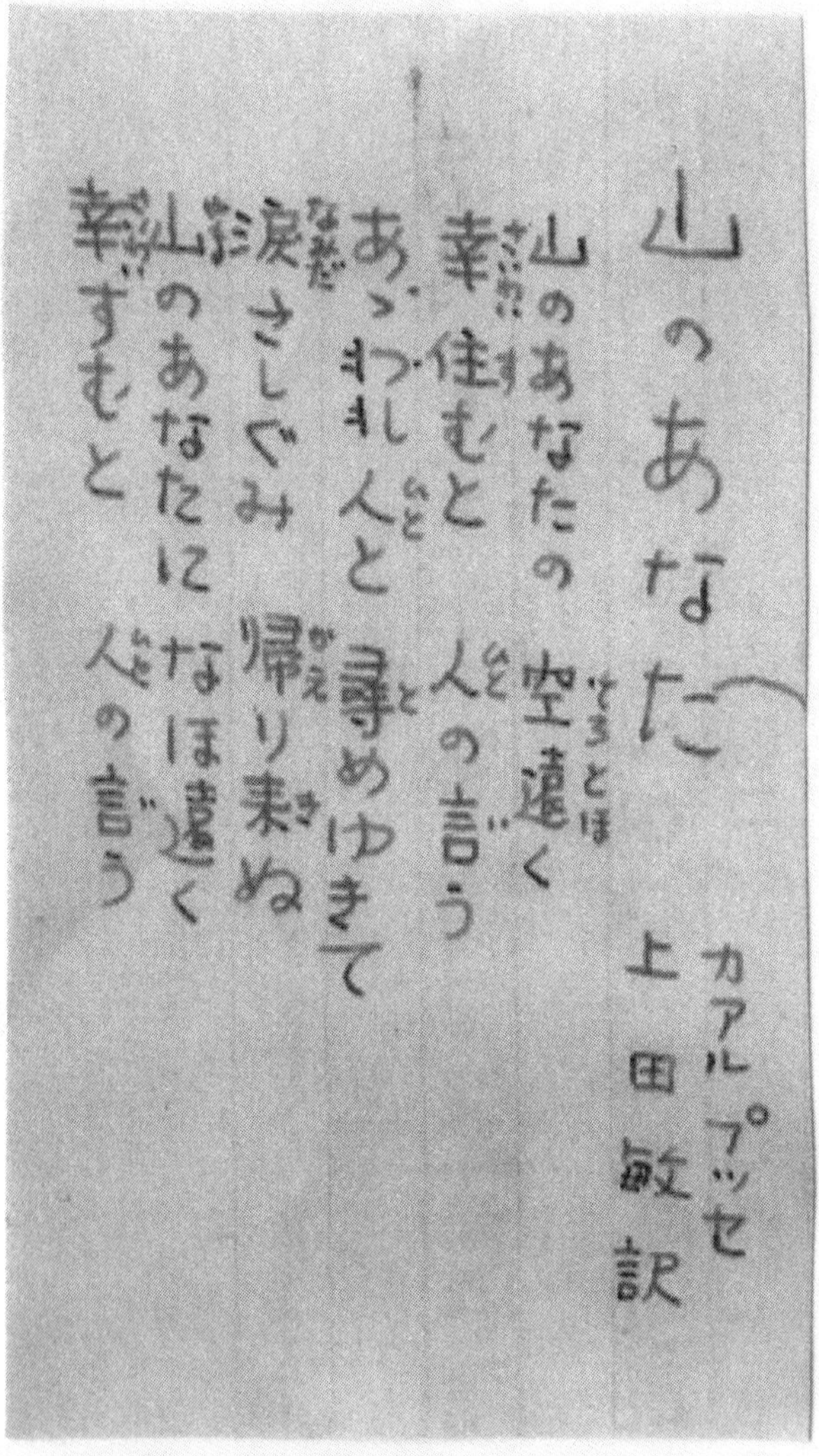
山のあなた
カアルプッセ
上田敏訳
山のあなたの空遠《そらとほ》く
幸《さいはひ》住《す》むと人《ひと》の言う
あゝわれ人《ひと》と尋《と》めゆきて
涙《なみだ》さしぐみ帰《かえ》り来《き》ぬ
山のあなたになほ遠く
幸《さいはひ》すむと人《ひと》の言う

図２　寺山修司「作品手控えノートメモ」より

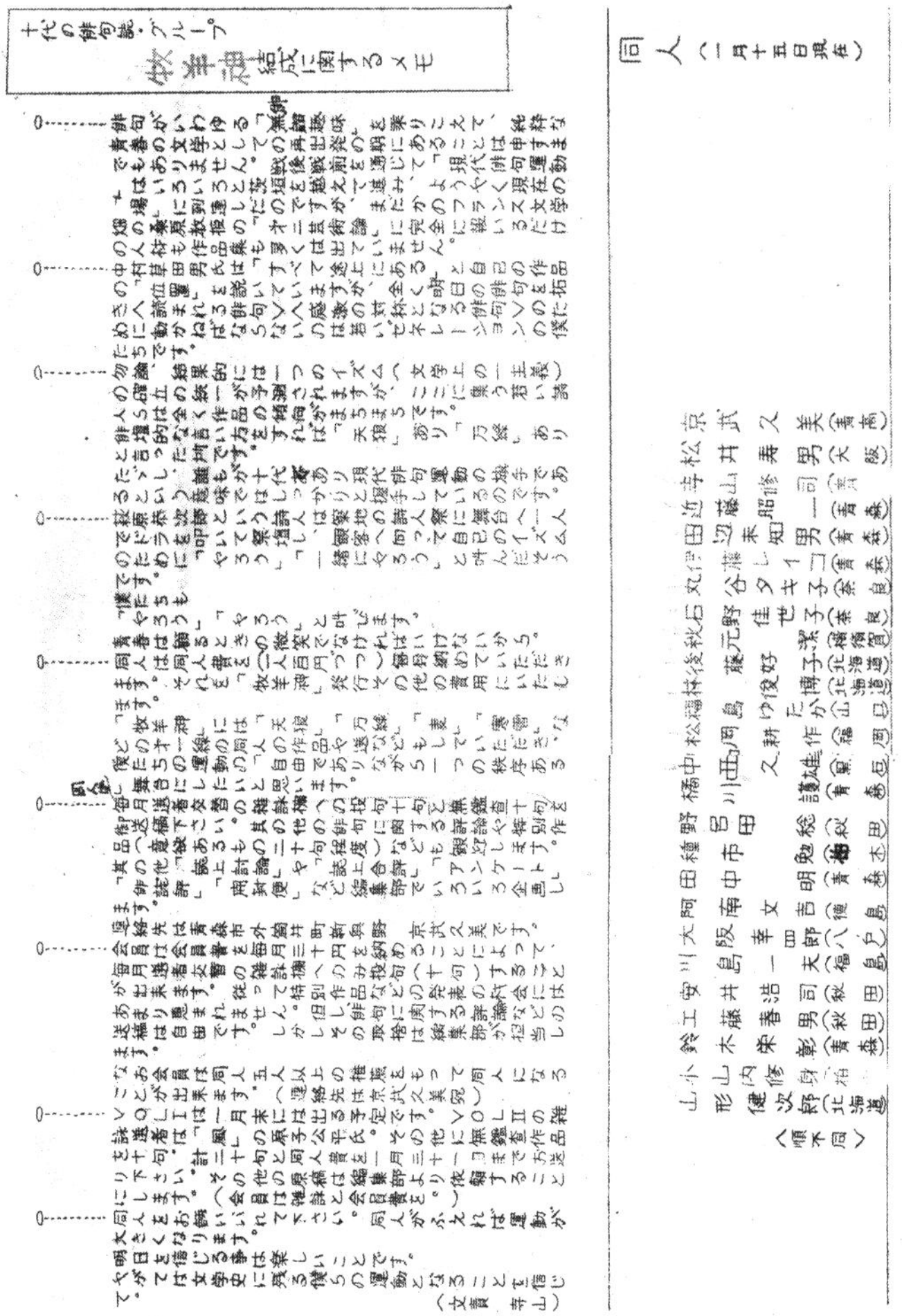

図3　山形健次郎所蔵の「牧羊神」結成に関するメモのコピー

《資料2》「牧羊神」発行年譜

号	発行年	編集人・発行人・発行所	印刷所	人数
No.1	一九五四年（昭和二九年）二月一日	（編集人・発行人　○）	創造社	24
No.2	一九五四年（昭和二九年）三月三〇日	（編集兼発行人　京武久美） 発行所　牧羊神俳句会・青森市京武方		40
No.3	一九五四年（昭和二九年）四月三一日	（編集兼発行人　京武久美）		39
No.4	一九五四年（昭和二九年）七月三一日	（編集兼発行人　京武久美） 発行所「牧羊神」俳句会		35
No.5	一九五四年（昭和二九年）七月三一日	（編集人寺山修司、発行人　戸谷政彦 発行所　牧羊神の会		38
No.6	一九五四年（昭和二九年）一〇月二五日	（編集人・発行人　○、発行所　牧羊神俳句会	逗子謄写堂	40
No.7	一九五五年（昭和三〇年）一月三一日	（発行兼編集人寺山修司　発行所　牧羊神俳句会 印刷人　小林万吉（群馬県富岡市）	○	37
（No.8及びNo.9は、欠番で発行されず。No.10から再開される）		同人の山形健次郎の証言		
No.10	一九五五年（昭和三〇年）九月一〇日	（編集・発行人　福島ゆたか）	○	不明

印刷人　小林万吉（群馬県富岡市）

（第二期『牧羊神』活動　寺山修司脱会後）

No.11　一九五七年（昭和三二年）三月一日

（発行人　林俊博（東京）、編集人　京武久美（青森市）　不明

印刷所エジプト社　北海道滝川町栄町４３０番地

No.12　一九五七年（昭和三二年）七月一日

（発行人　林俊博（東京斎藤方）、編集人　京武久美　不明

【注】

○は、「牧羊神」に該当箇所に記載のないことを示す。

奥付の表記は、できる限り、元の表記を生かした。

4号と5号は、事情があり同年月日発行となる。印刷所創造社（野脇中学校向かい）。

No.5、No.6、No.7の発行所は、牧羊神の会、牧羊神俳句会の住所は、川口市幸町一の39（坂本方）と寺山修司下宿先。

第四章　「牧羊神」にみる寺山俳句と俳句論——論と創作の二方面からの考察

1　「牧羊神」にみる寺山修司の新作俳句をよむ

《資料3》「寺山修司「牧羊神」作品篇　投句履歴　俳句&エッセイ」は、「牧羊神」にみる寺山俳句に投句履歴を付けて資料化したものである。当時、「牧羊神」仲間から「旧作で新鮮味に欠ける」と批判されているように、《資料3》からも旧作、つまり既に他誌に発表した句が多いことがわかる。同一俳句を方々へ投句することは原則禁じ手であるが、彼は意に介さなかった。このように句歴が多い理由は、自作俳句の真価を多くの場で問うてみたいという思いと、また彼が編集魔で、何度も推敲を重ね改作句を大切に手元に保管し、出番を逃さず投句したことにあるようだ。大人からは旧作を持ち回る寺山について「創作の泉」を持つ寺山君にはふさわしくない、というやんわりした批判もあった。

寺山自身は、「同じ俳句を何度も投句して、歌謡曲が何度も唄われるように、読まれる機会を増やしてもよいだろう」と反論している。この発言の真意は、創作者イコール読者という閉塞的な結社組織のあり方を改革し、大勢の人に何度も読まれ、愛される俳句にしたいという「牧羊神」結成時の主旨に通じるものであろう。俳句を結社から解放し大衆の手に渡す活動である。十代の俳句研究誌「牧羊神」創刊の秘めたる目的はここにある。しかし俳句の組織構造と俳句創作の両方を同時に変革することは簡単ではなかった。「牧羊神」に発表した新作の数の少なさからもその困難さはうかがえる。まず各号の新作をあげてみたい。（　）内は筆者注とする。

「牧羊神」各号の新作俳句

第一号（昭和二十九年二月一日発行）

「ある手紙――雪のない思ひ出に」

麦の芽に日当るごとく父が欲し
一帰燕家系に詩人などなからむ
石垣よせに頰うつ飛雪詩成れよ
卒業歌鍛冶の谺も遠からずよ
詩を読まむ籠の小鳥は恩知らず
青む林檎水兵帽に髪あまる
小鳥来る襤褸《ぼろ》はしあわせ色ならずや

「特別作品」

山の虹教師尿《ゆ》まりしあとも仰ぐ
草笛吹く髪の長きも母系にて

「ある手紙」九句中六句が、「特別作品」では八句中二句が新作である。新鮮味がある。香西照雄選「種まく人」三句の中の一句「麦の芽に日当るごとく父が欲し」も新作である。「一帰燕家系に詩人などなからむ」「青む林檎水兵帽に髪あまる」が注目される。特別作品では「山の虹教師尿《ゆ》まりしあとも仰ぐ」が目立つ。

第二号（昭和二十九年三月三十日発行）

「二月の果物」

紙屑捨てに来ては舟見る西行忌
洋傘たかく青空に振れ西行忌
五月の雲のみ仰げり吹けば飛ぶ男
　参考句（満月に尿まれり吹けば飛ぶ男）
人力車他郷の若草つけて帰る

「二月の果物」五句中四句が新作である。「洋傘たかく」「飛ぶ男」の素材の新しさが目立つ。

第三号（昭和二十九年四月三十《マ》一《マ》日発行）

「上歌」（至上歌の誤植）

燃ゆる頬花より起す誕生日

舟虫は桶ごと乾けり母恋し
蚤追へり灯下に道化帽のまま
誰が為の祈りぞ紫雲英《げんげ》うつむける
鳶の大きな輪の下郷土や卒業歌

「種まく人」（原子公平選）

熊蜂とめて枝先はづむ母の日よ
燕と旅人こゝが起点の一電柱
雪解の故郷出る人みんな逃ぐるさま

「至上歌」十句中五句が新作である。「燃ゆる頬花より起す誕生日」、「舟虫は桶ごと乾けり母恋し」が佳句と言えようか。原子公平選の「種まく人」は、すべて新作。原子とは「全国学生俳句祭」等で親しく交流している。

第四号（昭和二十九年七月三十一日発行）

「永遠の逃亡」（この号全て新作扱いとする。）

桃太る夜は怒りを詩にこめて
林檎の木ゆさぶりやまず逢ひたきとき
この家も誰かが道化揚羽高し
小鳥の糞がアルミに乾く誕生日

夏の蝶木の根にはづむ母を訪はむ
沖もわが故郷ぞ小鳥湧き立つは
教師呉れしは所詮知慧なり花茨
九月の森石かりて火を創るかな
芯くらき紫陽花母へ文書かむ

右の九句は、「暖鳥」六月号にも掲載されている。どちらが先かは見極め難いが、ここを新作の初出扱いにする。決め難い理由は、「牧羊神」発行の混乱にある。寺山が「牧羊神」の事務局を突然東京に移す、と一人決めしたことが影響し、京武久美編集最後の第四号発行が大幅に遅れた。寺山の第四号への原稿提出は、七月の発行日よりだいぶ前、五月には、京武の手元に届けられていたであろう。つまり、「暖鳥」六月号への投句と同時期であると推定される。新作句の構成を変えて二ヶ所に投句したとみえる。因みに『寺山修司俳句全集全一巻増補改訂版』（あんず堂一九九九年）では、「牧羊神」第四号は六月発行となっている。筆者の手元にある「牧羊神」第四号での発行日は、七月三十一日とある。第五号と同日発行日となっている。事務局移動により混乱したのであろう。「林檎の木」「この家も」にみるように、この号は秀句揃いである。これらの句は、《資料3》の句歴状況からわかるように、自信作としてこれ以降も持ちまわされた。

林檎の木ゆさぶりやまずわが内の暗殺の血を冷やさんために（『血と麦』）
この家も誰かゞ道化者ならむ高き塀より越え出し揚羽（『われに五月を』・『空には本』）

とのちに短歌にアレンジもしている。参考のために「暖鳥」六月号の掲載句を引く。、寺山の力の入った編集の跡をみると「牧羊神」が先であろう。著名な俳句同人誌への投句に重きを置く意図も透けてみえる。

［「暖鳥」六月号より。各句の上に付した数字は、「牧羊神」の掲載号を示す。］

特別作品

「せきれい至上」

4号夏の蝶木の根にはづむ母を訪わむ
4号沖もわが故郷で小鳥湧きたつは
　梨花白し叔母は一生三枚目
3号桶のまま舟虫乾けり母恋し　　〈類似句〉舟虫は桶ごと乾けり母恋し
3号燃ゆる頬花より起す誕生日
1号青む林檎水兵帽に髪あまる
　目つむりていても吾を統ぶ五月の鷹

悲劇はもはや喜劇でしかあり得ない
—ある日のエピローグ

4号この家も誰かが道化揚羽高し
　台詞にはなかりしくさめ造花飛ぶ

第三者たり得て薔薇をかぐは母
4号教師呉れしは所詮知恵なり花茨
うつむきて影が髪梳く復活祭
2号五月の雲のみ仰げり吹けば飛ぶ男
掌もて割る林檎一片詩も貧し※
3号山拓かむ薄雪貫く一土筆
2号塵捨てに出て舟を見る西行忌　〈類似句〉紙屑捨てに来ては舟見る西行忌
綿虫を宙にてとどむ祈りのこゑ
4号蕊くらき紫陽花母へ文書かむ
4号小鳥の糞がアルミに乾く誕生日
台詞ゆえ甕《かめ》の落葉を見て泣きぬ
4号九月の森石かりて火を創るかな
4号桃太る夜は怒りを詩にこめて
太き冬日が荒野つらぬく怒りの詩

小鳥のための赤きノート

4号林檎の木ゆさぶりやまず逢ひたきとき
きしみ飛ぶ鶺鴒この岩にて逢わむ
わが夏帽どこまで転べども故郷

わがくさめまじり喜劇に拍手はげし
葡萄の葉敗者かわれを嗤ひしは
たんぽゝは地の糧詩人は不遇でよし

第五号（**昭和二十九年七月三十一日発行**）

未完の逢曳き

されど逢びき海べの雪に頬搏《う》たせ

「牧羊神」の活動拠点が東京に移り、編集は京武久美から寺山修司に代わる。「未完の逢曳き」は十三句、堂々の巻頭掲載作品である。が、《資料3》にみるように新作句は、引用した最後の一句のみである。作品（2）の部に「天才でない雲」は旧作のみ。《資料3》VOL. 5参照。寺山は自作の既に評価を得た代表句を編集力で揃え発表した。「PAN宣言、最後の旗手」「座談会、火に寄せて――恋愛俳句の可能性」「時評」等の創作論に力を注いだ。また「牧羊神」の表紙や雑誌の装丁にまで拘りをみせている。その分、実作は芳しくなかったのだろう。

第六号（**昭和二十九年十月二十五日発行**）

Old Folks at Home

――青い種子は太陽の中にある　ソレル

桃うかぶ暗き桶水父は亡し

明日はあり拾ひて光る鷹の羽毛　（創作論との関連句）
ラグビーの頬傷ほてる海見ては
同人誌は明日《あした》配らむ銀河の冷え

「Old Folks at Home」は、八句中四句が新作である。第四号と同様「暖鳥」との同時投句が目につく。やはり投稿日から結社誌や同人誌の発行日との時間の間隔を考慮に入れると投稿の前後は決め難い。エピグラフ「青い種子は太陽の中にある」は「短歌研究五十首詠特選チエホフ祭」と同じものを使用している。五号、六号の頃は、八月締切りの「短歌研究五十首詠」に応募するため短歌作詠に時間を割いていたのであろう。また十月下旬といえばちょうど特選受賞が決まった時期である。俳句と短歌の関連が色濃く出た号といえる。新作句数は少ないが彼の代表句になる秀句揃いである。

第七号（**昭和三十年一月三十一日発行**）

少年の時間

父と呼びたき番人が棲む林檎園
〈参考歌〉わが通る果樹園の小屋いつも暗く父と呼びたき番人が棲む（『空には本』）
黒髪に乗る麦埃婚約す
わが内に少年ねむる　夏時間
蹴球を越え夏山を母と見る
〈参考句〉蹴球越えて遠き日向を母と見る　（類似句）

目つむりて雪崩聞きおり告白以後　（「暖鳥」同時投句）
二重瞼の仔豚呼ぶわが誕生日　（「暖鳥」同時投句）
時失くせし少年われに草雲雀
野茨つむわれが欺せし少年に

「少年の時間」十五句中八句が新作である。この号の発行は、『短歌研究』十一月一日に第二回五十首詠特選受賞が発表され、全国区での歌人デビューを果たした直後である。自信に満ちた活動が目立つ。たとえば、前年の秋、大成功であった「全日本学生俳句コンクール*」の夢をもう一度という気分でもあったろうか、「俳句研究社新人賞全国学生俳句祭」を計画。実施に向けての準備を開始した。出版社や選者との交渉、募集案内発送（一九五四年秋、締切昭和二十九年十月二十日必着）に奔走。が、寺山のやる気に反し体調は芳しくなかった。年明けには入院。喜びと苦労の日々が続いていた時期でもある。

計画した「全国学生俳句コンクール」は、順調に進まなかった。募集要項には、結果発表を『俳句研究』及び「牧羊神」誌上で発表すると明記しているが、「牧羊神」に正式に結果が発表された形跡はない。このコンクールについては周囲の反応も盛りあがりに欠け、話題にする青森の結社誌もなかったようだ。唯一一箇所「青高新聞三十六号（昭和三十年十月五日発行）に次の記事がみえる。

寺山修司さん（全国学生俳句コンクール）第一位——目覚ましい本校卒業生の活躍
「先般雑誌『俳句研究』主催で行われた全国学生俳句コンクールにおいて本校第四回卒業の寺山

修司さん─現在早稲田大学在学、今年の三月頃より腎臓を悪くし病床に伏している─は先に全国短歌コンクールで最優秀の成績を獲たが、今度も俳句で第一位を獲得、文壇の注目をあびている。なお京武久美、伊藤レイ子諸兄は十位以内に、近藤昭一、田辺未知夫は佳作に入賞した。また在学中の二年藤本晃君は第一次予選を通過し、本校の諸子はそれぞれ華々しい成績をあげた。

京武は、根回し段階で寺山からコンクールに参加するよう呼びかけられたが、自分は学生でないから参加しないと返事をしたという。募集要項の応募資格欄には「大学生　高校生　卒業後一ヶ年満たざる者（傍線筆者）」とある。この資格は、高校を卒業し社会人になった京武をなんとか参加させたい寺山の意図が透けてみえる。昨年の「全日本学生俳句コンクール（全国高校生俳句コンクール）」の第一位は京武久美、二位が寺山修司であった。名誉挽回のために、今度こそ負けないと大会を催したともみえる。負けず嫌いの寺山らしいというか、なんとも若い寺山修司である。引用した「青高新聞三十六号」の記事も寺山からの情報を得て書かれたものであろうか。

第七号の「少年の時間」の新作からは、「五十首詠募集特選」受賞のよろこびと短歌も俳句も作れるぞという自負がみえる。が、第七号の発行は遅れ、第八号、九号は、前述したように欠番となり、十号へ飛ぶことになる。「牧羊神」の発行は、寺山の身辺状況の変化や資金面から困難になっていた。

＊（俳句大会の呼称について高校三年時は「全日本学生俳句コンクール」、のちに「全国高校生俳句コンクール」と呼ばれる。寺山たちは「ゼンニッポン」と呼び親しんだようだ。昭和二十九年の大会は、「全国学生俳句大会（コンクール）」、「全国俳句祭」とも呼ばれる。

第十号（昭和三十年九月十日発行）

帰去来詩

故郷遠し　桃の毛の下　地平とし
詩は力　割られて芽ぐむ　薪の瘤
春は卵を扉で打つて母貧し
黒人悲歌　堆肥に春の雲移
沖見ゆるまで耕さむ　朝の農夫
鵙孵りすぐに日あたる農民祭
燕の巣かはけり村のイエスの肩
燕の喉赤し母恋ふことも倦む
巨きマストを塗りゆく裸夏は来ぬ
石狩まで幌の灯赤しチエホフ忌

「帰去来詩」の十四句中十句が新作である。しかし、半分はこの号のみの発表である。《資料3》俳句履歴参照。つまり方々に持ちまわして投句するほどの秀句がなかったことになる。消息欄に「寺山は、ネフローゼにて二月よりベットで生活している」とある。四年近くに及ぶ入退院生活の始まりであった。「帰去来詩」と評論「雉子ノート断片的に、その一未完」は、病院のベットの上で書いたことになる。「牧羊神」の後記に「全国学生俳句祭」の事務方を一手にこなしているために、疲れたと嘆く記事が何度かみえていた。それでも一九五五年（昭和三十年）の八月にはひとまず青高新聞ニュースにみるように、「全国学生俳句祭で一位入賞」を得て終了した。一応前回の雪辱をはたしたことになる。詳細については、5項であらためて角度を変えてながめてみる。

「帰去来詩」の新作俳句には、寺山が既出俳句で頻用した「詩は力」「母貧し」「黒人悲歌」「チエホフ忌」などの言説が目立つが、新作の詩想を練り上げ、秀句にする時間と体力は残っていなかったようだ。

歌人デビューによる新しい学びがうかがえる俳句もみえる。「燕の喉赤し母恋ふことも倦む」は、斎藤茂吉の「死にたまふ母」（『赤光』）の「のど赤き玄鳥《つばくらめ》ふたつ屋梁《はり》にゐて足乳根《たらちね》の母は死にたまふなり」からの着想句とみえる。本格歌人の何たるかを思い知るような茂吉の歌であるが「母恋ふことも倦む」と詠む寺山は、この茂吉歌をどのように受け止めたであろうか。寺山の文章に茂吉の「実相観入」の言葉もみえる。歌の学びの開始をうかがわせる俳句である。

第十号に秀句がないのは、体力や時間のみならず心が既に俳句から離れているからであろう。俳句との別れは必然であった。約一年後「青年俳句」に「新しき血」と題し百四十六句を発表（資料4）。それに添えた「カルネ」で、「ぼくはこうして俳句とはつきり絶縁し、昔の仲間たちに「牧羊神」の再刊を委ねたのだつた。ふたたびぼくは、俳句を書かないだろう。」と、「俳句絶縁」宣言をする。第一期「牧羊神」の終了である。

第二期は、寺山修司第一作品集『われに五月を』（作品社、一九五七年一月）が発行された二ヶ月後、一九五七年（昭和三十二年）三月一日、第十一号が、発行人　林俊博（東京）、編集人京武久美（青森市）、印刷所エジプト社、北海道滝川町栄町四三〇番地の奥付を持ち、発行された。再刊を委ねられた仲間には『銅像』句集の作者山形健次郎もいた。再刊には彼と京武の尽力が大きかった。が、これも第十二号で終刊になる。創刊時の勢いと熱い思いをそれぞれがどのように受け止めていたか、心の整理には時間を要したであろう。寺山修司に振り回された京武久美の思いは、察するにあまりあるものがある。

「牧羊神」時代を振り返った京武の文章を引用しておきたい。寺山修司没後一年に書かれたものである。前述した「牧羊神」第四号と五号が同日発行になった原因もこの文章から推定した。

「牧羊神」

数か月間、ぼくは謄写専門のちっぽけな印刷所に勤めたことがある。勤めたっと《まま》いっても、印刷所に「牧羊神」（十代の俳句研究誌）発行の交渉で何度か通っているうちに、なんとなく居座ってしまったと言った方が適切なのかも知れない。理由は簡単。寺山と創刊した「牧羊神」を定期的に発行し続けたい一心と、高校卒業後、仲間が東京に集結したこともあって、機会をみてぼくも上京しようとひそかに思っていたからだ。そんなある日、東京にいる筈の寺山が、突然印刷所を訪ねてきた。話しがあるから一緒に来てくれという。

ぼくはその日のスケジュールを全く無視した否応なしの強引さに腹ただしくなったが、ぼくは、主人の目を盗んで、寺山が待っている喫茶店に出かけていった。

その日は、目に滲みるほど青空が広がり、ぼくたちの再会を祝福しているように見えたが、どうしても時間までに仕上げなければならない印刷物があったので、ぼくにとっては迷惑なことであった。寺山は、さも待ちくたびれたように、「牧羊神」の発行所を東京に移すことにしたから、了解して欲しいという。
まさにそれは命令口調だった。たしかに仲間の多くが東京に集結していたから、発展のためにやむを得ないことと思われたけれども、一言の相談もなく、いきなり僕の手から「牧羊神」を強奪するのは、鬼に等しく、今日中に片付けなければならない仕事が待っていただけに、一層ぼくの神経を尖らせることになった。
ぼくの表情が、にわかにこわばったらしい。寺山は、それをすばやくキャッチすると、東京での仲間との交流のことを殊細かく話し出し、青森で続けているよりは、東京で思いきりあばれた方がどれほど有意義なことか主張し、ぼくの言葉にうなずきながらも移動する意志を変えようとはしなかった。「牧羊神」発行の資金面での行き詰りから、あえて印刷所に身を置いたぼくにとって、それは死刑宣告を受けた以上に、みじめな気持ちにおとし入れた。
やがて「牧羊神」の発行所は、ぼくのところから東京に移った訳であるが、計画したことと逆に、たちまち資金面で行き詰り、発行が遅れがちになり、遂に終焉せざるを得なくなってしまった。インクの滲んだ「牧羊神」を手にするたび遠くなってしまった寺山とのかかわり合いを思い浮かべながら、ひとり愚痴めいたこんな思い出に沈むこの頃である。

（暖鳥同人・仙台市）

京武久美「牧羊神」『五月の伝言　第一回寺山修司祭記念』（寺山修司祭実行委員会昭和五十九年五月一日発行）37頁より（傍線筆者）。

俳句改革に燃え、さらに広い世界に漕ぎ出し文学史に残る成果を期待し高みを目指していた寺山と京武のスピード感の違い、東京と青森の文化度の差が出た姿であろう。しかし、寺山の、「少年の時間」（第七号）、「帰去来詩」（第十号）には、戦い疲れて病床にある者の望郷の念が滲み出ている。言わずもがな京武は、「帰去来辞」（陶淵明）の題名を選んだ寺山の深層にある望郷の心情を察知していたであろう。傲慢で許し難い行動に諍いもあった。無二の親友の心を受け止める京武の心は複雑であったろう。没後十年過ぎだったろうか、京武が「寺山と会う日はいつも青空であった」と、語る姿は印象的である。二人は「青空」（希望）を共有した無二の俳句（文芸）仲間であった。寺山修司は、かけがえのない文芸仲間がいる「牧羊神」に新作を安心して問い、切磋琢磨し腕を磨いたことになる。まさに「牧羊神」は寺山修司の文芸の原点であり、故郷であった。

2　俳句創作論の核

寺山修司は、「牧羊神」に延べ数（旧作・新作・重複投句を含む。）にして、百八句を投句している。毎回平均すると十三句ほどの投句である。七号、十号になると「チエホフ祭」特選受賞の影響で短歌に軸足が移り俳句創作は低調になる。しかし、旧作が半分以上とはいえ題を付し入念な推敲や編集構成をした百八句は、実質的な第一俳句集といえる『わが金枝篇』（湯川書房昭和四十八年）百十七句に匹敵する句数である。句集一冊分にあたる精力的な投句である。問題は、前述したように後半は新作に秀句が少ないことである。その理由を前節で、「全国学生俳句祭（コンクール）」の実施、「チエホフ祭」の特選受賞による忙しさ、加えて病気の発症による体調不良が影響したとみたが、原因はそれだけではないようだ。

「牧羊神」創刊時〔高校三年生後半〕から、寺山の興味は俳句創作論にあり、実作と同時に俳句創作のあり方を考察していた。たとえば「林檎のために開いた窓——現代の紀行ノート」〔青森高校『生徒会誌』昭和二十八年度版、昭和二十九年二月発行〕は、本格的な創作論である。

その創作論にさらなる拍車がかかる要因は、「チエホフ祭」での特選受賞にあった。昭和二十九年十一月一日発行の『短歌研究』に受賞が発表された直後の好評は、一ケ月も経ずに〝模倣小僧、現れる〟の批判に晒された。自作俳句を引き延ばし短歌にする創作手法や中村草田男、西東三鬼の俳句を模倣した短歌を俳壇が問題視したのである。批判にうち勝つ理論武装が必要であった。反撃の第一弾は一九五四〔昭和二十九〕年十二月二日の「ロミイの代辯——短詩型へのエチュード」である。『俳句研究』一九五五〔昭和三十〕年二月号に掲載された。この反論の最後に記入した日付は十二月二日である。反論の早さを印象付けた日付であろう。原稿が雑誌に掲載される二月では遅すぎるのである。昭和二十九年末から昭和三十年の「牧羊神」第七号〔一月発行〕、十号〔九月発行〕発行時は落ち着いて俳句の創作に専念していられなかった。一刻を争って文芸創作論を確立しなければならなたった。「牧羊神」に掲載された散文〔反論〕——PAN宣言、俳句論、エッセイ、座談記、時評——は、『寺山修司俳句全集全一巻増補改訂版』〔あんず堂、一九九九年五月〕及び『寺山修司の俳句入門』〔光文社「二〇〇六年九月」〕に収録されている。ここでは、両著が省略した部分や編集後記、消息等を拾い、寺山が既成の俳句や俳句社会と葛藤する姿を通して、彼が目指していた俳句創作や俳句の組織改革について考えてみたい。

寺山修司の創作論の原点

その前に、第二章1「同人詩誌「魚類の薔薇」と寺山修司」の【シュウ《マ》ル・リアリ《マ》ズムについて】（詩誌「魚類の薔薇」第四号）を振り返ってみたい。鼎談にみる寺山の発言にジャンルを超えた作品創作の原点があると考えるからである。

寺山「今、塩谷さんの云つた、シュウル・リアリズムの定義ということだけど、それは一寸難しいな。つまり、僕達のシュウル・リアリズムと云うのは説明すれば、喜劇を悲劇に変えようとする一つの試みなんだ。だから、出来上つた作品だけを見れば、非常にきれいごとだけど、深い思想性とか、そういつたものが全然意図されていないようにも見受られる。けれど、それは、未だ僕達の至らない所なんで、理想とするところは、つまり、現実に存在しているのは悲劇なんだけれど、まず虚構の世界に喜劇を掲げておいて、そこから、虚構の世界を現実に転化させようと云う積りなんだ。だから、僕達のイズムは常に明るくて、決して絶望しない。他の人々は言葉のあそびとでも見るかも知れません。けれど、僕達にして見れば、確固としたひとつの**イズム**の上に立つて仕事をしているんだから。…」

寺山「僕達は、僕達の究極に於て求めている夢へ（是は美と云っても同じことなんですが）をまず最初に、打ち出してしまつてそれから、現実を導いて行こうとする、云わば逆説的なやり方なんで、是が誤解を受けるんでしょうね。」

この寺山の「シュウル・リアリズム」についての発言は、広く寺山の芸術全般に共通する創作理論であるとみてよいだろう。

父が九歳で戦病死、母は中学一年後期に、仕事で九州へ出た。一人青森に残された寺山の精神は辛く危険な状態にあった。この中学時代の不安定な寺山の精神を文芸活動が救った。つまりこの「シュウル・リアリズム」論は、彼が無意識に実践していた作品創作が正しかったことを裏打ちする理論であった。発言の滑らかさからも、VOUから学んだ理論がいかに寺山を勇気づけたか見てとれる。論より証拠、現実生活を越えた中学時代の彼の作品を読んでみたい。

短歌

閑古鳥の声聞きながら朝げする母と二人の故郷の家
「母さん」と呼んでにつこり笑みて見る帰郷の夜更けのやわらかきふとん
母想い故郷想いねころびて畳の上にフルサトと書く

詩　母

お母さん！
その名は
今でも心のおくふかく住みこんでいる

そうして私の心の中に
暖かい光をはなつていてくれる

いろり

パチ、パチ、パチと
そだの先がくづれて行く
父も
兄も
じっと火をみつめている
だれも聞いていないのに
弟がしきりに
スケートの話をしている
紅い火が皆の顔に輝いて
台所にコトコトと母の料理
をする音がする
外の吹雪がはげしい
時計が七つ打つた頃
するどい風の中で

ポチが　吠えた。

（注）第一章4『青蛾』掲載の詩「日曜」も中学時代の「晝（昼）の一時」も理想の家族を詩にしたものである。

「魚類の薔薇」ＶＯＬ４でおこなわれた鼎談は、寺山が人間と芸術の関係を理解したことを示す重要なものである。寺山の現実生活と照応させながら発言をみていく。

「現実に存在しているのは悲劇」とは、たった一人残された中学時代の寺山修司の境遇であり、「虚構の世界に喜劇を掲げる」は、兄や弟がいて優しい母のいる理想の家族を描いた詩を作ることである。作られた現実離れした「ピエロのような喜劇の作品世界」は、作者の現実生活を反転させる。作者の精神を安定させ作者を励まし現実から救い出す。「僕達のイズムは常に明るくて、決して絶望しない。」と説く根拠は、理想の作品創作により、中学時代の登校拒否状態にあった環境から救われた体験のことであろう。創作のみならず、晶子、白秋、啄木の歌や、上田敏の訳詩にふれることでも救われていた。

高校卒業間際に出合った「シュウル・リアリズム」論は、当時一般には理解され難い先端をいく奇抜にみえる論であった。しかし、彼には矛盾なく「そのとおりだ」と納得できたであろう。中学時代無自覚に実践していた創作にお墨つきを得たことになったからだ。寺山の芸術創作論の要としてこれ以降も生き続けているようにみえる。悲劇の現実を内包する虚構（作品）がどうあるべきかを知った寺山は、生活の悲劇をありのまま綴る作文を書くことはなかった。この論を是として生涯写実的表現を拒否することになる。これが寺山修司の作品創作の核となる思想であろう。次に「牧羊神」に書かれた創作論をみていくことにする。

3 「牧羊神」にみる俳句創作論（1）

第一号POST（編集後記）を読んでみよう。「牧羊神」の影響を受け、Ten-ageが台頭し活躍しているよろこび述べたのちに、これから「牧羊神」が進むべき方針を次のように述べる。

僕らの俳句革命運動は本誌三号あたりからＰＡＮ宣言として僕や京武君などが交代で毎号巻頭にその理論を体系づけてゆくつもりであるが、古い言い方を借りれば「論より実行」。諸君の実作がペンの余滴の何行にも勝るようになることを信じて疑はない。

俳句創作理論と実作の向上を実践しながら、俳句革命運動の理論の体系づけを見据えた姿勢である。発行時、間に合わなかった「ＰＡＮ宣言」に代わる「編集後記」である。

第二号　ＰＡＮ宣言

中村草田男の「詩人はこの一語、すなわちsleep, no more の如く一語の探究のために命を賭すべきだ」という主張を紹介し、以下に引くように自分たちの進む道を述べる。

僕たちも考えよう。ここに創刊したＰＡＮは現代俳句を革新的な文学とするため、そして僕たちの「生存のしるし」を歴史に記し、多くの人々に「幸」の本体を教えるための「笛」である。はじめ、この笛を吹きながら踊るのは、僕たちだけしかないけれど、そして僕たちのまえには果てしない荒野と、どれがsleep, no moreの本体なのかわからない羊歯の群ばかりではあるけれど、僕たちはこの「笛」を吹きつづけよう。僕たちはこのＰＡＮの方向を仮に憧憬主義と名づけたい。

（傍線筆者）

春の鵙国には採詩の官あらず　育宏

第一号のPOSTと同主旨のものである。憧憬主義「幸」と「笛」は、寺山のシュウル・リアリズムの定義を前提にした喩である。理想の作品創作（笛）が人間を幸せに導くという論調である。「牧羊神」の発行は、マクベスの「sleep, no more」に匹敵する一語を探究する俳句創作と、老人の玩具に成り下がった現代俳句を、十代の僕らが、玩具から文学へ改革する担い手として活動することを宣言したことになる。その革命は、俳句環境全般に及ぶもので、俳句結社制度の改革をも含むものであった。寺山はのちに演劇や映画の世界で、既成の形態に異議申し立てをする改革活動（前衛運動）を展開したが、俳句革命は、その最初の革命活動ということになるようだ。

第五号　ＰＡＮ宣言——最後の旗手

俳句はもう百年足らずで亡びる。と中島斌雄氏が言った。—つまり僕等の仕事の出来具合によつて俳句とはどんなものであつたかをはつきり文芸大衆に印象づける訳ですね。と僕は聞きかえす。

千空氏に、

大綿や亡びゆくもの芸こまかし

とゆう作品があるが、これはある意味での天狼のトリビアズムを指摘したものだとも思えてくるのである。僕らには社会性の「公」と「私」の問題、写生の実相観入と「薔薇」のシンボリズムの問題、人間探究と哲学との切点の把握の問題など、無限の問題が横たわつているのである。百年――それは一本の樅の木の成長の様に常に火を内蔵し乍ら前進しなければならない労力を必要とする。僕等最後の旗手、僕らは僕らにだけ許された俳句の可能性を凡ゆる角度から追及せねばならない。ロマンロランは「今有難いのは明日がある事だ」と言つたが僕らにとつても是程はつきりとした「明日」とゆう日は又とあるまい。（傍線筆者）

焚火火の粉われの青春永きかな　草田男

表記は原文のままに省略なしで引用した。傍線部にあるように、文学創作の理論を鑑みながら、百年足らずで亡びると危惧されている俳句に、寺山は「僕らは最後の旗手」として立ち向かう覚悟を示している。苦しくも俳句の可能性を追求する明日が自分たちにあることをよろこび、逃げずに進んでいく姿勢である。寺山の俳句革命は、生半可な思いでなかった。六号には、次の俳句も発表している。

明日はあり拾ひて光る鷹の羽毛　修司

本章「1「牧羊神」にみる寺山修司の新作俳句をよむ」でみてきたように、明日を担う自覚があったからであろう、四号、五号、六号の寺山の俳句は充実していた。強引な提案は、俳句に命を賭す覚悟の東京進出であったのであろう。このＰＡＮ宣言には、最後の旗手としての自覚の下「火を内蔵させて」前進しようとする寺山修司の姿がはっきりと見える。「牧羊神」の活動が一番充実していた時である。確かな俳句創作論の下、僕らが俳句界の先頭に立ち現代俳句を老人の玩具から革新的な文学とし、さらに俳句を百年で滅びさせないという希望ある幸せを自覚して邁進している。

4　「牧羊神」にみる俳句創作論（２）

次に寺山修司が「牧羊神」に発表した俳句創作論をみたい。第六号「光への意志」と第七号「梟について――三十代との区別」をみていく。第七号（昭和三十年一月三十日発行）の「梟について」は、ほぼ同時に発表した「点灯夫」『俳句研究』（俳句研究社昭和三十年一月）と合わせて読み解くことにする。まず第六号「光への意志」を全文引用する。考察の都合上、（１）、（２）、（３）と段落分けをした。

「光への意志」「見ること」の意味

（１）

ふと名前を忘れたが―狂って死んだフランスの詩人がこんなことを言っていた。

「私は見たことを詩に書くのだ。それが現実であろうがなかろうが、私が見たということにまちがいはない」

ところで見たことを書く俳句は決して私小説ではないし、石田破郷氏によって固定づけられた俳句の「私性」的な宿命に追いつめられたものでもない—と小さな断定を私が胸の中へ火のように育ぐくみはじめたのはつい最近のことである。見たことは在った事と決して同じではない、ということは考えてみるとひどく私らの力となりそうな気がしたからである。

（2）

「俳句的人生」という一見ひどく前時代風のことを私が新世代の俳句をする青年たちへ呼びかけようとするのは、つまり人生を俳句に接近させることにほかならないのだがその場合俳句は無論既成の俳句ではなくて私ら新世代よって革命化された新理想詩を指しているのである。

デミアンがシンクレールの人生の指標であったことは周知だがデミアンに今少しの詩情を希むのは私ばかりではなかろう。私らは在ったことではなく、見たことを俳句とし、つねにそれを私らの人生の「前」avan に置こうとたくらんだ訳である。つまり私小説は実生活のあとにあるが私らの俳句は実生活の前にあろうという訳で私らが美しい日々を送るために俳句は美しかるべきであろうし尚思索的でもあるべきだろう。

（3）

見る——なるほどこれは在ったものに触れる以上に精神の純真さを強要し、私らの「生きる」ことへの方法論を提示してくれるにちがいない。したがって私らは西東三鬼氏——左様あれほど尊敬していた——を蹴とばさねばならなくなった。なぜなら三鬼氏が内蔵しているハイデッカーの、そしてあるいはヤスパースの実存主義には「生」をすでに有限とみなしたニヒリズムと絶望が厳然として存在しているからでもあるし「生」へあまりにも中年的な興味をもちすぎているからである。

僕らは乾杯しなければならないだろう。
しかしその前に殺さねばならない――。（傍線筆者）

（1）では、フランスの象徴派・シュウル・リアリズムの傾向がみられるロマン主義詩人ジェラール・ド・ネルヴァル（一八〇八年五月二十二日―一八五五年一月二十六日）の「私は見たことを詩に書くのだ。それが現実であろうがなかろうが、私が見たということにまちがいはない」を紹介し、ネルヴァルのこの詩作についての認識は、私らの力になりそうな気がすると言う。なぜなら、最近、見たことを書く俳句が、在ったことを書く私小説でも、「私性」に拘束されるものでもない、という私（寺山）の考えと一致するからであるとする。現実に在ったことでない、自分の「見た」美や理想を打ち出すことが俳句であるという寺山の反写実的考えに、フランスの詩人の発言が力強く後押ししたわけである。

（2）では、「見た」ことを俳句に詠み、その俳句を実人生の前に置き、「俳句的人生」を送るべきだと提唱する。もちろん前に置く俳句は、私小説的古い俳句ではなく、新世代により革命化された新理想詩でなければならい。「見た」ことを詠んだ詩情に富んだ俳句は、美しく思索的であり、現実を反転させる。この思考は、「2俳句創作論の核」で紹介した詩誌「魚類の薔薇」で寺山が説いたシュウル・リアリズムの定義と一致する。

（3）「見た」ことを詩にすることは「在った」ことを詩にする以上に精神の純粋さを強要し、「生きる」ことへの方法を提示してくれるという考えは、現実生活からみれば「ピエロのような喜劇の作品＝理想の世界の作品」が美しい世界に人を導くという寺山の創作論の核になる思想と重なる主張であろう。ゆえに、俳句の革命を目指す若い世代は、シュウル・リアリズム俳句、ロマネスク俳句を目指さなければならないと宣言する。

そして「在った」ことを俳句にしている中年俳人と決別し、尊敬してきた石田波郷や西東三鬼をも蹴とばさなければならない、と。何故なら彼らの俳句は、実存主義を内蔵した精神から生み出されニヒリズムと絶望が存在しているために、「生きる」方向を提示してくれない。革命化された新理想詩の創作には、古い俳句を殺さなければならない、と寺山は主張する。

この寺山の思考は、「魚類の薔薇」でみた論よりさらに深められた。深められた点は「在ったことではなく、見たこと」を詩にするという論の導入である。「現実に存在してい」る悲劇を受けとめつつ、理想の「作品」を作る。できた「作品」は、悲劇の現実を美しく反転させてくれ、我々に勇気と希望をあたえる、という主張が寺山のシュウル・リアリズム論であった。ここに現実を反転できる力のある「虚構の世界（作品）」を作るために何を「見た」かという問題が加えられた。「在ったこと」ではないことを「見る」ということは難しいが、創作の要になる視点であろう。寺山には在ったことでないものをどうすれば「見る」ことができるか、これは詩人にとって究極の問題であるという自覚があった。同時に、「見た」ことを表現する最適な一語 sleep, no, more! を得なければならないという課題もかかえていた。

藤田貴大は「書を捨てよ町へ出よう」（寺山修司没後三十五年記念公演、二〇一八年十一月三日三沢市国際交流センター）の冒頭、前口上に「人間は眼で見るのではなく、脳（心）が見るという事であり、実際にあったことを物理的に見ることは見ることではない」を据え、これから始まる劇はリアリズムではなく心が見た物語ですと表明した。寺山の「見る」とはこういうことなのであろう。何を見るかは、詩人の心の問題になる。

ここで、寺山が高校三年時に書いた「見る」ことにふれている「林檎のために開いた窓――現代の紀行ノート」（青森高校『生徒会誌昭和二十八年度版、昭和二十九年二月発行』）をみたい。

その評論文は「光への意志」で言う「見たことは在った事と決して同じではない」（傍線部）と響き合う内容である。中村草田男が昭和二十八年の晩夏「津軽」を旅して書いた紀行文に論評したものである。最終部を引用する。

しかしその結論を提出する前に私は「眼」ということに触れておきたい。
「眼」――小林秀雄は志賀直哉を評して、それは見ようとしてものを見ている目でなく、見えてくる目なのだと書いてあった――が私は草田男のこれらの作品を生む場合の眼は、ちょうど小林秀雄のそれと対照的に万象を目でもって奪っているというような、つまり「詩」のためにまばたきなしに開いている、それなのだといいたいのである。
この眼―つまり開いたまんまの目がその才能と反射作用を為して多作しているのであるが、しかしときに閉じない目は「空があって茶碗が為る――老子」の理屈で、あまりにも詩の次元に泳ぎすぎて、一つの結晶とか盛りあがりを失ったのではなかろうか。
作品個々にsleep, no, more!　というような「詩の頂点」を盛ることには成功しながら「津軽全体」が、やや報告に終始したのはこの「開きすぎた眼のためと私は見たい。
そんならこの眼の「開閉」の調節はどうすればいいというのだろう。
さア、私はわからない。

なにをどのように「見る」と個々の俳句のみならず、紀行文全体のsleep, no, more! の最適な一語を探し当てられるか、つまり、現実のレポート俳句や私小説的な俳句と袂を分かつには、何をどのように見ればよいのか、「さア、私はわからない」と、その難しさを述べている。「在った」ことでなく、「見たこと、見えてくるもの」を俳句にする自覚が芽生えた時なのであろう。しかしこれは、同時代のリアリズ作家側からみれば、「嘘」の俳句ということになる。波郷や三鬼との対立は必定であった。

寺山が珍しく「林檎のために開いた窓――現代の紀行ノート」、「光への意志」の二作の評論で「僕」ではなく、「私」「私ら」という呼称を使用している。背伸びした大人の呼称の使用に彼の論文に対する意気込みがみえる。

時間と空間

第七号「梟について――三十代との区別」は、俳句革命を目指す十代の立場から、俳句界の中心で活躍する三十代の俳人に対する物申す果たし状形式で書かれた評論である。評論のキーワードは「時間」と「空間」である。

時間とは「私性」を越えない私小説的俳句の世界であり、空間とは、時間を越えた創造されたロマネスクの世界を意味する。前者は「在った」世界を詠む写実主義俳句で、後者は、「見た」世界を詠むシュウル・リアリズム俳句である。若い寺山たちは、時間から離れ、空間（ロマネスク）を創作する意義を信じて、仲間と結集して俳句革命を目指していた。しかし、三十代の俳人たちは、時間（沢庵が一本七円、母の足袋の穴がどうしたとかいう世界）の世界で汲々としている。そのような三十代俳人の姿を見るに耐えないとする。

その実例として、角川書店の『俳句』十一月号の特集「揺れる戦後」二千句を俎上にあげて批判する。「揺れる戦後」では「社会性詠」の意義を強調しているが、現実の社会悪を変えようとするのであれば、創作する場でなく、生活の場で戦ってほしい。創作では社会は変えられない―時間は阻止できないのだからと。彼らは社会詠で「傷」の見せあいと同世代と「握手」しているだけである。彼らが新人顔をして松川事件などに俳句性を求めている間に、俳句は静止したままになる。「もう止めてくれ、そんなヒステリックな時間への抵抗や、生活描写による世紀錯誤の私小説などは芸術ではないのだ。そして結社なども早々にさようなら、さようならだ」と激しく批判を述べ、次のように論を展開する。

作品のあるモチーフは、ロマネスクの材料としてあるので、「「私」の生活描写のための実感としてであったら、もはやおしまい」なのだ。イッヒロマン―それ然り。創作された世界は空間的であると同時に一切の社会を超え、自己の生活さえも超え、その上で尚も生活くさいある一面を必要とするだろう、と。「魚類の薔薇」でみた論が起点となっている。が、格段に進歩した創作論である。

ここには、俳句の創作のあり様のみならず、「結社なども早々にさようなら」と俳句結社組織にも異議申し立てをする。青森から上京して一年足らずの十代の無名の若い短詩型作家が成し遂げられるような問題でないことは冷静に考えればわかるはずだが、アジテーション調な文体で煽り気味であるが論の運びはしっかりとしてその熱意が伝わる。

※「梟について——三十代との区別」は、『寺山修司俳句全集全一巻増補改訂版』（あんず堂、一九九九年五月）及び寺山修司『寺山修司の俳句入門』（光文社、二〇〇六年九月）に、全文収録。そのために、ここでは要約するに止めた。

「梟について——三十代との区別」が本格的な評論文であるとすれば、これから読む「点灯夫」（『俳句研究』昭和三十年一月号）は、「梟について」をユーモラスな箇条書きにし、シニカルさを増したものである。その主張は同趣旨のものである。どうも寺山修司は、自己の主張を異なるメディアにほぼ同時に発表するスタイルを採っていたようである。彼の思いは一箇所一作品ではとても収まり切れなかったのであろう。

現在単行本に未収録なので全文引用する。めずらしく寺山修司の署名がない。が、「牧羊神」第六号の消息欄に「新年号に「点燈夫」を執筆の予定。」と予告記事があることにから、寺山の文章であるとわかる。また書かれた内容からもそう判断できる。▼印は、寺山が原文で使用。

点《マ》灯《マ》夫

▼たしかな記憶ではないが、幼年時代の読書にハウフの「はだかの王様」というのがあつた。王様がかすみの衣装という名の着物を着て——実ははだかのまゝで群衆の間を行進して歩くのであ

る。

こゝでもつとも興味があるのは、「この着物は本当に美を鑑賞できる品行方正なる人でなければ見えない着物」といわれた側近連が、実はなにも見えやしないのにまことに「結構な着物で――」というくだりである。これは何と俳壇的であろうと僕はひとりで思い出しては愉快である。

何も王様を誓子にたとえて「天狼」の投稿者を群衆にしようとか、「薔薇」のサンボリズムと会員の関係などを言つているのではなく、たゞ「王様は裸だァ」と絶叫する少年が俳壇にも欲しいという話。

▼ところで、「俳句」に時評を書いている中島斌雄はそれを雑誌の形態別に分けて、総合誌、結社誌、同人誌と三つに分けている。

同人誌というものが純粋に存在したのは古くは「京大俳句」の頃からずい分の数にのぼるかも知れない。しかし、チエホフ的にお互いの火を頒ちあつて貧しい中から生を肯定しようとの段階までに至つた同人誌が今日ほど沢山存在することも珍しかろう。

真の俳句は結社誌からではなく同人誌から生まれるだろうというのが僕の未来への一寸した希みである。

▼ところで先日、電車の中で、「俳句研究」を読んでいる学生と隣りあつた。僕も鞄から同じのを取り出してポーズたつぷりそれを広げてみせる。やがてお互いは相手の横顔をチラチラ盗みながらけんせいし始めた。

僕はふいに、なにか話しかけようとしていきなり向き直つた。ところが―ところがである。むこうも同じ瞬間にこつちを向いて二人は全く同じ一瞬に同じ文句で「俳句をおやりですか」と言つてしまつたのである。むろん小声ではあつたが二つ合わせるとや、大声とも聞こえたせいで買籠をもつたマダムが二人の顔をみくらべてニヤリと笑つた。見るとそのマダムの買籠には「馬酔木」がのぞいていたのである。

▼俳壇を背負つてるのは三十代だという声はたまたま耳にするがそのあとの世代については「大人」たちはほんのちょっぴりの好奇心しか示していないらしい。しかし芽は大地に育つていることの例を二三挙げようと思う。一つは原石県《ママ》の息子原裕を中心とする鹿火屋と、それ以外の結社の新人による「研究会」グループである。これは富士見町教会でオジサンやオバサンを交えて今のところ現代作家論、山口誓子研究というのをやつている。お茶と百匁四十円の黒柳とかいうお菓子とでせい一杯の勉強だが気持ちもよく、時には連作や社会性への注目すべき発言なども見受けられた。

もう一つは自称アンファンテリブルの牧羊神グループでこ、は前者とくらべると更に一層常軌を脱しいる。会場の上野公園が雨となつたためソバ屋へ全員飛びこんで壁に句をはり出して何時間もしやべり、おしまいの勘定に至つては一円札やらをまじえてやつと支払すますといつた手合いである。このグループは最近「万緑」の後記で北野民夫にた、かれ

　秋駱駝若人の詩の通らぬ世

などと応酬していたがその勉強ぶりとまじめさは買つてもよかろう。

▼歌壇では「短歌研究」が、歌壇の大方の反対をよそに中城ふみ子を最後まで推し、既成の短歌美へ敢然と挑んだジャーナリズム精神を偉とすべきだが—早い話が現代の俳壇には神がないということも特徴の一つであろう。と言うと「何いつているんだい。『ホトトギス』には虚子という

神様がいるし、教祖だらけの俳句界ではないか」と君は怒るかも知れない。

しかし、僕はこ、でハイデッカー談義を語ろうともせぬし、むろんハイカラな信抑《ママ》を語ろうなどとは言わない。ただ、俳人の内に神がなく俳壇の外に神が無く、そして神がなく、そして、ドストイフスキーの言う「もし神が」いなければあらゆることが許されている」（悪霊）という現状を訴えたいのである。

たとえば鍛練句会などというのは俳句を武者修業か健康法とまちがえているようだし、エピゴーネン作品の流行に至つては日本の映画界を思わせるがごときである。もつと怖しいのは「俳句」十一月号に見られた「揺れる日本」の中にあり水爆や汚職をさながら夏蝶曼珠沙華のごとくに愉しげに使つている俳人の多いことであり、これについての反省の声はもつと高くてもよい筈だと思われる。
▼「短歌研究」十月号の座談会で木俣修や加藤楸邨が私小説性ということについて語つているが荒正人が「歌や俳句や私小説は作家と、そして彼を知る限定された読者との間の（約束）の上で成るのではないか」と核心をつき、中城ふみ子は約束を超えて詩歌文壇のすみまで行きわたつたが、彼女の乳癌という宿命的な境遇に実に大きく助けられていた、といつているのは僕らも考えるべき課題でもある。
▼ところで、俳句が他ジャンルの人によまれないのもこの（約束）と、そして大衆や労働者たちにまで大きく希みすぎるところにも原因しそうだ。いまさら阿部《ママ》能成でもないが「文化はひとりの私すべきものでなくて万人の共にすべきものである。それがひとりの天才の強い感激から生まれたにしてもその天才の心の背景には民族があり人類があり、その訴える相手にまた民族と人類

がある」とはもう一度考えてもよいことのような気がする。
▼ところで―（ずい分この点燈夫はところでを使いやがるな、他の副詞を知らねえのかな、などと言うなかれ）、俳壇には俳壇史がまだ殆どない。現代の俳壇のエッセイストか実作者が、他ジャンルの文芸的潮流と此《ママ》べながら書いたのを一冊は欲しいものだ。新興俳句の下獄事件などには実作と対比させて説明し、第二芸術論や結社解散論への応酬、その他の「おみなめし論争」なども無論入れるのである。
そう言う本が売れなかつたのは昔の話、最近はデフレ景気とやらで、例えば神田秀夫著に花森安治のラクガキをアレンジした表紙をかむせ「俳壇に関する何章」とでもすれば俳句人口の多い日本ではたちまち消化されよう。何しろこ、は文化国家であるもの。

「点灯夫」の内容は、俳句を万人に愛され読まれるものにするためには、俳句を結社誌の約束事のある世界から解放すべきだという主張である。代わりに沢山生まれている同人誌に期待するべきであろうと。三十代の中堅俳人だけでなく、若く力のある同人誌の活躍に目を向けて欲しい、とその活動を紹介。「牧羊神」もアピールしている。「梟について――三十代との区別」同様に『俳句』十一月号の「揺れる日本」で三十代の俳人たちが社会問題を嬉々として詠っていると批判。最終部では、俳壇史発行を具体的に提案する姿はさすが企画マン、編集者寺山修司である。なにより、俳句界を何とかしたいという思いからであろう。俳句界の将来を担う気概も見せた「最後の旗手」（「牧羊神」第五号PAN宣言）に通じる考えである。この論調に結社で活躍する先輩俳人の多くは快く思わなかったろう。実作と俳句組織の改革を目指す希望は、残念ながら実現しなかった。

社会問題を詠い、大衆性に埋没し、個人の問題を社会環境の所為にする三十代の中堅俳人のあり様を痛烈に批判する。この思考が、のちに個の問題を社会環境の問題とする岸上大作や永山則夫と論争になる要因であろう。

さて、「牧羊神」は、実作面では、社会問題を詠わない、メモリアリズム（生活報告詠）を詠わないを標榜して出発した。同時に俳句結社制度に異議申し立てをして変革を目指した。その目的は、俳句を結社から解放し、大衆に読まれる俳句（文学）にするためであった。「真の俳句は結社誌からではなく、同人誌から生まれるだろう」と断言する強さや「俳壇史」刊行の提案などは、俳句革命に向けた具体的で戦略的事項である。しかし、ソバ屋の会計に一円札をまじえて支払うほどの他の若い「牧羊神」の同人が、このような文芸革命運動を理解する余裕があったろうか。先鋭化する寺山の主張は、号が進むにつれて同人との距離を広げた印象を受ける。もし寺山修司の俳句革命が成功したとすれば、文学史に残るような新しい俳句の世界が拓かれた可能性があったかもしれない。彼の短い命が残念でたまらない。

「牧羊神」の終焉

寺山の船出は、あまりにも大きな難題を背負ったものであった。挫折の事情を「牧羊神」の編集後記や消息から確認したい。

第六号（一九五四（昭和二十九）年十月二十五日発行）

【ＰＡＮ通信：寺山修司。「俳句研究」九月号に「少年歌」二十五句発表。新年号に「点燈夫」を執

筆の予定。全日本学生俳句祭（全国学生俳句祭が正式名）整理の連日の徹夜で一貫三百匁やせたとのこと】

【ＥＣＨＯ編集部：寺山修司はこのところ観念的な理論に走りすぎて実作とのギャップを埋め得ないで苦しんでいるのではなかろうか。――たゞ五号現在ではなお人気を保ちえているところは一寸注目に値する。】

第七号（一九五四（昭和三十）年一月三十一日発行）

【post寺山記：次号の編集は京武久美、近藤昭一、田辺未知男らの希望により青森に一任することにした。その次は奈良の女子陣へまわりそうである。この号の遅れた理由は全国学生俳句祭の整理と「俳句研究」への文章「短歌研究」への作品創作にかけて内職の家庭教師やら試験やらが重なったことが主因である。申しわけない。】

最後に「ＶＯＬ８（第八号）のためにとして原稿募集が記されている。

◦エッセイ十枚以内で「梟について」、ファルス・時平・特別作品（三十句）・座談・合評（十枚以内）・作品（十五句）、秀句選五句

◦同人費百円（全員）

〆切　三月25日

◦送り先　立川市錦町１の46川野病院11号室寺山修司

第十号（昭和三十年九月十日発行）

【消息：ネフローゼにて二月よりベット生活をしている。新宿区西大久保（一部略）中央病院。十一月退院の予定。全国学生俳句祭で一位に入賞。「俳句研究」（八月号）に写真と作「少年の日」を発表。「ＶＯＵ」（４６）に「夏のノート」、『早稲田詩人』（４号）に時評と作品「かづこ《ママ》について」を発表。】

「牧羊神」発行の苦労、寺山短歌の模倣の目立つ創作手法へのバッシング、健康状態の悪化、加えて「全国学生俳句祭」の企画提案者としてまとめ切れない苦労、常に資金不足等々が重なり、ギブアップした。東京に移した「牧羊神」の編集も半年で、青森の京武たちにもどすことになる（第七号）。第八号、第九号は未発行。第十号で終刊。第一期「牧羊神」は、寺山の退会とほぼ同時に終焉となる。

　本著の「はじめに」で、寺山修司の原点論争が問題になっていることにふれた。寺山は多忙の中で、俳句も短歌も詩も音楽劇も小説も創作している。彼は、一ジャンルに収まり切れない人というのが答えではないだろうか。「俳句」が原点であるとは決め難いように思う。多様なジャンルの創作をする中で、文学のみならず哲学や美学を学び写実主義を批判し、シュウル・リアリズムによる「文学の創作論」を確立する過程をみてきた。後の活躍の場になる演劇や映画の世界へもシュウル・リアリズムの手法は引き継がれている。その姿はマルチの前衛芸術家であるといえるようだ。

　最後まで拘りをみせた「全国学生俳句祭」も俳句が原点だからというわけではなさそうである。イベントや雑誌の企画、実行（発行）好きという寺山の一面が出たのであろう。その他にも理由がありそうである。次に「全国学生俳句祭」について整理しておきたい。

5　「全国学生俳句祭」について

直前に引用した「牧羊神」第七号POST寺山記（編集後記）は、寺山の俳句との別れ、「牧羊神」からの離脱を予感させるものであった。理由の一つは、何度も述べてきたが、「チエホフ祭」の特選受賞による寺山の環境の激変であったろう。俳句から短歌へ移行しつつある中で、「全国学生俳句祭」の苦労をしきりに言及するが、なぜか、この催しについて「牧羊神」に正式な発表をみない。また同人の間で相談した形跡もない。企画段階で参加を打診した京武の反応はそっけないものであった。大規模なイベントを寺山一人が計画し、俳句研究社に持ち込んだのであろうか、不明な点が多々ある。

この件については、第四章1「「牧羊神」にみる寺山俳句をよむ」の第七号の項で、寺山の負けず嫌いが高じての催しであろうか、と述べた。前節4の最終部では、寺山のイベント好きが高じたものであろうとも述べた。次に資料を基に少し掘り下げて、この催しに対する寺山修司の思惑を考えてみたい。前節の評論などにみる明日の俳句に賭ける思いの強さから考えると、文学的次元の意図もあったはずである。

「俳句研究社新人賞全国学生俳句祭」（以下「全国学生俳句祭」とする）の計画は、いつ、どのような動機で始められたのか。同人仲間にガリ版刷りの作品募集案内が発送されたのは、一九五四年秋と言われる。作品締切日は、同年十月二十日必着とある（図1参照）。慌ただしい日程である。この日付は、「チエホフ祭」特選受賞発表に並行した日時でもある。この辺りが寺山修司のその後の俳句や短歌活動の分岐点であるので、「全国学生俳句祭」は秋でしょう、十月に行われたのでしょうでは済まされないだろう。
「全国学生俳句祭」に関連する動きを友人や中井英夫に宛てた私信等を参考に、年譜風に箇条書きにしてみた。周知のごとく寺山の私信に日付がない。日付は消印から判断した。消印が不明の時は、?とした。必要と考えられる寺山の文や私信は【　】中に引用した。

一九五四年（昭和二十九年）

九月二十六日　洞爺丸沈没事故。洞爺丸台風による日本最大の海難事故。

十月二十日　山形健次郎宛の書簡
詳細な上京日程計画を記した悦びの書簡。「全国学生俳句祭」の作品投稿締切日が十一月十日まで延長。

十月二十二日消印　十一月三日、国電飯田橋駅が集合場所の「牧羊神」の会のお知らせ発送。（ガリ版印刷）。文面【会終了後、山形健次郎句集『銅像』出版記念会も行う。十月二十五日までに出席可否を】とある。

十月二十三日消印　松井牧歌宛の手書き葉書
文面【三日には、京武、山形たちが出てきます。それから全日本学生（全国学生俳句祭のこと）―には是非出稿していたゞきたいです。】

十月二十三日消印　山形健次郎宛の怒りの書簡。詩「先頭の孤独」同封。

この書簡には以下の重要な情報が記されている。「牧羊神」の会、全国大会（飯田橋駅集合の大会）開催に参加して欲しい人が不参加であること。「全国学生俳句祭」の応募者が締切日を過ぎても集まっていない事。「チェホフ祭」特選受賞が決定したこと。

「牧羊神」第六号発行。ＰＡＮ通信に、山形健次郎句集『銅像』については【ところで句集が出た。これは山形健次郎の「銅像」で跋を編集部の寺山修司君が書いている。　林俊博君がその紹介文を滝高新聞誌上にしているが、彼の北国の叙情と七十円という廉価になる二百三十句は僕らを魅きつけるのに充分であろう。　牧羊神叢書である。】と記され、第七号（post）では、「銅像」は割に好評らしく、榎本冬一郎氏からハガキで檄文をいただいたともある。六号には次の記事もみえる。

【山形健次郎の連絡船の句

　　にわかの死思えば遠く野火ひかる

が発表されるや予言にたがわず洞爺丸が沈没。つつしんで敬意と哀悼を（牧羊神）】

十月二十五日

十月二十六日⑦　中井英夫宛

十一月一日

「チエホフ祭」『短歌研究』十一月号発表短歌の差替えの依頼。わが下宿に北へゆく雁今日見ゆるコキコキコキと罐詰切れば／を抜き、差替えの候補歌八首を送る。結果、次の歌に替わる。／煙草くさき国語教師が言ふときに明日という語は最もかなし

十一月三日

山形健次郎句集『銅像』発行。（発行者、寺山修司／発行所牧羊神俳句会）『短歌研究』（十一月号）から「第二回五十首応募作品特選」受賞。受賞作品「チエホフ祭」（原題「父還せ」）が発表される。

十一月?日

「牧羊神」の会、全国大会開催。場所は早稲大学構内、十四名参加。図録「没後二〇年寺山修司の青春時代展」（世田谷文学館二〇〇三年四月二十六日〜六月十五日）や『新潮日本文学アルバム　寺山修司』に集合写真が掲載されている。しかし、大会の実施主旨や参加者名の詳細については不明。

中井英夫宛の書簡

【一筆敬上（うそ字かな）／とにかくお元気ですか／十一月号の売れゆきは如何ですか／（略）その後／座談会の案内僕にまだ来てませんが、大方は先日通りということになるんですか。／詩を作りました。如何（むろんＶＯＵ的でなく、素直なエピローグにすぎません）】山形健次郎に送った詩「先頭の孤

独」を一部変更して同封。
日付は不明であるが、一枚目で『短歌研究』十一月号の売れゆきを尋ねていることから、十月二十三日付けの山形健次郎に送った書簡より少し後のようだ。

十一月十四日　『短歌研究』新年号掲載用に行われた座談会に参加。前後に「チエホフ祭」の「評判やはり悪いですか。」と心配する書簡も送る。

一九五五年（昭和三十年）
一月三十一日　「牧羊神」第七号発行。
八月一日　『俳句研究』（八月号）に「全国学生俳句祭」の結果発表（図2・3・4参照）。

右の記録をみると「全日本学生俳句祭俳句整理の連日の徹夜で一貫三百匁やせた」（第六号PAN通信）という状況の中、「チエホフ祭」受賞により、中井英夫宛の書簡も増えている。作品の差替え依頼や「チエホフ祭」の評判や売れゆきを心配する私信である。心労は相当なものであったろう。「全国学生俳句祭」を準備実施している寺山の心境を具体的に知るために、十月二十三日の消印、山形健次郎宛の詩「先頭の孤独」が同封された怒りに満ちた書簡を読んでみたい。コクヨ製の十九 line の便箋四枚に、横書きされている。赤字で「前略」と大きく書き出し、山形が十一月三日「牧羊神」

の会（全国大会）及び『銅像』出版記念会に、欠席と返信したことをなじる文面である。

今日来た沢山の手紙中、君のと京武のをよんで、今腹を立てゝいるところです。というより泣きたい位「先頭の孤独」を痛感。――試験なんて一体何だ。僕はこの間全日本の案内状出しと牧羊神の割りつけ清書などで徹夜つゞき、それで全然だめだったが後悔していない。〃生きる〃とはせいいっぱい一杯自己設計することでしょう。いままでの状勢で、僕は君と林と京武の三人は最低来ると見、すでに案内状を出し、そしてその出席の是、非の返答まで数通得ている。（中略）とにかくあと四十通はまだ返答は来ていない。だれも来なくてもだましたのは結局僕だけになりそして東北の青空は青いかも知れぬ。しかし、そんなもんだろうか。形式とか大会とか、そういうものが〃集まる〃という情熱よりはたして大切だろうか。（中略）僕は〃形式だけの同人〃は蹴とばす。東北人は熱、青春を持っていたはずだが、僕だけだったのかもしれない。例え在京の十数人と君だけでも、なべやきでも食いながら論じ、そして青春を語るのは、それはたのしいことではなかったろうか。（盛大でなくても君を歓迎する会で結構じゃないですか。（京武にすぐ再び誘う。出席しない京武を批判。）とにかく君は来なければならない。と思います。（傍線筆者）

既に寺山は、十一月三日、「牧羊神」全国大会後、山形健次郎句集『銅像』の出版記念会を行う予定で関係者に知らせの葉書を出している。二十三日、松井牧歌宛の私信には「京武も山形も上京しますし」と書いた案内状を出している。主役が来ないと困ると熱心に説得。「それでは来ることにきまりましたので別のことを書きます。」と私信上で山形の参加を一人決めし、「牧羊神」の会の話題から「全国学生俳句祭」の話題に移る。

全日本（筆者注、全国学生俳句祭のこと。寺山はいつも「全日本」と呼んでいた）にしても、青森は実を言えば京武、三浦、と三人しか来ていません。全国一と自称の青森が52分の3ではあきれます。九州では木場田、松岡が奔走しているのに、（中略）秋田が二人、青森が三人、北海道が五人とはこっけいです。先頭の孤独。僕一人で自腹を切って集めた四十名や、俳句研究社での説得もさみしすぎます。選者へ三鬼、春一をいれましょう。もっといれましょう。（傍線筆者）

この書簡の消印は二十三日、募集要項をみると締切日は二十日である。二十三日の松井牧歌宛の葉書きにも「それから全日本学生——には是非出稿していたゞきたいです」とある。集まりの悪さに苦労していたことを窺わせる。「自腹を切って集め」たとはどのような集め方をしたのか。参加費百円を立替たのだろうか。一〇〇円×四〇人＝四〇〇〇円。当時の高卒の会社員の初任給の倍くらいで、「牧羊神」が二回ほど発行できる額であろう。資金面の苦労も相当であったようだ。書簡最後の話題は、第2回『短歌研究社』五十首応募作品特選受賞の報告。

「短歌研究」の五十首詠で入賞一席らしいです。僕。第二の中城ふみ子って訳。そこで僕はしばらくは俳句と短歌へ人生を賭けて、啄木をそのまま体験します。一緒にやりましょう。牧羊神を少数精鋭の同人誌にする相談、及び誌上のではない座談会「僕らもごめんだ」——社会性と十代

――、など計画してます。来て下さい。寺山修司　（傍線は筆者）

この書簡の三日程前、投函された、六枚の長い書簡には、山形や青森の「牧羊神」仲間の上京プランの日程が詳細に記され、悦びに満ちたものであった。ところが、山形、京武からの「牧羊神」の会（全国大会）に不参加の連絡が届き、「先頭の孤独」の怒りの書簡になったのだろう。二十日の上京プランの最後には「全日本、〆切は俳研とも相談の上で、十一月十日にのばしたんです。今まで青森と東京、秋田をのぞいて五十人集まっているので大分ことしは興がありますす。」と余裕があり、元気いっぱいである。引用した怒りの書簡とは異なる。頻繁に書簡のやり取りをしたが、結局、山形、京武は、全国「牧羊神」の会に不参加。山形は「洞爺丸台風」の被害でそれどころではなかったという。一方、十一月十日に、締切日が延ばされた「全国学生俳句祭」には二人は投稿参加した。結果は、寺山修司第一位、90点で、第二位の49点を大きく引き離している。図2・図3の結果発表資料を参照されたい。

寺山は一人、右往左往したが、なんとか一九五五年、昭和三十年『俳句研究』八月号に「全国学生俳句祭」の結果発表が掲載された。選者たちの冷めたコメントが目につき、気の毒なほどの低調ぶりである（図2・図3参照）。前述したが、青森でも「青高新聞三十六号（昭和30年10月5日発行）」に載っただけの寂しさであった。

これほど熱意を注いだ「全国学生俳句祭」をどのような目的で企画したのか。寺山は、高校三年生二月の「牧羊神」創刊時から、知名度のある俳句同人誌にする野望があった。三月には、第一回全国学生通信句会を開催している。もはや俳句は老人の玩具ではないと十代ばかりの爆発的なグループを結成し、俳句革命を目指した。俳句史に残る革命運動を展開し、全国で注目される集団になる野望である。その思いについては、前節「4「牧羊神」にみる俳句創作論（2）」でみてきた。簡単にいえば、シュウル・リアリズム、前衛的な本格派の文学俳句作り、結社組織の改革を目指すものであった。そして、寺山がその先頭（代表になる）をいく構想である。この構想の実現には、「全国学生俳句祭」の実施が有効な手段であると寺山は考えていたであろう。催しが昨年のように成功すれば、脚光を浴び一躍俳壇に躍り出ることができる。「牧羊神」第二号のPANに比べ、その後発表された「光への意志」や「梟について――三十代との区別」、「点灯夫」が先鋭的で、より一層攻撃的な論調になるのは、「全国学生俳句祭」に託した期待の大きさの反映であったろうか。しかし、あまりにも急ぎ、選句方法や運営面で誠実さが欠けたために寺山の夢は脆くも崩れ、信用も失った。

京武に勝つこともイベント好きもあったろうが、なにより俳句界の先頭に立ち、新しい俳句世界の構築をする目的が「全国学生俳句祭」の開催ではなかったろうか。「全国学生俳句祭」を主催する「牧羊神」俳句会という名誉と、同人俳誌「牧羊神」の編集者寺山修司という肩書は、俳句史に残る仕事をする覚悟に燃えた寺山には譲れないものであった。そのことは『俳句研究』に掲載された「全国学生祭」結果発表第一位入賞者紹介欄の「青森高校卒・早稲田大学・教育学部国文科二年・俳誌牧羊神編集」という書き方に如実に顕れている。選者氏の一人が「「俳句祭」は匿名投句であるが、見慣れた句が多く誰の句であるかわかってしまている」と苦言が呈しているが、過去の句を揃えて応募するという杜撰な面が露呈した。「寺山の俳句は俳句でない」という厳しい声を耳にするが失くした信用は現在まで尾を引いているようにみえる。

最後に、いつ「全国学生俳句祭」の構想を思い立ったかにふれたい。これに近い構想は早くから持っていたが、実際の計画は、八月末の「チエホフ祭」応募が一段落した頃、九月中旬に「俳句研究社」の担当者と打ち合わせを済ませ、十月中旬には募集要項を発送したようである。確かな発送日は不明である。「チエホフ祭」特選受賞の報を得ていて、彼に自信と歓びをあたえた。同時に、試練もあった。「模倣小僧あらわる」という俳句界からの激しい批判である。それらと闘うために、力ある十代が結集する場の必要性を実感したであろう。止めることはできなかったのである。中井英夫宛の書簡のごく一部を年譜に引いたが、そこには甘え、おもねるような態度がみえる。「牧羊神」仲間には決して見せない顔である。「全国学生俳句祭」は、「チエホフ祭」受賞を契機に「牧羊神」の知名度を上げ、権威におもねかなくてもよい力を持つ同人誌にするために、構想された催しでもあったようにみえる。

6　大衆に読まれ愛される俳句とは——少年期、少年歌、少年の日、少年の時間

今までみてきたように、寺山修司が考えていた俳句革命は、時間の流れに点在する現実のレポート俳句や社会詠を避け、「見たもの」を空間化することであった。こうありたいという願いを込めた超現実的な美しい俳句の創作である。それは、最適な一語「sleep, no, more」を探究する苦しみをともなうものであった。

一方、完成した俳句の主な鑑賞の場である、結社制度に内在する約束ごと——実作者イコール読者というもたれあい——にも批判を向け、結社制度の解体まで主張した。この大胆な発言は、俳句を「老人の玩具」から、大衆に読まれる愛される文学にしたい、という思いから発せられたものである。

「中学から高校にかけて、私の自己形成にもっとも大きい比重を占めていた」（『誰か故郷を想はざる』）、「ここに収めた句は「愚者の船」をのぞく大半が私の高校生時代のものである。十五歳から十八歳までの三年間、私は俳句少年であり、他のどんな文学形式よりも十七音の俳句に熱中していた（「手稿」『花粉航海』）

という当時の俳句少年の日々をテーマにした俳句を読み解き、彼の考える大衆に読まれ愛される俳句について考えてみたい。引用俳句の下の【　】内に句歴情報を示した。初出は、当該雑誌が初出であることを示す。↓は、以後の投句暦を示す。まず次の雑誌に掲載された「少年…」の題を持つ句を読みたい。

高校二年時
「少年期」『麦唱』（高校二年の十月、文化祭発行）
「少年歌」『生徒会誌』昭和二十七年度版（昭和二十八年三月発行）
高校卒業後
「少年歌」『俳句研究』（昭和二十九年九月号）
「少年の時間」「牧羊神」第七号（昭和三十年一月三十一日発行）
「少年の日」「全国学生俳句祭」で第一位入賞句（『俳句研究』昭和三十年八月号）

『麦唱』（昭和二十七年十月四日）　編集兼発行人　京武久美　寺山修司

「少年期」　十句

秋つばめ祈りめきしを笑わんや【初出、以後句歴無し】
木の葉髪父が遺せし母と住む【初出、以後句歴無し】
（母と住む父が遺せし木の葉髪）（類似句『暖鳥』）
冬浪が昏れれば翳る母の絵で【初出、以後句歴無し】
蜥蜴にくし昭和の墓へ父の名も【初出→東奥日報→氷海→青森よみうり文芸】
玫瑰や少年の日も沖恋いし【初出、以後句歴無し】
麦笛吹く聴きいる少女を信じ【初出、改作句、左に示した】
（麦笛を吹けり少女に信ぜられ）（改作句、句歴資料3参照）
野火うつる鏡のなかへ抱きおこす【初出→七曜→氷海「鏡のなかに」と改作】
母と別れしあとも祭の笛通る【寂光→氷海→麦唱】
蟬鳴いて母校に知らぬ師の多し【東奥日報→麦唱】
校舎ふり向く松蟬の松匂ふなか【暖鳥→氷海→麦唱→辛夷】

『生徒会誌』昭和二十七年度版（昭和二十八年二月刊行）

「少年歌」　八句

雁わたる壁へ荒野の詩をひらく【初出→青い森「壁に」と改作）】
（短日の壁へ荒野の詩をひらく）（類句）

万緑へよごれし孤児が火を創る　【断崖「万緑に」→生徒会誌→青い森「火を創れり」】

燕の巣母の表札風に古り　【山彦俳句会→暖鳥→青い森→生徒会誌
→青年俳句「新しい血」→われに五月を】

秋の曲梳く髪おのが胸よごす　【《資料3》参照】

鷹舞へり父の遺業を捧ぐること　【青い森→生徒会誌→青年俳句「新しい血」】

花蕎麦や雲の日向は故郷めく　【山彦俳句会→生徒会誌→青い森】

〝ひめゆりの塔〟観後

風つばめバベルの塔を君知るや　【初出、以後句歴無し】

冬薄虹祈りの怒涛聴こゆ日ぞ　【初出、以後句歴無し】

『麦唱』は文化祭記念号として、青森高等学校文化部が発行した作品集である。十円で販売され、好評で、飛ぶように売れたらしい。サイズは縦十八センチ横十三センチと小ぶりで、24頁からなる。編集発行人は、京武久美と寺山修司である。二人は、文化祭行事の一つである青森県下高校生俳句大会主催の中心メンバーで多忙を極めていた。その影響であろう、寺山の提出が遅れ、ガリ版印刷で掲載された作品集の中に、手書き原稿を印刷した「少年期」が差し挟まれている。題名部分は、ガリ版印刷であることから、空欄にして原稿を待った様子がわかる。

俳句の下に付した句歴からもわかるように、ほぼ新作で、佳句がなく、当然その後の投句歴もない。しかし、「少年期」という題に注目したい。寺山が、「少年」という時を認識した証の言葉ではなかったろうか。急ぎの推敲無しの投句に、彼の深層にある意識がみえる。次の句は、印象深い。

木の葉髪父が遺せし母と住む
玫瑰や少年の日も沖恋いし

「玫瑰」の句は、その後、「玫瑰に砂とぶ日なり耳鳴りす」と改稿され、同年度発行の『生徒会誌』「海唱抄」に発表。寺山の代表句の一つになる。もちろん、草田男の「玫瑰やいまも沖には未来あり」から着想されたものである。

青森高校『生徒会誌』昭和二十七年度版に載る寺山作品は、創作小説「麥の戯画」、詩「すみれうた」、俳句「海唱抄」六句と「少年歌」八句である。当時堀辰雄に心酔し、小説家になりたいと考えていた寺山が最も力を入れた作品は、短編小説「麥（麦）の戯画」である。そのために俳句は少ない。「少年歌」八句は、友人の小説「きんかん」の最終頁の中央に別枠で入っている。『麦唱』の「少年期」と同様、投稿が遅れ、急ぎの持ち込みのためであろうか。或いは、「少年歌」という題で詠む必要を感じての追加投稿か、「海唱抄」六句とは別枠掲載になっている。ここにみる「少年歌」には佳句がある。

燕の巣母の表札風に古り　『われに五月を』所収。
秋の曲梳く髪おのが胸よごす　『花粉航海』所収。

「少年期」、「少年歌」から、寺山に「少年」という意識の芽生えがあったことを確認して、次に高校卒業後の作品を読みたい。これ以降「少年歌」という場合は、『俳句研究』に掲載された俳句を示す。

句の下の【　　】に初出情報を入れた。▼は「少年の日」との重複を示す。

『俳句研究』昭和二十九年（一九五四年）年九月号

「少年歌」　　二十三句（十二句＋十一句）

▼夏の蝶木の根にはづむ母を訪わむ　【パン句会S29・5】
▼便所より青空見えて啄木忌　【青い森S28・8】
葱坊主どこをふり向きても故郷　【山彦俳句会S28・5】
流すべき流燈われの胸よごす　【青い森S27・12】
▼二階ひゞきやすし桃咲く誕生日　【東奥日報S28・1】
軒つばめ古書売りし日は海へゆく　【青高新聞・青い森、暖鳥S28・3】
▼口開けて虹見る煙突工の友よ　【青森よみうり文芸S28・1】
秋の曲梳く髪おのが胸よごす　【山彦俳句会S27・7】
▼花売車どこへ押せども母貧し　【山彦俳句会・暖鳥・東奥日報S28・4】
青む林檎水平帽に髪あまる　【牧羊神S29・2】
▼大揚羽教師ひとりのときは優し　【暖鳥・万緑・浪漫飛行S28・12】
復員服の飴屋が通るいつもの咳　【山彦俳句会S27・12】
　北九州へいった母に
母来るべし鉄路に菫咲くまでには　【氷海S28・7】

車輪繕ふ地のたんぽ、に頬つけて　【浪漫飛行S28・12】
教師と見る階段の窓雁わたる　【氷海S28・11】
西行忌あほむけに屋根裏せまし　【暖鳥S28・4】
雲雀あがれ我より父の墓ひくき　【氷海S29・2】
▼麦の芽に日あたるごとき父が欲し　【牧羊神S29・2】
さんま焼くや煙突の影のびる頃　【暖鳥S28・4】
▼母は息もて竈火創るチェホフ忌　【浪漫飛行S28・12】
草餅や故郷出し友の噂もなし　【別巻青い森S28・8】
梨花白し叔母は一生三枚目　【暖鳥S29・3】
鵞鳥の列は川沿ひがちに冬の旅　【山彦俳句会S28・5】

右の「少年歌」は、初出情況から高校時代の俳句から評価を得た自信作を揃え、「少年歌」とし、編集したものであることがわかる。まず前半の十二句の構成をみたい。

夏の蝶木の根にはづむ母を訪わむ

母の句、明るい悦びにあふれた躍動感に満ちた句である。一番新しい句を冒頭に置いた理由は、

復員服の飴屋が通るいつもの咳

この父の句に対応させるためとみえる。「復員服」を着た飴屋、戦地に行った父を連想させる。「いつもの咳」からは、石川啄木『一握の砂』「ふるさとの／父の咳する／度に斯／咳の出づるや／病めばはかなし」がうかぶ。薄幸の「ふるさと」歌人啄木に、少年の身を重ねて「母」、「友」、「教師」を詠

う。悲しみや不安の中、「便所より青空見えて啄木忌」と「青空」の語もある。小さな「便所」の窓から見える「青空」は、大きな希望である。少年の希望の兪である「青空」の俳句の裏には「便所」、「啄木忌」と翳りもあるが、評価を得ている佳句だ。この「少年歌」が寺山に希望をあたえ、現実生活を美に導いた。文学の価値の何たるかを知らしめる。実生活の前に作品を置くという寺山の創作論が生きた構成である。

「北九州へいった母に」にも、「母」、「教師」、「友」、「父」の句が並ぶ。「菫咲く」、「地のたんぽゝ」、「西行忌」、「雲雀あがれ」、「麦の芽に」、「チェホフ忌」、「草餅や」、「梨花白し」と、どの句も春の景をとり込み、母への私信のようである。

雲雀あがれ我より父の墓ひくし

麦の芽に日あたるごとき父が欲し

二句並ぶ父の句も、「雲雀あがれ」で自身を鼓舞し、「我より父の墓ひくし」と、父を超えた自信をみせる。「父が欲し」も暗くない。秀逸な比喩「麦の芽に日あたるごとき」が、濁りがちな感情を詩に昇華させる。寺山の俳句が青春俳句と言われる所以である。寺山の父の句は、抜群によい。

麦の芽に日あたるごとき父が欲し

父と呼びたき番人が棲む林檎園（「牧羊神」第七号）

の句を経て三十九歳の寺山は、次のように詠む。一般的に、前衛俳句でおどろおどろしい句として鑑賞されるが、三句並べると「父が欲し」の表現の深まりをみせる句で、おどろおどろしいとは言えないだろう。

父を嗅ぐ書斎に犀を幻想し　『花粉航海』初出

最後の一句みたい。

　鷲鳥の列は川沿ひがちに冬の旅

青森では、鷲鳥が冬の寒さを避けて川の堤沿いにある溝に列をなす風景をよく目にする。寺山の下宿先から青森高校への通学路は、堤川の土手道である。この句は寺山の見た冬の実景であろう。寺山は風景に興味がなかったとみられがちだが、見るものは見ていた詩人であった。寒さを避けて集う水鳥、その句を最後に置く意味は深い。胡散臭さやおどろおどろしさは微塵もない。この一句をすえると、静かな心の安穏と微笑ましさがみえる。寺山の心を鷲鳥の姿に託して母に送る。寺山が「見た」のであろう。

こう読むと「少年歌」の構成上の意図が透けてくる。将来の夢を育む少年が故郷で父と母に護られている物語が構成される。一句ごとの確かな独立性と、その集まりが一つの物語を成す。大衆に読まれ、親しまれる俳句とは、ここにみるような物語化した文脈の中で一句を読み解く楽しさではなかったろうか。個と集団のコラボレーションが創り出す物語世界である。

全国学生俳句祭【第一位】『俳句研究』昭和三十年八月

「少年の日」　二十句。　▼は「少年歌」『俳句研究』との重複句を示す。

　　——いまありがたいのは明日があることだ　ロマンロラン

ラグビーの頬傷ほてる海見ては　【牧羊神S29・10】

▼便所より青空見えて啄木忌　（初出記入済）

わが夏帽どこまで転べども故郷　【暖鳥・パン句会S29・6牧羊神7】

同人誌はあした配らぬ《ママ》銀河の冷え（配らむ）　【牧羊神S29・10】
▼二階ひゞきやすし桃咲く誕生日　（初出記入済）
▼花売車どこへ押せども母貧し　（初出記入済）
▼母は息もて竃火創るチェホフ忌　（初出記入済）
桃うかべし暗き桶水父は亡し　【牧羊神S29・10】
沖もわが故郷ぞ小鳥湧き立つは　【暖鳥S29・6牧羊神S29・7】
▼夏の蝶木の根にはづむ母を訪はむ　（初出記入済）
いまは床屋となりたる友の落葉の詩　【浪漫飛行・万緑S28・12】
▼大揚羽教師ひとりのときは優し　（初出記入済）
▼口あけて虹見る煙突工の友よ　（初出記入済）
林檎の木ゆさぶりやまず逢ひたきとき　【暖鳥・牧羊神S29・6、7】
▼麦の芽に日あたるごとき父が欲し　（初出記入済）
黒人悲歌桶にぽつかり籾殻浮き　【パン句会S29・8】
この家も誰かが道化揚羽高し　【パン句会S29・5暖鳥・牧羊神S29・6、7】
桃ふとる夜は怒りを詩にこめて　【暖鳥・牧羊神S29・6、7】
桶のまま舟虫乾けり母恋し　【牧羊神S29・4】
山拓かむ薄雪つらぬく一土筆　【寂光例会S29・1】

「少年の日」は、寺山がこだわりをみせた「全国学生俳句祭」参加作品で、第一位入賞を果たしものである（図2・図3・図4参照）。
まず、▼印を付した八句が目につく。「少年歌」との重複句である。二十句中の八句は、かなり多いといえる。これでは、無記名応募でも誰の俳句かわかってしまう。「少年の日」は「少年歌」と同じ構成を持ち、その焼き直しに近い。俳句の下に付した初出暦をみると、創作年は「少年歌」より少し新しい。父、母、友人、故郷の中で育つ少年の希望や自覚の成長をうかがわせる構成になっている。冒頭のエピグラフ「いまありがたのは明日があることだ。ロマンロラン」を主題にした構成を採った理由は、寺山の明日の俳句界を担う覚悟の現れである。

　ラグビーの頬傷ほてる海見ては

冒頭句は逞しい少年が登場する。激しい冬のスポーツで負った「頬傷ほてる」から、傷に負けない希望がみえる。あえて、潮風にふかれてのほてりは、充実感すら生んでいる。海という大きな景の中で躍動する青春である。

　ラグビーの頬傷ほてる海見ては
　便所より青空見えて啄木忌
　わが夏帽どこまで転べども故郷
　同人誌はあした配らぬ《ママ》銀河の冷え
　二階ひゞきやすし桃咲く誕生日

三句目「同人誌」の句が加えられたことで、俳句界の明日を担う思いは一層鮮明になる。「便所より」の重複句も「少年歌」の中で読むより未来に向けた希望が強いものになる。「少年の日」の構成は、明日への希望にあふれた少年の力強い世界になる。
「少年歌」と同様に最後の句をみたい。

山拓かむ薄雪つらぬく一土筆

やはり青森の早春の実景に少年の心情を重ねた句である。この句の追加は、地方に住む少年物語の完成を目指したわけだが、恣意的であり過ぎたようだ。佳句とはいえない。この句にその後句歴がないことをみれば、作者寺山の評価も低かったのであろう。一句、一句の独立性と物語構成の共演の折りなしの難しさを示す例といえる。

桃太る夜は怒りを詩にこめて

この句もぎりぎりのところで社会詠を回避した句とみたい。
「少年歌」「少年の日」は、八句の重複句を持ち、少年の風景を構成した類似の物語である。「少年の日」は、「少年歌」の二番煎じに終っている。しかし、見える物語世界は異なる。「少年歌」は、父母に護られる少年が物語化され、一方「少年の日」は、明日を担う逞しい少年の覚悟を物語化する。共通句を用い同じ構成を採りつつもみえる色合いの異なる物語である。寺山が目指す大衆に愛される俳句とは、こういう事ではなかったろうか。独立した一句一句を繋ぎ、異なる物語的構成にすることにより、それぞれの物語の中で句の意味は異なる顔をみせる。コンテクスト次第で句の意味が変わる面白さである。同一句が何度も読まれ愛されることになる。読者を興味深い文学の世界に誘う。「少年歌」「少年の日」の世界から寺山が目指していた俳句創作と鑑賞の改革が少しみえてきたといえないだろうか。

「牧羊神」第七号　昭和三十年一月発行

「少年の時間」　十五句。句の下が空欄は、ここが初出の新作句であることを示す。《資料3》及び「本章1「「牧羊神」にみる寺山俳句をよむ」を参照されたい。

父と呼びたき番人が棲む林檎園
黒髪に乗る麦埃婚約す
わが内に少年ねむる夏時間
わが歌は波を越し得ず岩つばめ　【青森よみうり文芸S28・9】
勝ちて獲し少年の桃腐りたる　【暖鳥S29・9】
蹴球を越え夏山を母と見る
目つむりて雪崩聞きおり告白以後
二重瞼の仔豚呼ぶわが誕生日
時失くせし少年われに草雲雀
野茨つむわれが欺せし少年に
車輪の下はすぐに郷里や溝清水　【山彦俳句会S28・8】
草餅や故郷出し友の噂もなし　【別巻青い森S28・8】
（類句）草餅や故郷といえど貧しき町
方言かなし菫に語り及ぶとき　【暖鳥S29・1】

夏井戸や故郷の少女は海しらず　【別巻青い森S28・8】
亡びつつ巨犬飼う邸秋櫻　【万緑S29・11】内面的描写の深化をみせる。

「少年の時間」は、「牧羊神」第七号に発表された。「少年歌」（『俳句研究』昭和二十九年九月号）、「少年の日」（全国学生祭【第一位】『俳句研究』昭和三十年八月）とみてきたが、作品構成日を正確に決めることはできないが、俳句初出年をみれば「少年歌」の構成が一番早く、次が「少年の日」、「少年の時間」の順であろう。特に「少年の日」と「少年の時間」の順序は微妙である。どちらの原稿締切りも寺山の手の内にあり、混乱していたからである（「本章4の「牧羊神」の終焉の部」、本章5「全国学生俳句祭」ついて」参照）。「少年の時間」の成立時は、前述したように、寺山修司が俳句か、短歌か、どちらに進むべきか悩んでいた時であり、それに加えて病気の発症、入院という事態にあった。つまり、第七同号に同時に掲載された評論「梟について——三十代との区別」に、「いかに生きるべきかという悩み—僕たちの生と死と愛という根源的悩み—に直面しているんだと述べた箇所がある。「全国学生祭」の躓きという悩みの中での創作といえる。

「少年の時間」をみたい。ここに構成された世界は、少年が詩と葛藤する姿や生き方を探究する少年の内面世界の物語である。新作八句に旧作七句の構成であるが、「少年の時間」の世界からは「父」「母」、の姿が後退し、明るさは消えている。俳句専門雑誌に投稿するために厳しく選句し、入念に構成された「少年歌」、「少年の日」とは、当然構成は異なる。が、少年の生活に愛の問題、異性の姿が現れている。

黒髪に乗る麦埃婚約す

夏井戸や故郷の少女は海しらず

重複句もあるが創作の悩みや友との関係性の変化も詠う。

わが歌は波を越し得ず岩つばめ

勝ちて獲し少年の桃腐りたる

野茨つむわれが欺せし少年に

草餅や故郷出し友の噂もなし　（「少年歌」・「少年の時間」）

「少年歌」「少年の日」では、口開けて虹見る煙突工の友よ　と詠われる世界である。

誕生日の句も注目すべき変化であろう。

二重瞼の仔豚呼ぶわが誕生日

二階ひゞきやすし桃咲く誕生日　（「少年歌」「少年の日」）

「少年の時間」との別れの兆がみえる。

わが内に少年ねむる夏時間

時失くせし少年われに草雲雀

亡びつつ巨犬飼う邸秋櫻

こう読み解き、あらためて新作八句と旧作七句からなる「少年の時間」の新作である冒頭句「父と呼びたき番人が棲む林檎園」が冒頭に置かれた意味が見えてこないだろうか。確定はできないが、一応これが父の句の創作順であろう。三句並べてみた。

麦の芽に日あたるごとき父が欲し　「少年歌」

林檎の木ゆさぶりやまず逢ひたきとき　「少年の日」

父と呼びたき番人が棲む林檎園　「少年の時間」

新作「父と呼びたき」（「少年の時間」）の句は、父を欲した「麦の芽に日あたるごとき父が欲し」「父さんを還せ！」の心情は落ち着きを見せ、父を見る眼の変化をうかがわせる。「生き方」を模索する少年が父を客観視している句である。屈折した翳りを抱えた少年の成長の眼がとらえた父である。「少年の時間」の物語は、少年が父母からの自立し、生き方を模索する物語であろう。その中で変化する人間関係を詠った世界で、「少年歌」・「少年の日」の世界を相対化する深みをみせている。

父欲しさの渇望は、次のようなシュウルな句になるが、これが寺山俳句の到達点なのであろう。詳しい解釈については後日を期したい。

父を嗅ぐ書斎に犀を幻想し　『花粉航海』初出
父ありき書物のなかに春を閉づ　（「河」昭和五十六年二月）

以上みてきたように、一句一句独立して鑑賞する方法と、小題の下に物語的に構成された文脈に沿った鑑賞方法があることを寺山は示している。後者の方法—構成された世界の文脈で俳句を読む—が、大衆に読まれ愛される俳句となり、俳句を文学にすると考えていたとみえる。これは寺山修司が提案した新しい俳句論、俳句の鑑賞論ではなかったろうか。

父を描いた俳句をこの文脈で読み解くと、難解とみえた寺山の前衛俳句は、初期の青春俳句にみられない世界の広がりと、我々の感覚を導き成長させる身近な俳句とみえて来る。言説による美しい世界の拡張である。彼の言うシュウルな世界の美しい導きであり、現実に停止したままの作品を創る写実主義の否定は、寺山にすればあまりにもあたり前のことであったろう。

「少年の時間」の時は、「五月の詩―序詞」(『われに五月を』)「きらめく季節に/たれがあの帆を歌ったか/つかのまの僕に/過ぎてゆく時よ」の先ぶれでもあるようだ。第五章であらためて考えてみたい。

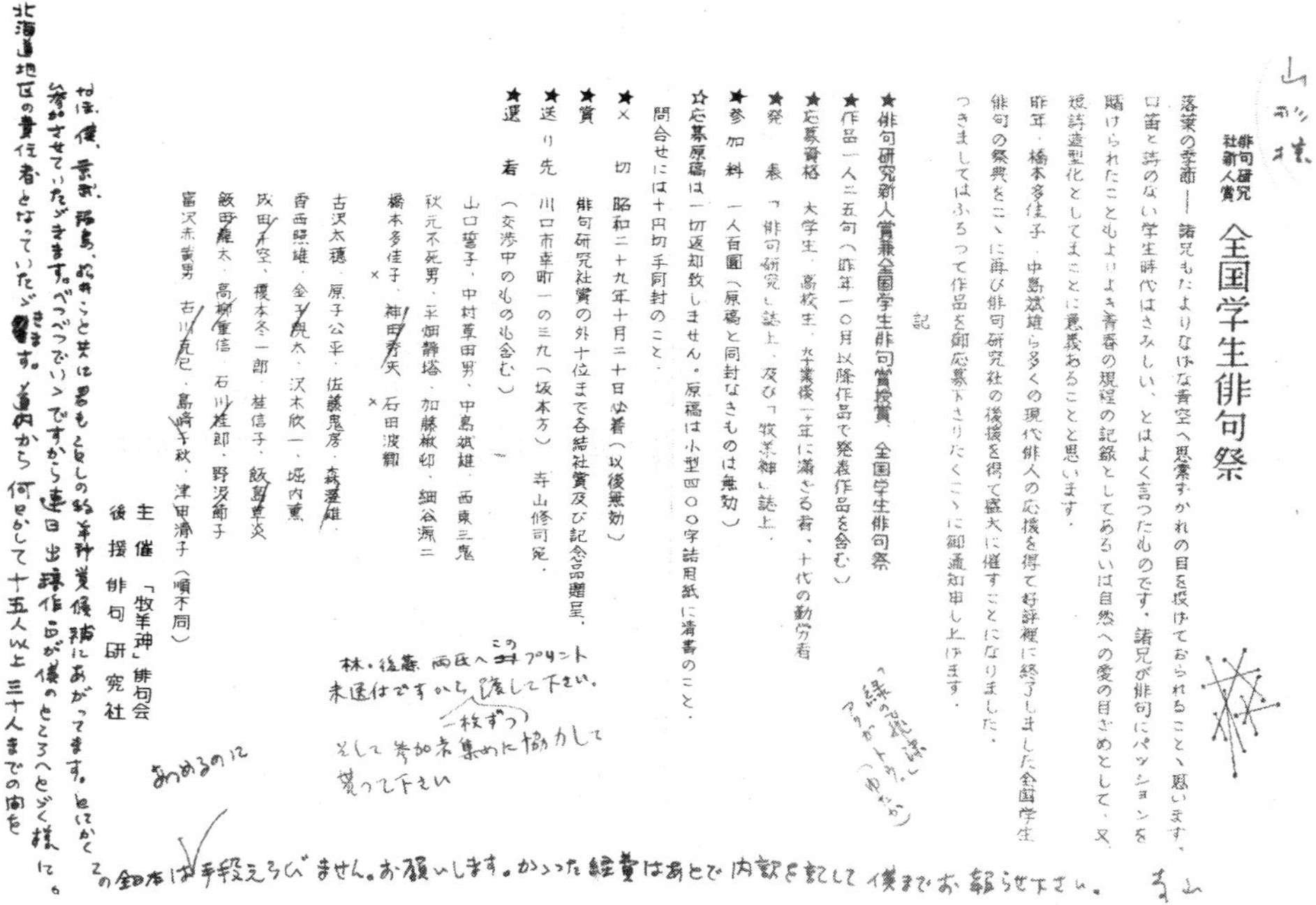

俳句研究社新人賞

全国学生俳句祭

落葉の季節―― 諸兄もたよりなげな青空へ悪意ずかれの目を投げておられることゝ思います。
口笛と詩のない学生時代はさみしい、とはよく言ったものです。諸兄が俳句にパッションを
賭けられたことも、よりよき青春の規程の記録としてあるいは自然への愛の目ざめとして、又、
短詩型化としてまことに意義あることと思います。
昨年・橋本多佳子・中島斌雄ら多くの現代俳人の応援を得て好評裡に終了しました全国学生
俳句の祭典をこゝに再び俳句研究社の後援を得て盛大に催すことになりました。
つきましてはふるって作品を御応募下さりたくこゝに御通知申し上げます。

記

★俳句研究新人賞兼全国学生俳句賞授賞、全国学生俳句祭
★作品一人三五句（昨年一〇月以降作品で発表作品を含む）
★応募資格　大学生・高校生・卒業後一年に満たる者、十代の勤労者
★発　表　「俳句研究」誌上、及び「牧羊神」誌上。
★参加料　一人百圓（原稿と同封なきものは無効）
☆応募原稿は一切返却致しません。原稿は小型四〇〇字詰用紙に清書のこと。
問合せには十円切手同封のこと。
★〆　切　昭和二十九年十月二十日必着（以後無効）
★賞　俳句研究社賞の外十位まで各結社賞及び記念品贈呈。
★送り先　川口市幸町一の三九（坂本方）　寺山修司宛。
★選　者　（交渉中のもの含む）
橋本多佳子・神田秀夫・石田波郷
山口誓子・中村草田男・中島斌雄・西東三鬼
秋元不死男・平畑静塔・加藤楸邨・細谷源二
古沢太穂・原子公平・佐藤鬼房・森澄雄
香西照雄・金子兜太・沢木欣一・堀内薫
成田千空・榎本冬一郎・桂信子・飯島草炎
飯田龍太・高柳重信・石川桂郎・野沢節子
富沢赤黄男・石川克巳・島崎千秋・津田清子（順不同）

主　催　「牧羊神」俳句会
後　援　俳句研究社

林・後藤　両氏へこのプリント未送付ですから渡して下さい。
そして参加者集めに協力して貰って下さい
この金は手段えらびません。お願いします。かゝった経費はあとで内訳を記して僕までお報らせ下さい。　寺山

図１　「全国学生俳句祭」実施要項
（資料提供：『牧羊神』会員　山形健次郎）

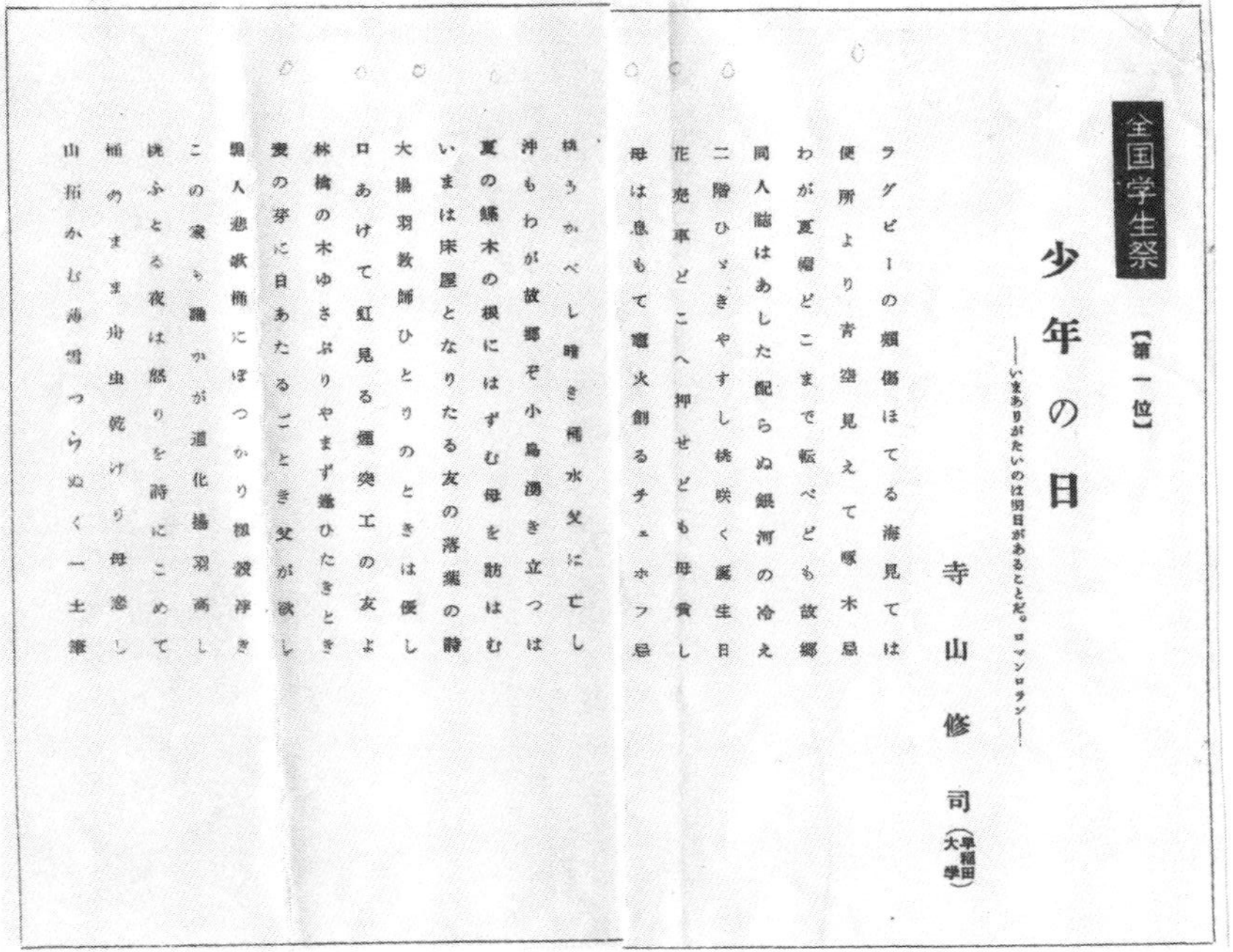

全国学生祭

【第一位】

少年の日

——いまありがたいのは明日があることだ。ロマンロラン——

寺山修司（早稲田大學）

ラグビーの頬傷ほてる海見ては
便所より青空見えて啄木忌
わが夏帽どこまで転べども故郷
同人誌はあした配らぬ銀河の冷え
二階ひゞきやすし桃咲く誕生日
花売車どこへ押せども母貧し
母は息もて竈火創るチェホフ忌
桃うかべし暗き桶水父に亡し
沖もわが故郷ぞ小鳥湧き立つは
夏の蝶木の根にはずむ母を訪はむ
いまは床屋となりたる友の落葉の詩
大揚羽教師ひとりのときは優し
口あけて虹見る煙突工の友よ
林檎の木ゆさぶりやまず逢ひたきとき
麦の芽に日あたるごとき父が欲し
黒人悲歌桶にぽつかり籾殻浮き
この家も誰かが道化揚羽高し
桃ふとる夜は怒りを詩にこめて
桶のまま舟虫乾けり母恋し
山拓かむ薄雪つらぬく一土筆

図２　寺山修司第一位受賞作品
『俳句研究』（昭和三十年八月号）より

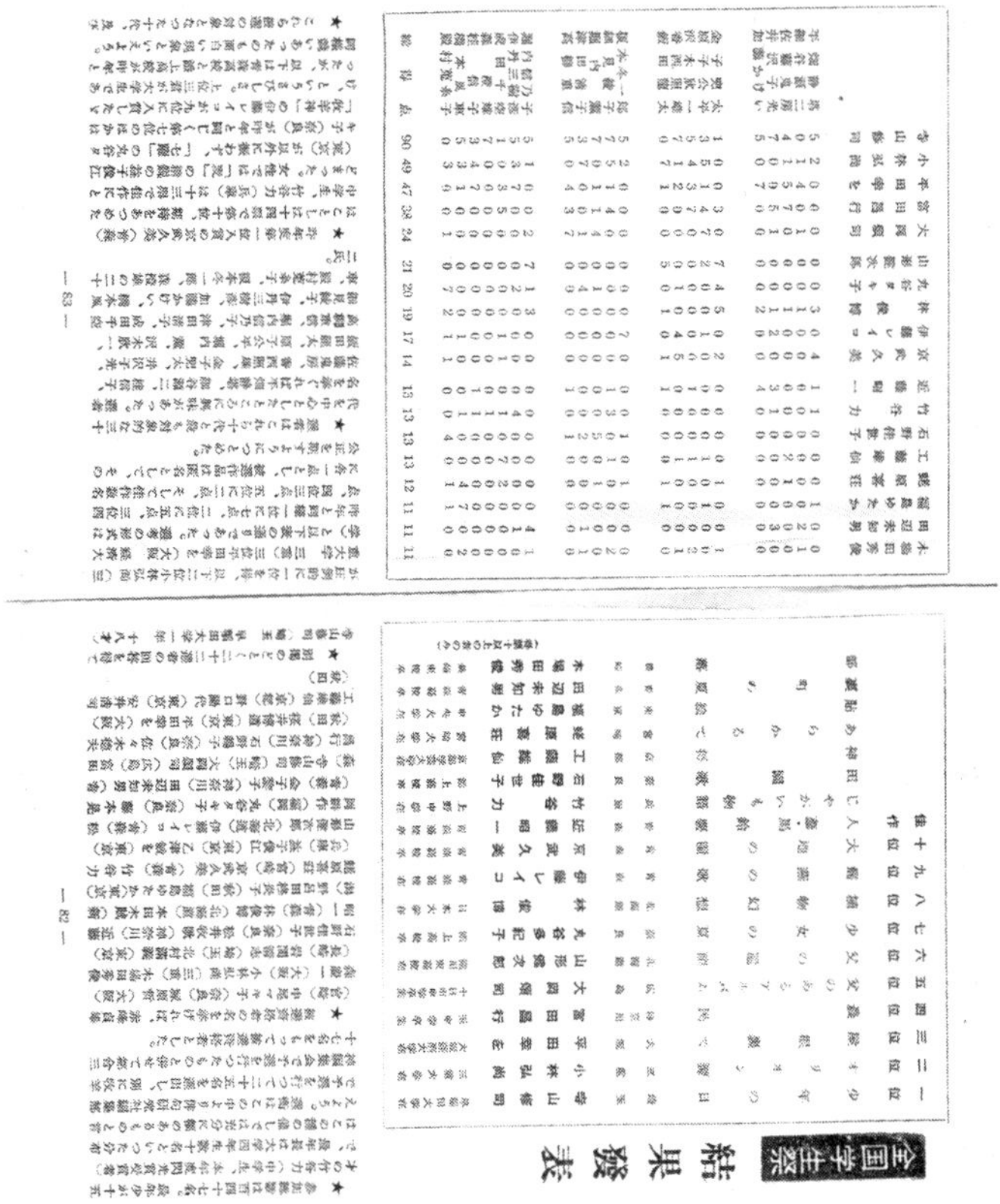

図3 「全国学生祭」結果発表①
『俳句研究』（昭和三十年八月号）より

二十代前期の無傷痕性、あるいは天使主義といつたものに対して選者たちの見方はどうであろうか。沢木欣一氏は「今の俳壇に欠けている若さを見つけだそうとの期待で読んだがいさゝか裏切られたような感じがする」といゝ「みな巧みで表現は身につけているが強烈な個性はまだ出ていないようだ」としている。また同じ三十代の原子公平氏は「個性的感覚と信じていたのが実は十代共通のセンチメンタルなレトリックだつた。」**高柳重信氏**は「みな語彙が貧弱で同じような言いまわし、同じような構図、同じような言葉が氾濫している。もつと勇敢に危険な株を買う気概が望ましい。これは丁度今の俳壇のひきうつしのようで正直のところ失望した。」 **森 澄雄氏**は「二十代、十代の呼声に三十代にない全然新しいものの萌芽を期待して呼んだのであるが期待は全く裏切れて多少いまいましい気持だ。大半が無性格で共通の思潮も若々しい冒険も見あたらぬ。」としている。

★ こゝで十代、二十代の本質とは何だろう、と小首をかしげねばこの催しも意義がないのではなかろうか。アヌイの「メデ」に「わたしの中で何かゞ動いているわ。その動くものがあそこにいる連中の楽しみに『いや』つて言うの。幸福に『いや』つて言うの。」という一節があるが、十代（含二十代）はつまり退屈で、そしてこの不条理な日常にやりきりないでいる、と言えそうに思える。それは、今の日本が大戦のあとの平和にありむろん不安ではあるが一つの『幸福』の状態にあるのだが、戦争を自己の過去に假定できないこれらの世代には『幸福』などはなく空虚があるばかりなのである。たとえば戦争、ビキニ、松川をモチーフとしても彼等にはヒューマニテックな怒りや社会意識はなく、たゞウエイドレーのいわゆる「芸術としての戦争」にばかり興味がある。彼らと三十代とのはつきりした違いはこういうところにまづ見られるようだ。四位入賞の富田昌行（神奈川、道標）をのぞいては殆んど社会性、日常性を主題にしたものが見られず無論、表現の稚さは致し方ないとしても共通のモチーフを扱ふことに労を費してることも大変面白い。

寺山修司氏
青森高校卒・早稲田大学・教育学部国文科二年・俳誌「牧羊神」編集

★ 一位入賞の寺山修司に対する得票は表示されたように圧倒的であつたがそれにあたえられた批評は次の通りであつた。まづ、森澄雄氏は二位以下なし、として寺山修司を推し、「『少年の日』は新しい詩想と、若々しさを打出し読者に訴えるイメージも鮮明な点、的確な技術を感じた。」沢木欣一氏は「いわゆる十代の新しい感覚がうかゞわれるようである。ことさら作り物と感じさせるものもあるが皆、創作的面白さがある。この作者の類型から自己を確立するのを早く望みたい。」桂信子氏は「これはすでに作者の名もわかつてるゆえに一寸白紙で選をするのに困りました。非常に技巧のすぐれたもの、と思いました」加藤かけい氏は入賞作品を評して「巧すぎるといろほど俳句の革新が成し遂げられていることに感動しました。」と書き添えてあつた。

★ この催しを通じて十代、二十代へ言えることは、原子公平氏の言葉をかりれば「強固なヒューマニズムの精神が作品にとおるようになること」となるが、いづれにしても「参加によつて選択を避ける」行動の世代の特質を発揮しオリジナリテイをもつて手早く俳壇のパリサイスムを崩壊して欲しいものだ。

（牧羊神）

★ 入選した十八氏は「俳句研究社」宛至急御住所をおしらせ下さい。

— 84 —

図4 「全国学生祭」結果発表　第一位入賞者の紹介及び選評②
『俳句研究』（昭和三十年八月号）より

《資料3》「寺山修司「牧羊神」作品篇　投句履歴　俳句&エッセイ

「牧羊神」に掲載された寺山修司の俳句に句歴を付した。句歴は【　】に記入。参考句、参考歌は、〈参考句〉として、また筆者注も（　）を付して記入。「石川啄木」については、寺山修司の表記を採用。仮名遣いも同様に寺山修司の歴史的仮名遣い表記に従う。「牧羊神」の発行年月日は、《資料2》に一括して示した。

★は、重要と考えた俳句以外の情報を記した。

VOL.1. №1

★POST（編集後記）　寺山修司

種まく人（香西照雄選）

崖上のオルガン仰ぎ種まく人

【山彦俳句会・S28・11、浪漫飛行S28・12、暖鳥S29・1、牧羊神S29・2、氷海S29・3、青年俳句S31・12、「新しき血」われに五月を・わが金枝篇・花粉航海】

種まく人おのれはづみて日あたれる（10号にも）

【浪漫飛行S28・12、暖鳥S29・1、牧羊神S29・2・S30・9、七曜S29・4、青年俳句S31・12、「新しき血」わが金枝篇・花粉航海】

麦の芽に日当るごとく父が欲し

【牧羊神S29・2、青年俳句S31・12、「新しき血」われに五月を・わが金枝篇・花粉航海、俳句研究S29・9（ごとき）】

〈参考句〉樹間すばやく抜けし冬鵙父欲しや（京武久美、牧羊神S29・2）

ある手紙——雪のない思ひ出に

一帰燕家系に詩人などなからむ

【牧羊神S29・2、暖鳥S29・3、わが金枝篇・花粉航海】

〈類似句〉（一火鉢家系に詩人などなからむ）【寂光例会S29・2　席題「火鉢」】

口開けて虹見る煙突工の友よ

【青森よみうり文芸S28・1、浪漫飛行S28・12、學燈S29・1、寂光S29・2、牧羊神S29・2、木兎1号S29・2、俳句研究S29・9、青年俳句S31・12、「新しき血」われに五月を・花粉航海】

わが金枝篇には（煙突屋）とある。

町はもう童話ではない

いまは床屋となりたる友の落葉の詩

【浪漫飛行S28・12、万緑S28・12、暖鳥S29・1、牧羊神S29・2、俳句研究S30・8、青年俳句S31・12、「新しき血」われに五月を・わが金枝篇・花粉航海】

石垣よせに頬うつ飛雪詩成れよ

【牧羊神S29・2】

卒業歌鍛冶の谺も遠からずよ

【牧羊神S29・2】（遠からずよ）

【わが金枝篇・花粉航海】（遠からず）

詩人死して舞台は閉じぬ冬の鼻
【浪漫飛行S28・12、寂光、寂光・横斜忌句会、暖鳥、東奥日報S29・1、わが金枝篇・花粉航海、
齋藤愼爾編『寺山修司の俳句入門』（光文社文庫、2006・9）】

母に「待って下さい」
詩を読まむ籠の小鳥は恩知らず
【牧羊神S29・2、わが金枝篇・花粉航海】

徒弟は船にのったので
青む林檎水兵帽に髪あまる
【牧羊神S29・2、青年俳句S29・3、暖鳥、氷海S29・6、俳句研究S29・9、青年俳句S31・12、
われに五月を・わが金枝篇・花粉航海】

小鳥来る艦褸《ぼろ》はしあわせ色ならずや
【牧羊神S29・2】

特別作品

山の虹教師尿《ゆ》まりしあとも仰ぐ
【牧羊神S29・2、万緑S29・3】
〈参考句〉尿りて農婦地辺にかゞみ種をまく（京武久美、牧羊神S29・2）

夏手袋いつも横顔さみしきひと
【浪漫飛行S28・12、牧羊神S29・2、七曜S29・4】

訛り強き父の高唱ひばりの天

【暖鳥Ｓ28・12、牧羊神Ｓ29・2、わが金枝篇】
木兎№１（昭和29年２月28日発行）にも所収

大揚羽教師ひとりのときは優し
【暖鳥、万緑、浪漫飛行Ｓ28・12、蛍雪時代Ｓ29・1、牧羊神Ｓ29・2、七曜Ｓ29・6、俳句研究Ｓ29・9、青年俳句Ｓ30・3／Ｓ31・12、「新しき血」われに五月を・わが金枝篇・花粉航海】

母は息もて竈火創るチエホフ忌
【浪漫飛行Ｓ28・12、七曜Ｓ28・12、牧羊神Ｓ29・2、學燈Ｓ29・4、俳句研究Ｓ29・9、青年俳句Ｓ31・12、「新しき血」われに五月を・わが金枝篇・花粉航海】

便所より青空見えて啄木忌
【青い森Ｓ28・8、青高新聞Ｓ28・11・6、七曜、蛍雪時代Ｓ28・11、暖鳥Ｓ29・1、牧羊神Ｓ29・2、俳句研究Ｓ29・9、青年俳句Ｓ31・12、「新しき血」われに五月を・わが金枝篇・花粉航海】

鵞鳥の列は川沿ひがちに冬の旅
【山彦俳句会Ｓ28・5、万緑Ｓ28・8、七曜Ｓ28・10、浪漫飛行Ｓ28・12、暖鳥Ｓ29・1、牧羊神Ｓ29・2、青年俳句Ｓ31・12、「新しき血」われに五月を・わが金枝篇・花粉航海】

草笛吹く髪の長きも母系にて
【牧羊神Ｓ29・2】

VOL.1. №2

★実作者の覚書　成田千空

★PAN宣言〈一〉　寺山修司
★PANの杖――創刊号合評座談会
〔出席〕寺山修司（青森高）、野呂田稔（能代高）、丸谷タキ子（添上高）、大沢清次（前橋高）、京武久美（青森高）
★俳壇時評　背のび向日葵　寺山修司
★POST　京武久美

二月の果物　寺山修司

たんぽゝは地の糧詩人は不遇でよし
【寂光例会S29・2・22、寂光S29・3、牧羊神S29・3、暖鳥S29・6、埼玉よみうり文芸S29・5・27（タンポポ）、青年俳句S31・12、「新しき血」われに五月を・わが金枝篇・花粉航海】
紙屑捨てに来ては舟見る西行忌
【牧羊神S29・3、わが金枝篇・花粉航海、氷海S29・6（紙屑を捨て、舟を見る）、埼玉よみうり文芸S29・5・27、暖鳥S29・6（塵捨てに出て舟を見る）】
洋傘たかく青空に振れ西行忌
【牧羊神S29・3、木兎No.2】
五月の雲のみ仰げり吹けば飛ぶ男
【牧羊神S29・3、暖鳥S29・6、木兎No.2S29・5?、青年俳句S31・12、「新しき血」わが金枝篇】
〈参考句〉満月に尿まれり吹けば飛ぶ男（寺山修司【暖鳥S29・9】）
人力車他郷の若草つけて帰る

【牧羊神S29・3、青年俳句S31・12、われに五月を・わが金枝篇・花粉航海】

（参考句）梨花白し叔母はいつでも三枚目
　　タンポポは地の糧詩人は不遇でよし
　　塵捨てに出て舟を見る西行忌

（筆者注）埼玉よみうり文芸に以上巻頭に三句採られる。

句集『雲上律』より

秋の曲梳く髪おのが胸よごす
【山彦俳句会S27・7、東奥日報S28・1・18、暖鳥S28・1、青森よみうり文芸S28・2・13、青い森、青森高校生徒会誌、七曜S28・3、牧羊神S29・3、俳句研究S29・6、青年俳句S31・12、「新しき血」われに五月を・わが金枝篇・花粉航海】

西行忌あほむけに屋根裏せまし
【暖鳥S28・4、青い森S28・8、學燈S28・12、俳句研究S29・9、青年俳句S31・12、「新しき血」われに五月を・わが金枝篇・花粉航海】

二階ひゞきやすし桃咲く誕生日
【東奥日報S28・1・18、辛夷花S28・1・2、七曜S28・4、氷海S28・5、青い森S28・8、牧羊神S29・3、俳句研究S29・9、青年俳句S31・12、新しき血」われに五月を・わが金枝篇・花粉航海】

VOL.1. №3

★牧神の糧――説教じみた愚言　香西照雄
★俳壇時評　京武久美
★PAN宣言〈二〉　京武久美

上歌《ママ》

（筆者注）「至上歌」の誤植。至上の太陽「青年俳句」（第二号）、せきれい至上「暖鳥」（昭和29年6月号）に類題がみえる。

啄木《ママ》の町は教師が多し桜餅

【暖鳥S29・2、牧羊神S29・4、木兎S29?、青年俳句S31・12、花粉航海、わが金枝篇（教師が多く）、氷海S29・6（櫻餅啄木の町は教師多し）】

燃ゆる頬花より起す誕生日

【牧羊神S29・4、青年俳句29・5／S31・12、われに五月を・わが金枝篇・花粉航海、學燈S29・5（燃ゆる頬を）】

舟虫は桶ごと乾けり母恋し

【牧羊神S29・4、暖鳥S29・6、埼玉よみうり文芸S29・5・23、青年俳句S29・5、S31・12、俳句研究S30・8、わが金枝篇】

卒業歌遠嶺のみ見ることは止めん（む）

【浪漫飛行S28・12、牧羊神S29・4、わが金枝篇・花粉航海】

山拓かむ薄雪貫ぬく一土筆
【寂光例会S29・1・16、暖鳥S29・3、牧羊神S29・4、埼玉よみうり文芸S29・5、俳句研究S30・8、青年俳句S31・12】

蚕追へり灯下に道化帽のまま
【牧羊神S29・4、暖鳥S30・1、わが金枝篇・花粉航海。わが金枝篇（灯下の）

誰が為の祈りぞ紫雲英《げんげ》うつむける
【牧羊神S29・4】

土筆と旅人すこし傾き小学校
【暖鳥S29・2、七曜S29・3、牧羊神S29・4、青年俳句S31・12、われに五月を・わが金枝篇・花粉航海】

こゝで逢びき　落葉の下に川流れ
【浪漫飛行（一）S28・12、天狼S29・2牧羊神、七曜S29・4、青年俳句S31・12、われに五月を・わが金枝篇・花粉航海。浪漫飛行（一）（下を）、浪漫飛行（一）・牧羊神・青年俳句（こゝで↓ここで）】

鳶の大きな輪の下郷土や卒業歌
【牧羊神S29・4】

種まく人　原子公平選

熊蜂とめて枝先はづむ母の日よ

【牧羊神S29・4、氷海S29・6、青年俳句S31・12、われに五月を・わが金枝篇・花粉航海】

燕と旅人こゝが起点の一電柱

【牧羊神S29・4、青年俳句S31・12、わが金枝篇・花粉航海】

雪解の故郷出る人みんな逃ぐるさま

【牧羊神S29・4、青年俳句S31・12、わが金枝篇・花粉航海】

PAN秀句　共同審査

口開けて虹みる煙突工の友よ（前出1号）

便所より青空見えて啄木忌（前出1号）

詩人死して舞台は閉じぬ冬の鼻（前出1号）

VOL.1. №.4

★合評座談「水晶の賽」　秋元、金子、黒米、北村、福島、松岡

★POST　京武久美

★種まく人　香西照雄選

（筆者注）採択なしは、投句しなかったのだろうか?　寺山修司エッセイもなし。京武久美の活躍が目を引く

永遠の逃亡

桃太る夜は怒りを詩にこめて

【暖鳥S29・6、牧羊神S29・7、氷海S29・7、万緑S29・8、俳句研究S30・8、青年俳句S29・7・5／S31・12、われに五月を・わが金枝篇・花粉航海】
〈参考歌〉桃太る夜はひそかな小市民の怒りをこめしわが無名の詩（『われに五月を』）

林檎の木ゆさぶりやまず逢ひたきとき
【暖鳥S29・6、牧羊神S29・7、青年俳句S29・7／S29・12／S30・3／S31・12、俳句研究S30・8、われに五月を・わが金枝篇・花粉航海】

この家も誰かが道化揚羽高し
【パン句会S29・5、暖鳥S29・6、牧羊神S29・7、青年俳句S29・7／S31・12、俳句研究S30・8、わが金枝篇・花粉航海】
〈参考歌〉この家も誰かゞ道化者ならむ高き塀より越え出し揚羽（『われに五月を』『空には本』）

小鳥の糞がアルミに乾く誕生日
【暖鳥S29・6、牧羊神S29・7、氷海S29・7、青年俳句S31・12、われに五月を・わが金枝篇。花粉航海では、「誕生日」は「政変す」。】

夏の蝶木の根にはづむ母を訪はむ
【パン句会S29・5、暖鳥S29・6、牧羊神S29・7、七曜S29・7、俳句研究S29・9、青年俳句S31・12、われに五月を・わが金枝篇・花粉航海】

沖もわが故郷ぞ小鳥湧き立つは
【暖鳥S29・6、牧羊神S29・7、青年俳句S29・5／S31・12、俳句研究S30・8、われに五月を・わが金枝篇・花粉航海】

教師呉れしは所詮知慧なり花茨

【暖鳥S29・6、牧羊神S29・7、青年俳句S31・12、わが金枝篇・花粉航海】

九月の森石かりて火を創るかな

【暖鳥S29・6、牧羊神S29・7、青年俳句S29・7、わが金枝篇・花粉航海（石打ちて）】

芯くらき紫陽花母へ文書かむ

【暖鳥S29・6、牧羊神S29・7、氷海S29・7、青年俳句29・5（3号）／S31・12、われに五月を・わが金枝篇・花粉航海】

（筆者注）松井牧歌氏から以下のようにクレームがつく。

松井牧歌　紫陽花の芯のくらさよ学に倦む【學燈S27年10月号の模倣であろうから取り消してほしい。自分創作が先である。

★牧羊神東京句会にて「青空に題す」

〔出席〕北村満義、安井浩司、大沢清次、金子藜子、寺山修司、大和田具彦、三好豊　秋元潔、福島ゆたか、乙津敏を、黒米幸三、吉野和子、広瀬隆平、三上清春、大室幹雄

五月二日（日）日比谷公園（十時〜四時）総句数八十二句

☆高点者（1）寺山修司十点　秋元潔十点、（2）福島ゆたか九点、（3）吉野和子七点

北村満義七点、（4）金子藜子六点

☆高点句

夏の蝶木の根にはづむ母を訪はむ（投句歴記載済）

★PAN　秀句　共同審査

紙屑捨てに来て舟見る西行忌（二号）
山拓かむ薄雪貫く一土筆（三号）
★作品抄
この家も誰かが道化揚羽高し　　（投句歴記載済）
うつむきて影が髪梳く復活祭
【暖鳥S29・6、牧羊神S29・7、青年俳句S29・7、わが金枝篇・花粉航海、七曜S29・7（うつむきつゝ）】

VOL.1. №5

★座談会　火に寄せて——恋愛俳句の可能性　　金子蔾子、京武久美、宮村宏子、寺山修司、山形健次郎、松井牧歌
★PAN宣言——最後の旗手　寺山修司
★時評　寺山修司

未完の逢曳き——ほんの少しの幸福——今僕が持っているんだね。（ロマンロラン）
林檎の木ゆさぶりやまず逢いたきとき（4号・投句歴記載済）
木の葉髪日あたるところにて逢はん
【七曜S28・2、牧羊神S29・7、青年俳句S31・12、われに五月を・わが金枝篇・花粉航海。わが金枝篇では逢わむ（逢はむ）】

こゝで逢びき　落葉の下に川流れ（4号・投句歴記載済）
夏井戸や故郷の少女は海知らず
【別巻青い森S28・8、浪漫飛行S28・12、牧羊神S29・7／S30・1、青年俳句S31・12、わが金枝篇・花粉航海】
草笛を吹けり少女に信ぜられ
【麦唱S27・10とあるが、S28・10か？　麦唱では（麦笛を）】
校庭のそのタンポポの中の石よ
【暖鳥S28・7、牧羊神S29・7】
逢びきの小さき食欲南京虫
【牧羊神S29・7（5号）、青年俳句S31・12、わが金枝篇・花粉航海、青い森S28・8、暖鳥S28・10、浪漫飛行S28・12、われに五月を。浪漫飛行では（小さき食欲・南京豆）】
春の鳩鉄路にはづむ逢ひにゆかん
【パン句会S29・6、牧羊神S29・7（5号）】
【わが金枝篇・花粉航海（レーニン祭）】
×　×
秋の逢びき燭の灯に頰よせて消す
【牧羊神S29・7（5号）、わが金枝篇・花粉航海、パン句会S29・7、暖鳥S30・1。暖鳥では秋の逢曳燭の火に）】
九月の森石かりて火を創るかな（4号・投句歴記載済）
少女過ぎれば町裏うつす冬の水

【七曜Ｓ29・3、青年俳句Ｓ29・5／Ｓ31・12、牧羊神Ｓ29・7。青年俳句では（乙女、春の水）。

胸痛きまで鉄棒に凭れり鰯雲

【七曜Ｓ28・10、牧羊神Ｓ29・7（5号）、わが金枝篇・花粉航海】

（筆者注）類想句多い。

されど逢びき海べの雪に頬搏《う》たせ

【牧羊神Ｓ29・7（5号）、わが金枝篇・花粉航海】

（筆者注）堂々の巻頭掲載作品である。この号は、東京に牧羊神を移し、寺山修司編集である。

作品（2）天才でない雲

わが夏帽どこまで転べども故郷

【暖鳥Ｓ29・6、パン句会Ｓ29・6、牧羊神Ｓ29・7、青年俳句Ｓ29・7／Ｓ31・12、わが金枝篇・花粉航海】

夏の蝶木の根にはづむ母を訪はむ　（4号・投句歴記載済）

桃太る夜は怒りを詩にこめて　（〃・投句歴記載済）

この家も誰かが道化揚羽高し　（〃・投句歴記載済）

チエホフ忌頬髭おしつけ籠桃抱き

【パン句会Ｓ29・6、牧羊神Ｓ29・7、青年俳句Ｓ29・9（4号）／Ｓ31・12、万緑Ｓ29・9、暖鳥Ｓ30・1、わが金枝篇・花粉航海】

教師呉れしは所詮知恵なり花茨　（4号・投句歴記載済）

（筆者注）小題は、石川啄木「雲は天才である」からの着想題であろう。

VOL.6　（筆者注）カウントの形式が変わる。表紙は牧神が笛を吹いている絵。

★光への意志（エッセイ）「見たことと在ったこと決して同じでない」「私小説は実人生の後にあるが、私らの俳句は、実人生のまえにある。」「見る事について」「俳句は私小説ではない」という刺激的文がある。

Old　Folks at Home――青い種子は太陽の中にある（ソレル）

文芸は遠し　山焼く火に育ち

【山彦俳句会S28・6、七曜S28・9、牧羊神S29・10、青年俳句S29・12／S31・12、暖鳥S30・1、われに五月を・わが金枝篇・花粉航海】

【青森よみうり文芸、暖鳥S29・1（山火を見つつ育ち）】

桃うかぶ暗き桶水父は亡し

【牧羊神S29・10、七曜S29・11、學燈S29・12、暖鳥S30・1、青年俳句S29・11（5号）／S31・12、われに五月を・わが金枝篇・花粉航海、俳句研究S30・8（うかべし）】

黒人悲歌桶にぽっかり籾殻浮き

【パン句会S29・8、万緑S29・9、青年俳句S29・9（4号／S31・12、牧羊神S29・10、暖鳥S30・1、俳句研究S30・8、われに五月を・わが金枝篇・花粉航海】

（筆者注）『青年俳句』で注目され、句評ある。

明日はあり拾ひて光る鷹の羽毛

【牧羊神S29・10、暖鳥S30・1、青年俳句S31・12、われに五月を、花粉航海（明日はあれ）・わが金枝篇（明日はあり拾いて光る鷹の羽根）】

ラグビーの頬傷ほてる海見ては
【牧羊神S29・10、万緑S29・12、暖鳥、學燈S30・1、青年俳句S31・12、われに五月を・わが金枝篇・花粉航海】

× ×

同人誌は明日《あした》配らむ銀河の冷え
【牧羊神S29・10、暖鳥S30・1、俳句研究S30・8、青年俳句S31・12、われに五月を・わが金枝篇・花粉航海、パン句会S29・7（配らむ花大根」）、万緑S29・9（同人雑誌明日配らむ花茨）】

多喜二恋し桶の暗きに梅漬ける
【暖鳥S29・9、牧羊神S29・10、青年俳句S29・12（梅漬けて）、わが金枝篇・花粉航海】

北の男はほ、えみやすし雁わたる
【暖鳥S29・9、牧羊神S29・10、青年俳句S31・12、われに五月を・わが金枝篇・花粉航海】

（筆者注）エピグラフは「チエホフ祭」と関連がある。

VOL.7

★梟について——三十代との区別　寺山修司　巻頭エッセイ
（筆者注）社会詠、政治詠と文芸の創造について。力作。

★座談　チエホフ風な夜に――北夷亭にて　京武久美、田辺未知男、近藤昭一、寺山修司
★post　寺山修司記

少年の時間（十五句）

父と呼びたき番人が棲む林檎園
【牧羊神S30・1（7号）、青年俳句S30・3（6号）、わが金枝篇・花粉航海。青年俳句S31・12「新しき血」には未収録】
〈参考歌〉わが通る果樹園の小屋いつも暗く父と呼びたき番人が棲む（『われに五月を』「十五才初期歌篇」『寺山修司全歌集』）

黒髪に乗る麦埃婚約す
【牧羊神S30・1、われに五月を・わが金枝篇・花粉航海】

わが内に少年ねむる　夏時間
【牧羊神S30・1、青年俳句S30・1】

わが歌は波を越し得ず岩つばめ
【青森よみうり文芸S28・9、牧羊神S30・1、青年俳句S30・1（6号）】

勝ちて獲し少年の桃腐りたる
【暖鳥S29・9、牧羊神S30・1、青年俳句S30・3／S31・12、われに五月を・わが金枝篇・花粉航海（腐りやすき）】
〈参考歌〉勝ちて獲し少年の日の胡桃のごとく傷つきいるやわが青春は【「チエホフ祭」、『われに五月を』『血と麦』に所収】

蹴球を越え夏山を母と見る
【牧羊神S30・1、青年俳句S30・1、暖鳥S30・1（蹴球越えて遠き日向を母と見る）】
目つむりて雪崩聞きおり告白以後
【牧羊神S30・1、青年俳句S30・3（6号）、わが金枝篇・花粉航海】
二重瞼の仔豚呼ぶわが誕生日
【暖鳥S30・1、牧羊神S30・1（7号）、青年会句S30・3／S31・12、われに五月を・わが金枝篇・花粉航海】
時失くせし少年われに草雲雀
【牧羊神S30・1】
野茨つむわれが欺せし少年に
【牧羊神S30・1、青年俳句S30・3、わが金枝篇・花粉航海（教師のため）】
車輪の下はすぐに故郷や溝清水
【山彦俳句会S28・8、暖鳥S29・1、牧羊神S30・1、青年俳句S30・3／S31・12、わが金枝篇・花粉航海（郷里や）、われに五月（じかに郷里ぞ）、青い森S28・8（峡清水）、万緑S28・9（郷土や）、蛍雪時代S28・9（自動車の輪の下郷土や溝清水）】
草餅や故郷出し友の噂もなし
【別巻青い森S28・8、暖鳥S28・11、俳句研究S29・9、木兎S29・2、牧羊神S30・1、青年俳句S31・12、われに五月を・わが金枝篇・花粉航海】
草餅や故郷といえど貧しき町
【青い森S28・8】

方言かなし菫に語り及ぶとき
【暖鳥S29・1、牧羊神S30・1、青年俳句S31・12、われに五月を・わが金枝篇・花粉航海】
夏井戸や故郷の少女は海しらず
【別巻青い森S28・8、浪漫飛行S28・12、牧羊神S29・7／S30・1、青年俳句S31・12、わが金枝篇・花粉航海】
亡びつつ巨犬飼う邸秋櫻
【万緑S29・11、牧羊神S30・1、青年俳句S31・12、われに五月を・わが金枝篇・花粉航海（大カンナ）】

Vol.10

★雉子ノート　断片的に、その一　未完（評論）

帰去来詩
玫瑰に砂とぶ日なり耳なりす
【青森高校生徒会誌S28・3、牧羊神S30・9（10号）、青年俳句S31・12、われに五月を・花粉航海。牧羊神S30・9は「耳なりす」、他は「耳鳴りす」】
〈参考句〉玫瑰やいまも沖には未来あり（草田男）
故郷遠し　桃の毛の下　地平とし
【牧羊神S30・9、青年俳句S31・12、われに五月を・花粉航海】

胡桃割る　閉ぢても地図の海青し
【麦唱S27・10、牧羊神S30・9、青年俳句（新しき血S31・12）、われに五月をS32・1）】
にはかに　望郷　葱をスケッチブックに描き
【万緑S29・8、七曜S29・9、牧羊神S30・9（10号）、青年俳句S31・12、われに五月を・花粉航海】
（筆者注）「にはかに」→「にわかに」『われに五月を』から新仮名遣いになる。
詩は力　割られて芽ぐむ　薪の瘤
【牧羊神S30・9】
春は卵を　扉で打つて母貧し
【牧羊神S30・9】
黒人悲歌　堆肥に春の雲移
【牧羊神S30・9】
沖見ゆるまで耕さむ　朝の農夫
【牧羊神S30・9】
種まく人己れはづみて日あたれる
【浪漫飛行S28・12、暖鳥S29・1、牧羊神S29・2／S30・9、七曜S29・4、青年俳句S31・12、わが金枝篇・花粉航海】
鴫孵りすぐに日あたる農民祭
【牧羊神S30・9、青年俳句S31・12、われに五月を・花粉航海】
燕の巣かはけり村のイエスの肩

【牧羊神S30・9】
燕の喉赤し母恋ふことも倦む
【牧羊神S30・9】
巨きマストを塗りゆく裸夏は来ぬ
【牧羊神S30・9】
石狩まで幌の灯赤しチエホフ忌　　（以上十四句）
【牧羊神S30・9、青年俳句S31・12、われに五月を・わが金枝篇・花粉航海】

★十号消息より（才能あふれる「牧羊神」同人の活躍の一端を紹介したい。）
福島ゆたか　コール・ゼルターの十月発表会で「十四人の盗賊」（チルデン作曲）より「泉の歌」を独唱する。八月の岩国市共立講堂に於ける胡桃の会公演では「堅塁奪取」（福田恒存）の主役で好評を得た。今号より「牧羊神」発行責任者となる。
寺山修司　ネフローゼにて（昭和三十年）二月よりベット生活をしている。新宿区西大久保三の三七　中央病院三〇二号室　十一月退院の予定である。
全国学生俳句祭で一位入賞。「俳句研究」（八月号）に写真と作品「少年の日」を発表。「vou」（46）（夏のノート）「早稲田詩人」（4号）に時評と作品「かづこについて」を発表。
金子黎子　八月初旬青森に遊ぶ。パラレル代で飲んじまつたのでこの夏はパラレルなしで済ますつもりとか。
「ロシナンテ」創刊。同人となる。
山形健次郎　第一句集「銅像」好評であつた。七月には大雪山に登り頂上でドストエスキーを読みまたアイスクリームをつくって食べた。

京武久美「短歌研究」（九月号）に鵞鳥の詩（二十首）を発表。また同じ号の実験劇場には宣言を執筆した。「暖鳥」に特別作品を発表「博物館」（三十句）。「萬緑」（七月号）に誓子句集「和服」書評を書いた。七月中旬上京して餃子をはじめて食い、同人を歴訪。

第五章　俳句との別れ

1　「五月の詩―序詞」『われに五月を』と「青年俳句」の「カルネ」と「新しき血」

寺山修司が昭和三十年の秋「全国学生俳句祭」の終了をもち、「牧羊神」から手を引く様子を前章4、5でみてきた。該当箇所を再確認する。

第七号（一九五四（昭和三十）年一月三十一日発行）

【post 寺山記：次号の編集は京武久美、近藤昭一、田辺未知男らの希望により青森に一任することにした。その次は奈良の女子陣へまわりそうである。この号の遅れた理由は全国学生俳句祭の整理と「俳句研究」への文章「短歌研究」への作品創作にかけて内職の家庭教師やら試験やらが重つたことが主因である。申し訳ない。】

俳句革命を標榜し立ち上げた「牧羊神」は、寺山には特別な存在であった。その場から離れることは、俳句との別れを予感させる。同年九月発行の「牧羊神」第十号の消息欄に「寺山はネフローゼにて二月よりベット生活をしている。」とある。健康上でも俳句を続けることが適わなくなった。この入院は、約三年半近くの闘病生活の始まりであった。その間、絶対安静や面会謝絶があり、生命が危ぶまれた日もあった。

寺山自身が正式に俳句との別れを発表したのは、約一年後の昭和三十一年である。まず、最初が、上村忠郎主宰の「青年俳句」十九・二〇合併号（一九五六年昭和三十一年十二月）の「カルネ」において、「ぼくはこうして俳句とはつきり絶縁し、昔の仲間たちに「牧羊神」の再刊を委ねたのだつた。ふたたびぼくは、俳句を書かないだろう。」と俳句絶縁宣言をする。もう一例は、第一作品集『われに五月を』（一九五七年昭和三十二年1月刊行）の「五月の詩―序詞」においてである。「五月の詩―序詞」を俳句絶縁宣言であるとする意見をみないが、中学時代からここまでの寺山の俳句活動をみてきた流れからこの結論に至った。資料を補充し「五月の詩―序詞」が、俳句絶縁宣言であると考える理由を述べていきたい。

「五月の詩―序詞」が、「カルネ」と同趣旨の俳句絶縁宣言をした作品ではないだろうか、という考えは、寺山の作品発表の手法のあり様を確認すると、かなり確かなものにみえてくる。寺山は新しい活動の場に移動するとき、必ず、後にするジャンルで創作した作品をまとめ、別れの理由を発表する。その作品のまとめと発表の方法は決まったスタイルであった。たとえば「牧羊神」第七号に発表した「梟について―二十代との区別―」と、同時期発表した「点灯夫」『俳句研究』（どちらも昭和三十年一月）がそうであったように、同主旨の作品を趣きを変え、別の雑誌にほぼ同時に発表するというやり方である。一方は正攻法でレポートするように、方や一方はユーモア的、あるいは諧謔的に昇華させた作品として発表する。これが彼の別れにおけるスタイルであった。
これから「「五月の詩―序詞」と「カルネ」「新しき血」を全文引用する。前者は過去、俳句と別れ、新しい世界に進む少年の環境や心情の変化を詩にしたものである。後者二点は、その別れを事実に沿い散文で詳細に語り、一冊の句集に匹敵する数の作品を「新しき血」としてまとめたものである。それらを比較してみたい。

「五月の詩―序詞」

きらめく季節に
たれがあの帆を歌ったか
つかのまの僕に
過ぎてゆく時よ

夏休みよ　さようなら
僕の少年よ　さようなら
ひとりの空ではひとつの季節だけが必要だったのだ　重たい本　すこし
雲雀の血のにじんだそれらの歳月たち
萌ゆる雑木は僕のなかにむせんだ

僕は知る　風のひかりのなかで
僕はもう花ばなを歌わないだろう
僕はもう小鳥やランプを歌わないだろう
春の水を祖国とよんで　旅立った友らのことを
そうして僕が知らない僕の新しい血について
僕は林で考えるだろう
木苺よ　寮よ　傷をもたない僕の青春よ
さようなら

きらめく季節に
たれがあの帆を歌ったか
つかのまの僕に
過ぎてゆく時よ

二十才　僕は五月に誕生した
僕は木の葉をふみ若い樹木たちをよんでみる
いまこそ時　僕は僕の季節の入り口で
はにかみながら鳥たちへ
手をあげてみる

二十才　僕は五月に誕生した　（傍線筆者）

瑞々しい詩である。「少年の日」や「少年の時間」に「さようなら」と別れを告げ、五月の新緑の林の中で「僕の知らない新しい血」について考え、新しい世界への進むために「二十才　僕は五月に誕生」した、と表明する。この詩は、別れを宣言し、新しい旅たちを詠った詩である。当時寺山が別れる世界は俳句である。寺山の少年の日とは俳句に熱中し「小鳥」、「ランプ」、「友」を詠う日々であった。「過ぎてゆく時よ」と呼びかけた時が内包するものは第四章6でみたように複雑である。別れる「少年の時間」には、すでに少年から青年に変わる兆し、別れの萌芽がみえていた。またそれは、特別な時であるという彼の認識であり、時の流れと共に大切な何かが流れ去りつつあるという感覚であった。次のように俳句で詠った少年の世界である。

わが内に少年ねむる夏時間
時失くせし少年われに草雲雀

瑞々しさにあふれた「五月の詩―序詞」には、俳句改革の挫折による俳句との別れの無念さが底流している。なればこそ病院のベッドの上で書かれたこの詩は、一層瑞々しく歌わなければならない。これこそが第三章、四章でみてきた寺山の創作論の実作であろう。寺山のシュウル・リアリズム論は、現実を詠わず、虚構の美しい世界を創作し、その作品が暗くつらい現実生活を反転させ、病床の少年を美しく導き、勇気づける、という考えであった。「五月の詩―序詞」は、そのみごとな実践作である。そして、別れとは新しい始まりでもある。「そうして僕が知らない僕の新しい血について／僕は林で考えるだろう」の「新しい血」は、俳句絶縁宣言をする「カルネ」の次の文と響き合う。

こゝに「新しき血」と題してまとめた百四十六句の作品は、すべて僕の十代の、もつと言をきわめれば、大部分は高校時代の作品である。これらの作品のうしろにある月日に僕は愛着と、そしてパセティックな焦慮をもつて、いま話しかけようと思う。

この言葉の重なりは偶然とは思われない。「五月の詩―序詞」と「カルネ」が同じ主旨の作品であることを想起させるに充分な言説である。第二連の「夏休みよ　さようなら」と、後に引く「カルネ」第一行目「夏休みは終つた。僕は変つた」も二つの作品が同主旨のものであることを示す言説である。私たちは寺山から、両作品に架けられた言説の橋を渡ることを求められているのではないだろうか。「五月の詩」と「カルネ」は、「俳句との別れ」を宣言した対の作品であるとみてよさそうだ。

もう一例対の作品であると考える理由をあげたい。二作品の発表年（創作年）に注目してみる。「青年俳句」十九・二〇合併号にある上村忠郎「編集ノート」を読むと、「カルネ」「新しき血」の執筆時の雑誌の発行状況がわかる。

今号の遅刊は痛かった。結局今年はこの号が最後となるがどうしても来年はこの遅れを挽回しなければならぬと思っている。

★さて今号は「寺山修司特集」とした。この特集にはいろいろ問題があろうが、彼が何故俳句から絶縁しなければならなかったかという事を同世代の立場から考えてみるだけでも大いに意義があると思う。俳壇的には貴重な資料ともなろう、あえてスペースを惜しまなかった所以である。

上村は「デーリー東北新聞」に勤務する二十歳のジャーナリストであった。この特集が寺山の貴重な資料になることを見抜く慧眼を持つと同時に、同人誌を発行する苦労を知る人で、寺山のよき理解者でありライバルでもあった。

同主旨、別のメディア、同時発表を確認する必要から、上村の「編集ノート」を基に、寺山の「カルネ」や「新しき血」の執筆がいつ頃であったか、推定してみる。「青年俳句」十九・二〇合併号は、昭和三十一年十二月十日発行である。「青年俳句」が順当に発行されていれば、寺山の原稿は、十一月号に掲載されたであろう。とすれば、九月に原稿の準備が開始され、遅くも十月上旬には原稿を提出する。ところが十一月号は未刊行、十二月号と合併号になった。「カルネ」と「新しき血」は、早くから原案が練られ、九月末に完成したと考えられる。百四十六句を有する「新しき血」のまとめにはかなりの時間を要したであろう。「牧羊神」を仲間に託して編集から手を引いて約一年を経ていた。

もう一方の「五月の詩―序詞」『われに五月を』（昭和三十二年一月発行）であるが、こちらも刊行が遅れていた。その様子は、寺山が三沢市の中野トクに宛てた書簡を読むとその状況がよくわかる。紹介してみたい。周知のごとく寺山修司の私信には日付がない。日付は消印からの推定である。

昭和三十一年八月六日消印　葉書

暑いなあ。灼けトタン屋根の上へ抛り投げられて腹で息づく金魚。せめてジョロで顔にサ《マ》ーダ《マ》ーでもふりかけよ。

作品社から作品集を出してもらうことがきまり、今、歌や詩やコントを製理《ママ》しているが清書してくれる人がいないので弱っています。装幀は鈴木悦郎。今日は「短歌」十月号にみじかいエッセイをかきはつものの葡萄を食べた。直ちゃんは元気？

昭和三十一年九月十三日消印　葉書

僕の作品集は豪華本で詩だの歌だの散文詩を一杯いれてカットもいれていま印刷しています。知人友人に案内状を配って紹介しせいぜい売行をよくしたりしたい。それで鈴木悦郎のデザインで葉書を作るのですが、それに4千円ほどかゝる。で、その半分の2千円でいゝですから何とかしてくれゝば、僕はうれしいな。本当に困っているのです。

（小菅麻起子注釈・当時コーヒー一杯五十円、作品集が二百円の時代。千部限定発行。）

昭和三十一年十月一日消印　葉書

大いに大蔵省が火事です。せいぜい、宣伝してください。

（筆者注・『われに五月を』宣伝用の完成した案内葉書を使用しての私信。葉書表の宛名の下に二行書きされている。裏は『われに五月を』の広告書影。）

昭和三十一年十月二十八日消印　封書

二千円ありがとう。

本はこういう訳です。作品社へ何部予約、とかいって注文してくれて売れない分は返してもいゝ。

一部でも売れるといゝな。なかなか印刷進行しないで弱ってるので作品社へ一読者を装って「ナゼ出ナイカ、早クダスノヲタノシミニシテイル」というような葉書出して下さい。うんときれいない、本が出る筈なり。（筆者注・作品集に該当する部分のみ引用。）

昭和三十二年一月七日消印　封書
僕の本、どうです？　感想きかして下さい。それから「短歌」の新年号の僕のはどうですか？塚本邦雄や岡井隆とくらべて、どうですか？　僕元気です。
（筆者注・各私信とも作品集『われに五月を』に関係する部分のみを『寺山修司青春書簡―恩師中野トクへの75通』（二玄社二〇〇五年十二月）より引用。）

この中野宛の一連の書簡によると、昭和三十一年八月に作品集『われに五月を』の出版決定。原稿整理進行中。九月十三日の葉書には印刷されているとある。原稿は完成していたことになる。『われに五月を』の宣伝用の葉書も十月には完成。十月下旬には、印刷の滞りを嘆く封書に続き、翌年昭和三十二年一月七日は発行を知らせる封書を送信。刊行は十月と決めていた寺山が遅れを嘆くのも当然である。進行状況を照合してみると『われに五月を』と「青年俳句」への「俳句のまとめ」原稿の準備は、ほぼ同時に行われていたと確認できる。「俳句との別れ、そして新しい誕生（出発）」という同じテーマの作品を、同時進行に模索しながら執筆していたとみてよいだろう。厳密な後先は決めかねるが、「五月の詩―序詞」は、「俳句との別れ」を寺山流に詩に昇華させた作品であったと考えたい。次に「カルネ」をみたい。

「カルネ」（傍線とその上のA～Gは筆者加筆）

A　夏休みは終つた。僕は変つた。

しかし僕は変りはしたが、立場を転倒したのではなかつた。青年から大人へ変つてゆくとき、青年の日の美しさに比例して「大人となつた自分」への嫌悪の念は大きいものである。しかし、そのせいで立場を転倒させて、現在ある「いい大人たち」のカテゴリイに自分をあてはめようとする性急さは、自分の誤ちを容認することでしかない。

僕が俳句をやめたのは、それを契機にして自己の立場に理由の台石をすえ、転倒させようとしたのではなく、この洋服がもはや僕の伸びた身長に合わなくなつたからである。

そうだ。僕は二十才。五尺七寸になつた。かつてデミアンが、不遇の音楽家に書きおくつたように、僕は卵の殻をひとつ脱いだに過ぎなかつた。

B　こゝに「新しき血」と題してまとめた百四十六句の作品は、すべて僕の十代の、もつと言をきわめれば、大部分は高校時代の作品である。これらの作品のうしろにある月日に僕は愛着と、そしてパセティックな焦慮をもつて、いま話しかけようと思う。

十七才から二十才まで。恐籠から僕まで。

はじめに僕たち（京武久美と僕と）は「山彦」という俳句雑誌をはじめ、そのあと「青い森」を経て「牧羊神」を創刊した。僕たちは生成的には戦争の傷をうけなかつたという共通点をもつており、この寸づまりの洋服に、めいめいが星だの貝殻でもつて飾り立てることに専念した。

C　「時間を鍛える」のではなく「時間の外にいる」ことが僕たちの仕事のように思えたのも、

よく知らない時間に介在して、いたずらに「若さ」を階級化したくないという僕の考えからであった。

「牧羊神」に関する限り、若さは権利を恢復していたし、D　十号で挫折するまで「恋愛特集」だとか「全国学生俳句祭」毎月の俳句会等等と僕は忙しく楽しかつた。

このころ、僕は「チボー家の人々」のジャックや「デミアン」のシンクレールに僕の「そうでありたい自分」を重複させ、何かはつきりしないが、光るもの、かがやくものを怖れながら憧れていたものだつた。僕は地方の仲間をたずねて一人で旅をしたり、学費を雑誌の發行費にきりかえたりした。京武久美が僕の唯一の仲間であり敵であつたのも、この頃である。

★

僕は上京してから、少しずつ変つた。

人は僕のこの変り方を「チエホフ祭」発表以後だといい、「大人たち」の雑踏の埃に僕がむせたのだろうと噂したが、それはあたつていない。

僕はサルトルに遭つた。

「汚れた手」のユーゴーの敗北が、僕の出発点にかわつた。社会性を俳句の内でのみ考えていた僕は、俳句というジャンルが俳人以外の大衆には話しかけず、モノローグ的な、マスターベーション的なジャンルにすぎないことを知つたのだった。

E　美学を僕はVOUクラブで学び、短歌で僕はリズムを学んだ。僕は「ノア」を創刊し画学生、作曲家、詩人などと交友をもつた。しかし何より僕が山田太一という、いい友人と知りあつたのも、この時期であった。彼は、僕が入院してから一年の間、ほとんど毎日のように手紙をくれて、僕と感想の交換をしあつた。

たまたま彼の恋人が左翼の劇団の女優だつたため、僕も彼についてマルキシズムとぶつつからなければならなかつた。彼はストイックで、何ごとにつけても自分の生理を大切にしているように見受けられたが、その実は説明的に生理を制約して「そうでありたい自分」のために「そうである自分」を我慢させていた。

僕は勉強家のこの美青年を尊敬し、彼のすすめる本を幾冊か読んだ。アルペレスを古本屋で見つけ、二人で争つて読み、これが僕たちのある時期にきわめて重要な役を果したものだつた。

この時期の作品は、作品集「われに五月を」（作品社刊）に大部分のつている。僕は音楽好きで、彼とラジオのミユージックレターなどで軽音楽を交換しあつたりした。

僕は、この時期に失恋している。
F　ラヴェルの「ツイガーヌ」の好きなその子を、僕は「かずこについて」という詩や短歌にたくさんうたつた。

★

わずか三年ばかりをこの時期、あの時期と分ける僕のやり方は、なるほど性急であるかもしれない。しかし分けると、最後の、つまり「いまの時期」に、僕がふたたび病気恢復と共に行動欲にかられるのは当然だつた。

「ナタエルよ、書を捨てよ、野へ出よう」という一句が、ぼくを喜ばした。
G　ぼくは自分で詩劇をかき河野典生、山口洋子などという仲間と小さい劇団「ガラスの髭」をつくつた。そして第一回公演としてぼくの「忘れた領分」（一幕）を上演し谷川俊太郎はじめ、い、先輩を知つた。

ぼくはこうして俳句とはつきり絶縁し、昔の仲間たちに「牧羊神」の再刊を委ねたのだつた。

ふたたびぼくは、俳句を書かないだろう。

作品集「われに五月を」を出すにあたつて、ぼくの詩や歌や散文詩の時期は決算されたが、俳句を愛した時期は、ぼくの思い出の雑誌「青年俳句」に発表できたことを、ぼくはどんなにかうれしく思うことだろう。


これが「カルネ」全文である。傍線部について筆者なりに解説を加え「五月の詩—序詞」との共通性を考えてみる。

A　夏休みは終つた。僕は変つた。しかし僕は変りはしたが、立場を転倒したのではなかつた。寺山の立場は、若い十代の作家による俳句革命であった、「チエホフ祭」で特選を受賞後、大人にすり寄り立場を転倒した、と批判する人がいるが、変りはしたが立場は変えていないと釈明する。

B　百四十六句の作品は、すべて僕の十代の、もつと言をきわめれば、大部分は高校時代の作品である。

次なるスッテプに進む時、過去の作品を俳句集（作品集）にまとめるのが、寺山流であった。やはり、俳句を卒業し、「牧羊神」と別れるにあたり、「二十才僕は五月に誕生した」とまとめずに次に進むことはできなかったのだろう。「新しき血」は、句集一冊に匹敵する分量といえる。句集扱いにすることを提案したいほどである。

C 「時間を鍛える」のではなく「時間の外にいる」ことこれは「光への意志」（6号）や「梟について」（7号）でみてきたように寺山の創作論の要である。俳句で時間的流れ（歴史の流れ）を詠わない。社会詠で社会の改革を目指さないという意味であろう。

D 「恋愛特集」—座談会「火に寄せて」（「牧羊神5号」）で様子が掲載された。「全国学生俳句祭」毎月の俳句会等等と僕は忙しく楽しかつた。—第四章5にて詳細に述べた。

E 美学を僕はVOUクラブで学び—「魚類の薔薇」にみたシュウル・リアリズムの世界観は、ここから学び作品創作論に成長させたのである。

僕は「ノア」を創刊し—昭和三十年「牧羊神」の発行が頓挫しつつある中で企画された同人誌の発行である。山形健次郎宛私信によれば、山形を熱心に誘っている。山形は不参加である。一号で廃刊となる。

F ラヴェルの「ツイガーヌ」の好きなその子を、僕は「かずこについて」という詩や短歌にたくさんうたつた。「森番」『われに五月を』にかずこを詠った恋歌が旧作短歌と調和してある。詩「かずこについて」も発表。堀辰雄の言葉から着想を得た詩とみる。麦藁帽子、雲、雲雀、軽井沢の高原を舞台にした作品である。

G 新しい友と新しい活動を語り、「作品集「われに五月を」を出すにあたって、ぼくの詩や歌や散文詩の時期」の決算を告げる。この箇所に至ると「青年俳句」に発表した「カルネ」や資料4「新しき血」が『われに五月を』と近接して書かれたことがわかる。上村忠郎「編集ノート」や中野トク宛の寺山書簡からも、ほぼ同時期、同主旨の二つの作品が創作され、別の雑誌に発表されたことがわかる。

以上の考察を下に唐突であるが「五月の詩―序詞」と「カルネ」「新しき血」が対の作品であろうと述べてきた。「新しき血」と『われに五月を』に収録された俳句の関係からもそう考えてもよさそうである。『われに五月を』に収録された俳句は九十一句である。その中の七十八句が「新しき血」と重複している。両者の関係の深さがわかる。「俳句との別れ」という根を持つ一本の木が枝分かれした作品とみえる。「新しき血」が「ラグビーの頰傷ほてる海みては」を冒頭句に持つということは「少年の時」から完全に「さようなら」を出来ずにいる状態であることを示す。また過去の俳句のまとめと別れに、新しい出発が重なった未熟な空間であったことになろうか。因みに『われに五月を』と重複している「新しき血」の七十八句中、二十一句が、『われに五月を』以降『わが金枝篇』や『花粉航海』には収録されていないことからも未熟な迷いの時であったと言えるだろう。

「目つむりていても吾《あ》を統《す》ぶ五月の鷹」を巻頭句に持つ『わが金枝篇』『花粉航海』と比較して俳句の完成度を論ずるのは、創作時の寺山の厳しい状況からみても酷なことであろう。「青年俳句」は俳句と決別するにあたり作品をまとめる場として活用された。方や「五月の詩―序詞」は、苦しい現実生活を転化させる役割を担った。つまり仲間との別れの寂しさや病気による不安感を反転させる美しく瑞々しい別れの作品が必要であった。寺山修司が前に進むための導きの言葉（文学）である。両作品の共通性は多義的でもあるようだ。

「新しき血」を引いて、寺山修司青森時代の終了とする。資料4「新しき血」の俳句の下の（　）内は、筆者注である。

《資料4》「新しき血」（「青年俳句」十九・二〇合併号に、発表した百四十六句である）

俳句の上に付した、五は『われに五月を』に、金は『わが金枝篇』に、花は『花粉航海』に、わは『わが高校時代の犯罪』に収録されたことを示す。未は「句集未収録篇」（『増補改訂版寺山修司俳句全集全一巻』（あんず堂一九九九年五月）に収録された俳句を示す。また無記入俳句は「青年俳句」初出で、単行本等に未収録である。『増補改訂版寺山修司俳句全集全一巻』第一部「自選句集」篇、第二部「句集未収録」篇に、「青年俳句」「寂光」における句歴等の情報は、反映されていない。『わが金枝篇』収録句に＊を付した。

「新しき血」

私の眼のうしろに海がある
それをみんな私は泣いてしまわなければならない
（シューラー）

五・金・花　＊ラグビーの頬傷ほてる海みては
五・金・花　＊花売車どこへ押せども母貧し
五・金・花　＊沖もわが故郷ぞ小鳥湧き立つは　（二号と重複）
五・金・花　＊青む林檎水兵帽に髪あまる　（創刊号と重複）
五・金・花　＊二重瞼の仔豚よぶわが誕生日　（六号と重複）
五　麦一粒かがめば祈るごとき母よ
わ・五・金・花　＊目つむりいても吾を統ぶ五月の鷹　（創刊号「つむりいても」。六号「つむりていても」）
五・金・花　＊桃ふとる夜は怒りを詩にこめて　（三号、わが金枝篇では「太る」）
金・花　＊この家も誰かが道化揚羽たかし　（三号と重複）

五・金・花　＊　土筆と旅人すこし傾き小学校
五・金・花　＊　鵞鳥の列は川沿いがちに冬の旅
五・花　　山鳩啼く祈りわれより母ながき
五・花　　車輪繕う血のたんぽゝに頰つけて
五・金・花　＊　芯くらき紫陽花母へ文書かむ　（三号）
五・花　　寒雀ノラならぬ母が創りし火
五・金・花　＊　熊蜂とめて枝先はづむ母の日よ
五・花　　軒つばめ古書売りし日は海へゆく
金・花　＊　わが夏帽どこまで転べども故郷　（三号と重複）
五・花　　ひとりの愛得たり夏蝶ひた翔くる　（五号と重複）
五・金・花　＊　鉄管より滴たる清水愛誓う　（五号と重複）
五・金・花　＊　母は息もて竈火創るチエホフ忌
五・金・花　＊　桃うかぶ暗き桶水父は亡し　（五号と重複）
五・金・花　＊　西行忌あおむけに屋根裏せまし
五　　山鳩の幹に背をよせ詩は孤り
五　　帰燕仰ぐ頰いたきまで車窓によせ
未　　夏の帆や胸いたきまで柵に凭り
五・花　　車輪の下はすぐに郷里や溝清水　（六号と重複）
五・花　　牛小屋に洩れ灯のまろきチエホフ忌
五　　詩も非力かげろう立たす屋根の石

五・花　教師と見る階段の窓雁かえる　（二号では「わたる」）
五　旅愁とは雨の車窓に夜の林檎
未　わかれても残る愉しさ花大根
五・花　桐広葉こゝに幼き罪の日あり
五　色鉛筆ほそり削られ祭太鼓
花　文芸は遠し山焼く火に育ち　（五号と重複）
五・金・花　＊便所より青空見えて啄木忌
五　舟虫や亡びゆくもの縦横なし
五　香水や母と故郷を異なれり　（六号では「異にせり」）
金・花　夏井戸や故郷の少女は海知らず
五・金・花　＊草餅や故郷出し友の噂もなし
五・花　あいびきの小さき食欲南京豆
五・金・花　＊方言かなし菫に語りおよぶとき
未　婚約は母がもたらし春紙屑
五　秋の噴水かの口笛をな忘れそ
五・金・花　＊いまは床屋となりたる友の落葉の詩
花　大揚羽教師ひとりのときは優し　（六号と重複）
未　雲雀あがれ吾より父の墓ひくし
五・金・花　＊口あけて虹見る煙突工の友よ
五・金・花　＊こゝで逢びき落葉の下を川流れ

五　　　　揚羽たかし川が故郷を貫くゆえ

未　　　　土蛙胸はって田舎教師尿まる

未　　　　牛蠅や不孝者ほど夢ながし

五・金・花　＊崖上のオルガン仰ぎ種まく人

金・花　＊詩人死して舞台は閉じぬ冬の鼻

五　　　　秋まつり明るく暗く桶の魚

五・金・花　＊木の葉髪日あたるところにて逢わむ

五　　　　麦笛を吹けり少女に信ぜられ　（三号では「草笛」）

五　　　　玫瑰に砂とぶ日なり耳鳴りす

五・金・花　＊流すべき流灯おのが胸照らす

五・金・花　＊二階ひゞきやすし桃咲く誕生日

五　　　　燕の巣母の表札風に古り

五・金・花　＊黒人悲歌桶にぽつかり籾殻浮き　（四号では「もみ」）

五・金・花　＊夏の蝶木の根にはづむ母を訪わむ

金・花　＊塵捨てに出て舟を見る西行忌

五・花　　駒鳥いる高さに窓あり誕生日　（二号では「憩う」）

金　　＊五月の雲のみ仰げり吹けば飛ぶ男　（二号と重複）

未　　　　梨花白し叔母は一生三枚目　（二号では「いつまでわが脇役」）

五　　　　桶のま丶舟虫乾けり母恋し　（二号では「舟虫は桶ごと乾けり母恋し」）

金・花　＊たんぽゝは地の糧詩人は不遇でよし

青葉光れ若人の詩の通らぬ世
花　人力車他郷の若草つけて帰る
花　秋の曲梳く髪おのが胸よごす
金・花　＊　教師呉れしは所詮知恵なり花茨
五・金・花　＊　林檎の木ゆさぶりやまず逢いたきとき　（三号と五号とも重複）
五・花　台詞ゆえ甕の落葉を見て泣きぬ
五・花　倒れ寝る道化師に夜の鰯雲
五・金・花　＊　小鳥の糞がアルミに乾く誕生日
金・花　＊　明日はあり拾いて光る鷹の羽毛
五・金・花　＊　同人誌はあした配らむ銀河の冷え
五・花　香水のみの自己や田舎の教師妻
五・花　他郷にてのびし髭剃る桜桃忌
五　金魚草思い出太りつゝ復る　（五号重複）
花　北の男はほゝえみやすし雁わたる
わ・五・花　鳥影や火焚きて怒りなぐさめし
五・花　黒穂抜き母音いきづく混血児　（五号重複）
五　Artisan なり薔薇嗅ぐ仕草大げさに　（五号に福島ゆたか氏の「黒人悲歌」寸評ある）
五・花　故郷遠し桃の毛の下地平とし
五　木苺や遠く日あたる故郷人
五・花　にわかに望郷葱をスケッチブックに画き

学荒ぶ日の若草を蹴りちらし

五・金・花　＊亡びつ、巨犬飼う邸秋桜

金・花　＊勝ちて得し少年の桃腐りいたる　（六号と重複）

五・金・花　＊燃ゆる頬花よりおこす誕生日　（二号と重複）

未　雁わたる少年工の貧しきペン

未　春の嵐窓みな閉めて迫らるる

未　わが影のなかより木の葉髪ひろう

未　一語かろんぜられしが白き息のこる

未　冬の老木打ちしひゞきを杖に受く

未　鬼灯赤し母より近きひとを恋う

五　島の子は草で汗拭く鰯雲

草紅葉故郷焼かるゝ日を怖る

孤児眠る落葉は風の高さより

未　切れ凧といえどわが糸つけて飛べり

未　サーカスのあとの草枯帽ころがる

未　復員服の飴屋が通るいつもの咳

未　麦刈り進む母はあの嘘信じしや

未　鷹舞えり父の遺業を捧ぐるごと

未　凧の葦わかれの刻をとどめしごと

未　馬車の子のねむい家路は春の雷

未　氷柱滴る君の部屋より海見えず
抱きあげて巣燕は子の手に低し
未　草萌や鍛冶屋の硝子ひゞきやすき
花　種まく人おのれはづみて日あたれる
未　冬の薔薇鍛冶屋は火花創るところ
未　帰燕沖に籠にあまれし捨紙屑
五　胡桃割る閉じても地図の海青し
未　乙女過ぎれば町裏うつす冬の水　（二号と重複）
花　啄木の町は教師が多し桜餅
未　山拓かむ薄雪つらぬく一土筆
花　蝶どこまでもあがり大学生貧し
金・花　*　雪解の故郷発つ人みんな逃ぐるさま
未　掌もて割る林檎一片詩も貧し　（二号と重複）
長屋の母の怒りあつまり向日葵立つ
わが知らぬ基地いくばくぞ林檎実る
黒色の栗鼠のまばたき卒業す
未　故郷に裏町はなし若草がち
未　母来るべし鉄路に菫咲くまでは
五　さんま焼くや煙突の影のびる頃
未　青麦を着てメーデーの歩幅なお

末　来て憩う冬田売り終えたるあとも
末　母校の屋根かの巣燕も育ちおらむ
五　煙突の見える日向に足袋乾けり
五　葱坊主どこをふり向きても故郷
末　巣造りの母子の燕うなづきあい

*

五・金・花　麦の芽に日あたるごとく父が欲し
末　多喜二忌よ石もて竈の火を創り　（四号と重複）
林檎の芯明日には詩のみのこすべし
花　チエホフ忌頬髭おしつけ籠桃抱き　（四号と重複）
末　帰郷せむ溝板沿いに落葉走る　（四号では「走る落葉」）

*

金・花　農民史日なたの雲雀巣立ちたる
夾竹桃戦後の墓に父の名も
うつむきに太る芽明日の米を研ぐ

*

五・金・花　石狩まで幌の灯赤しチエホフ忌
吊るされて玉葱芽ぐめり内灘に
ぽつかりと石鹸浮けりメーデー明日
五・花　モズ孵りすぐに日あたる農民祭

2　俳句絶縁宣言後の活動と俳句集刊行について

二種類の「俳句との絶縁宣言」をみてきた。しかし周知のごとく、寺山はその後も俳句から別れることはなかった。三十九歳の寺山修司が本格的第一句集と位置付けた『花粉航海』は、「青森高校の句会記録や、十代の俳句誌「牧羊神」をひっくりかえし、中から句を拾いだし、選んで、まとめた句集で、湯川書房『わが金枝篇』（句集）を底本としたものだと言う。『花粉航海』のあとがき「手稿」を引用する。


ここに収めた句は、「愚者の船」をのぞく大半が私の高校生時代のものである。十五歳から十八歳までの三年間、私は俳句少年であり、他のどんな文学形式よりも十七音の俳句に熱中していた。

いま、こうしてまとめてふりかえってみると、いかにも顔赤らむ思いだが、「深夜叢書」齊藤慎爾のすすめを断りきれずに、公刊することになった。当時の青森高校の句会記録や、十代の俳句誌「牧羊神」をひっくりかえし、中から句を拾いだし、選んで、まとめた。湯川書房「わが金枝篇」（句集）を底本にし、さらに未公刊のものを一〇〇句近く加えたのだが、読むに耐える句が何句あるかさえ、おぼつかないありさまである。今にして思えば、せめてボルヘスの小説の一行分位でも凝縮した句がほしかった。

こうなってみると、歌ばかりではなく、句のわかれもすみやかに果たしてしまいたい、というのが私の希望である。「何もかも、捨ててしまいたい。書くことによって、読むことによって」だ。

寺山修司

ここでは、言及していないが底本になる『わが金枝篇』には、高校二年の春、発行した自選句集『べにがに』から五句を収録している。その五句は、後に『花粉航海』にも再録。寺山が「ひっくりかえす」資料は、我々の予想をはるかに超えた量である。全ての資料を保管し、いつでも取り出し可能な状態で整理されていたことがとわかる。手元の保管資料は、新作を生むヒントとなり、新しい物語を作り出していく時役立っていたのであろう。彼の構成する物語により俳句の意味は変化する。前章でみてきた「少年歌」、「少年の日」、「少年の時間」それぞれの物語のテーマの下に選句された俳句は、新構成された物語の中で、新しい意味の読み解きを望まれていた。文脈の変化（編集）により句意が変化する楽しみでもある。寺山俳句がもつ夥しい句歴は、その充分な証明になる。自前の資料を大切に保管し、自由自在に使用しながら物語を増殖する。これが寺山流の創作手法であった。『べにがに』や「新しき血」は、寺山が新作を生み出す際の言説の森としての役割を生涯に渡り担っていたのである。

あらためて寺山が十六歳で発行した『べにがに』四十句から選句された五句をあげたい。三十七歳になった寺山が『わが金枝篇』を編む時、高校時代の『べにがに』を紐解き五句を選び、さらに『花粉航海』刊行時、『べにがに』から一句を選んで追加収録する編集力には感慨を覚える。

麦熟る丶帽子のみ見え走る子に

コスモスやベル押せど人現れず
蟻走る患者の影を出てもなお
影を出ておどろきやすき蟻となる
枯野ゆく棺のひとふと目覚めずや

［参考句］

冬墓の上にて凧がうらがへし（筆者注『わが金枝篇』に不採録で『花粉航海』に追加採録句。）

次に寺山修司の句集発行の状況を年譜化しておく。通説では、句集に含まれないものもあえて加えた。寺山流の節目、節目に旧作をまとめ、次に進む創作手法が理解できるからである。『わが金枝篇』や『花粉航海』をまとめるための「手控え」俳句ノートが、どこかに埋もれているのではないかと想像する。新資料の出現を期待してやまない。

寺山修司の句集履歴

（1）自撰句集『べにがに』（四十句）十六歳

一九五二年（昭和二十七年）四月一日発行。十六歳。高校一年生の夏から熱中し、各方面に投稿、掲載された俳句を中心にまとめた最初の自選句集。

自撰句集『べにがに』に付した表紙の発行日付は、昭和二十七年一月とある。奥付は、昭和二十七年三月二十七日印刷、昭和二十七年四月一日発行とある。［価■］と定価は消されている。その他の奥付情報は、以下のごとくである。

青森市松原町四十九

著者　寺山修司

発行所　山彦俳句会　青森市筒井青森高校内

印刷所　青森市松原町

印刷所ＥＣＨＯ印刷会。

（2）「新しき血」（一四六句）二十歳。

一九五六年（昭和三十一年）十二月十日印刷発行。二〇歳。俳句同人誌「青年俳句」（上村忠郎主宰）に発表。資料4参照。一四六句は、句集一冊分に匹敵する。あえて句集扱いにした。

（3）『われに五月を』作品社（俳句九十一句）二十一歳。

一九五七年（昭和三十二年）一月刊行。但し前述したように「新しき血」と同時の創作で、その前後関係の詳細は不明である。

【俳句移動について】総句数は九十一句。うち『わが金枝篇』へ四十五句を再録。残り四十六句から二十一句を選句し、『わが金枝篇』の四十五句に二十一句を加えて六十六句が『花粉航海』に所収された。

（4）『わが金枝篇』湯川書房（百十七句）三十七歳。

一九七三年（昭和四十五年）七月刊行。高取英注釈に「事実上これが第一句集にあたると思われるが、寺山修司は『花粉航海』を第一句集とみなした」とある。「叢書水の梔子」限定三〇〇部の42の初版本をみると、『わが金枝篇』には、エピローグも跋も小題もない。寺山にしては、不思議な製本の句集といえる。この辺りが、第一句集にしたくない理由であったろうか。解説は塚本邦雄「聖・家族合わせ」である。

【俳句移動について】総句数百十七句。百十句が『花粉航海』に所収された。「絶縁宣言」後の新作数は、約三十二句である（資料5参照）。二十一歳で俳句絶縁宣言をし、三十七歳の『わが金枝篇』刊行までの十五年ほどで、約三十二句の新作であるから、寺山としては俳句から離れていたという自覚であったろう。しかし、新作は少年時と句風を異にする。一般におどろおどろしいとみられる作詠の始まりの句集であり、注目すべき意欲的句集といえる。句風の違いを確認するために、巻頭の三句と『わが金枝篇』初出句から五句を選んで参考のために引く。

（巻頭の三句）

目つむりていても吾を統ぶ五月の鷹
書物の起源冬のてのひら閉じひらき（初出）
ラグビーの頰傷ほてる海見ては

（参考句『わが金枝篇』初出句）

書物の起源冬のてのひら閉じひらき

父を嗅ぐ書斎に犀を幻想し
土曜日の王国われを刺す蜂いて
癌すすむ父や銅版画の寺院
母を消す火事の中なる鏡台に

（5）『花粉航海』深夜叢書社（二百三十句）三十九歳。一九七五年（昭和五十年）一月刊行。前衛的な新作が加わり演劇や映画の影響を受けた句風のものが多くなる

【俳句移動について】総句数二三〇句。内訳は『わが金枝篇』からの一一〇句に『われに五月を』から二十一句を加えた一三一句に百近い句歴無しの新作が追加された。あとがきに当たる「手稿」の冒頭で「ここに収めた句は、愚者の船」をのぞく大半が私の高校生時代のものである」と言うが、真っ赤な嘘で、半数は三十七歳の『わが金枝篇』から二年に満たない間に創作した新作ということになる。しかも「天井桟敷」の海外公演や長編映画「田園に死す」の撮影で相当忙しい中での創作である。

（6）『わが高校時代の犯罪』（二十九句）四十四歳。『別冊新評寺山修司の世界』（新評社刊一九八〇年（昭和五十五年）四月）。総句数三十句中、未完句一句。

（7）『雷帝』寺山修司が生前に構想した俳句同人誌。四十七歳　企画構想。
この同人誌は、没後十年、一九九三年十二月に、創刊終刊号が深夜叢書社より刊行された。彼が存

命であれが、「牧羊神」で夢見た「大衆に読まれる文学俳句」が誕生したのだろうか。

以上句集暦をみると「俳句絶縁宣言」をした後も途切れることなく俳句を詠み続けていたことになる。

（各句集の句数については、類句等多く、数え方により多少の変動が生じる。）

《資料5》『わが金枝篇』句歴付復元資料

＊は「わが金枝篇」を示す。句歴は俳句下の【　】に記入。「青年俳句」（S29・3）は「青年俳句」に昭和二十九年三月に掲載されたことを示す。太字で記した句は、「わが金枝篇」が初出であることを示す。参考歌等は、〈　〉を付して、筆者注は（　）で示した。表記については、『わが金枝篇』（湯川書房昭和四十八年七月）、叢書「水の梔子」42番による。

目つむりていても吾を統ぶ五月の鷹　【初出は、青年俳句（S29・3）】

書物の起源冬のてのひら閉じひらき　【初出＊、花粉航海】

ラグビーの頬傷ほてる海見ては　【牧羊神S29・10、万緑S29・12、暖鳥、學燈S30・1、青年俳句S31・12、われに五月を、＊、花粉航海】

チエホフ忌頰髭おしつけ籠桃抱き　【パン句会S29・6、牧羊神S29・7、青年俳句、万緑S29・9、暖鳥S30・1、＊、花粉航海】

九月の森石かりて火を創るかな　【暖鳥S29・6、牧羊神S29・7、青年俳句S29・7、＊、花粉航海（石打ちて）】

花売車どこへ押せども母貧し　【われに五月を、＊】

文藝は遠し山焼く火に育ち　【山彦俳句会S28・6、七曜S28・9、牧羊神S29・10、青年俳句S29・12／S31・12、暖鳥S30・1、われに五月を、＊、花粉航海、青森よみうり文芸、暖鳥S29・1（山火を見つつ育ち）】

秋の逢びき燭の灯に頰よせて消す　【牧羊神S29・7（5号）（山火を見つつ育ち）、＊、花粉航海、

父を嗅ぐ書斎に犀を幻想し
石狩まで幌の灯赤しチエホフ忌

されど逢びき海べの雪に頰搏《う》たせ
流すべき流灯われの胸照らす

農民史日なたの雲雀巣立ちたる

土曜日の王国われを刺す蜂いて
蝶どこまでもあがり高校生貧し
沖もわが故郷ぞ小鳥湧き立つは
午後二時の玉突き父の悪霊呼び
この家も誰かが道化揚羽高し
読書するまに少年老いて草雲雀
黒人悲歌桶にぽっかり籾殻浮き

パン句会S29・7、暖鳥S30・1（秋の逢曳燭の火に）】
【初出＊、花粉航海】
【牧羊神S30・9、青年俳句S31・12、われに五月を、＊、花粉航海】
【牧羊神S29・7（5号）、わが金枝篇・花粉航海】
【青い森S27・12、青森よみうり文芸S28・1、七曜S28・3、俳句研究S29・9、青年俳句S31・12、われに五月を、＊、花粉航海】
【パン句会、青年俳句S31・12、青年俳句S31・12、＊、花粉航海】
【初出＊、花粉航海】
【初出＊、花粉航海 パン句会S29・5（大学生貧し）】
【暖鳥S29・6、牧羊神S29・7、青年俳句S29・5／S31・**12、俳句研究S30・8、われに五月を、＊、花粉航海】**
【初出＊、花粉航海】
【パン句会S29・5、暖鳥、牧羊神S29・6、青年俳句S29・7／S31・12、俳句研究S3・08、＊、花粉航海】
【初出＊】
【パン句会S29・8、万緑S29・9、青年俳句S29・9、牧羊神S29・10、暖鳥S30・1、俳句研究S30・8、われに五月

二重瞼の仔豚呼ぶわが誕生日

癌すすむ父や銅版画の寺院

桃うかぶ暗き桶水父は亡し

一枚の名刺や冬の濁流越え

林檎の木ゆさぶりやまず逢いたきとき

テーブルの上の荒野も一語より

（テーブルの上の荒野へ百語の雨季）

蜻蛉《とんぼ》生る母へみじかき文書かむ

犬の屍を犬がはこびてクリスマス

教師呉れしは所詮知恵なり花茨

雪解の故郷出る人みんな逃ぐるさま

啄木の町は教師が多く桜餅

卒業歌遠嶺のみ見ることは止めむ

を、＊、花粉航海】（筆者注・「青年俳句」で注目された）

【暖鳥S30・1、牧羊神S30・1（7号）、青年俳句S30・3／S31・12、われに五月を、＊、花粉航海】

【初出＊、花粉航海・わが高校時代の犯罪】

【牧羊神S29・10、七曜S29・11學燈S29・12暖鳥S30・1われに五月を、＊、花粉航海】

【俳句研究S30・8（うかべし）】

【初出＊、花粉航海】

【暖鳥、牧羊神S29・6、青年俳句S29・7／S29・12／S31・**12、俳句研究S30・8、われに五月を、＊、花粉航海**】

【初出＊】

【花粉航海】

【パン句会S29・9、＊、花粉航海】

【初出＊、花粉航海】

【暖鳥S29・6、牧羊神S29・7、青年俳句S31・12、＊、花粉航海】

【牧羊神S29・4、青年俳句S31・12、＊、花粉航海】

【暖鳥S29・2、牧羊神S29・4、木兎S29?、青年俳句S31・12、＊、花粉航海】（筆者注・＊以外は「教師が多し」）

【浪漫飛行S28・12、牧羊神S29・4、＊、花粉航海】

一塊の肉となる牛家族の冬
【初出＊、花粉航海】

土筆と旅人すこし傾き小学校
【暖鳥S29・2、七曜S29・3、牧羊神S29・4、青年俳句S31・12、われに五月を、＊、花粉航海】

車輪の下はすぐに郷里や溝清水
【山彦俳句会S28・8、暖鳥S29・1、牧羊神S30・1、青年俳句S30・3／3S31・12、われに五月を、＊、花粉航海】

血と麦とわれに亡命する土地あれ
【初出＊、花粉航海】

桃太る夜は怒りを詩にこめて
【暖鳥S29・6、牧羊神S29・7、氷海S29・7、万緑S29・8、俳句研究S30・8、青年俳句S29・7／S31・12、われに五月を、＊、花粉航海】

芯くらき紫陽花母へ文書かむ
【暖鳥S29・6、牧羊神S29・7、氷海S29・7、青年俳句29・5（3号）／S31・12、われに五月を、＊、花粉航海】

方言かなし菫に語り及ぶとき
【暖鳥S29・1、牧羊神S30・1、青年俳句S31・12、われに五月を、＊、花粉航海】

歴史の記述はまずわが名より鵙の贄
【初出＊、花粉航海】

次の頁に冬来たりなばダンテ閉ず
【初出＊、花粉航海】

秋の曲梳く髪おのが胸よごす
【山彦俳句会S27・7、東奥日報S28・1・18、暖鳥S28・1、青森よみうり文芸S28・2・13、青い森、青森高校生徒会誌、七曜S28・　3、牧羊神S29・3、俳句研究S29・6、青年俳句S31・12、われに五月を、＊、花粉航海】

春の鳩鉄路にはずむレーニン祭
【初出＊、花粉航海】

（鉄路にはづむ逢ひにゆかむ）　【パン句会S29・6、牧羊神S29・7】

春星綺羅憧る丶者けつまづく　【パン句会S29・5、＊、花粉航海】・

燃ゆる頬花より起す誕生日　【牧羊神S29・4、青年俳句29・5／S31・1、われに五月を、＊、花粉航海、學燈S29・5（燃ゆる頬を）】

コスモスやベル押せど人現れず　【青高新聞、東奥日報、暖鳥、べにがに、＊】

亡びつ丶巨犬飼う邸飽秋桜　【万緑S29・11、牧羊神S30・1、青年俳句S31・12、われに五月を（大カンナ）、＊、花粉航海】

影を出ておどろきやすき蟻となる　【べにがにS27・4、＊、花粉航海】

髪で綴る挽歌や冬の地方まで　【初出＊、花粉航海】

崖上のオルガン仰ぎ種まく人　【山彦俳句会・S28・11、浪漫飛行S28・12、暖鳥S29・1、牧羊神S29・2、氷海S29・3、青年俳句S31・12、われに五月を、＊、花粉航海】

鉛筆で指す海青し卒業歌　【初出＊、花粉航海】

便所より青空見えて啄木忌　【青い森S28・8、青高新聞S28・11・6、七曜、蛍雪時代S28・11暖鳥、S29・1、牧羊神S29・2、俳句研究S29・9、青年俳句S31・12、われに五月を、＊、花粉航海】

卒業歌鍛冶の谺も遠からず　【初出＊、花粉航海】

いまは床屋となりたる友の落葉の詩　【浪漫飛行S28・12、万緑S28・12、暖鳥S29・1、牧羊神S29・2、俳句研究S30・8、青年俳句S29・9（ごとき）／S31・12、われに五月を、＊、花粉航海】

麦の芽に日当るごとく父が欲し

莨火を樹で消し母校よりはなる

口開けて虹見る煙突屋の友よ
（煙突工）

詩人死して舞台は閉じぬ冬の鼻

一帰燕家系に詩人などなからむ

うつむきて影が髪梳く復活祭

春の怒涛十八音目が目がわれを呼ぶ

老いたしや書物の涯に船沈む

鵞鳥の列は川沿いがちに冬の旅

大揚羽教師ひとりのときは優し

【牧羊神S29・2、青年俳句S31・12、われに五月を、＊、花粉航海】

【山彦S28・7、＊】

【青森よみうり文芸S28・1、浪漫飛行S28・12、學燈S29・1、寂光S29・2、牧羊神S29・2、木兎S29・2、俳句研究S29・9、青年俳句S31・12、われに五月を、＊、花粉航海】

【浪漫飛行S28・12、寂光、寂光・横斜忌句会、暖鳥、東奥日報S29・1、牧羊神S29・2／S29・4、木兎S29・2、氷海S29・3、青年俳句S31・12、＊、花粉航海】

【牧羊神S29・2、暖鳥S29・3、＊、花粉航海】

【暖鳥S29・6、牧羊神S29・7、青年俳句S29・7、＊、花粉航海】

【初出＊、花粉航海】

【初出＊、花粉航海】

【山彦俳句会S28・5、万緑S28・8、七曜S28・10、浪漫飛行S28・12、暖鳥S29・1、牧羊神S29・2、青年俳句S31・12、われに五月を、＊、花粉航海】

【暖鳥、万緑、浪漫飛行S28・12、蛍雪時代S29・1、牧羊神S29・2、七曜S29・6、俳句研究S29・9、青年俳句S

人力車他郷の若草つけて帰る

詩を読まむ籠の小鳥は恩知らず

木の葉髪日あたるところにて逢はむ

鉄管より滴る清水愛誓う

父へ千里水の中なる脱穀機

長子かえらず水の暗きに桃うかぶ

熊蜂とめて枝先はずむ母の日よ

小鳥の糞がアルミに乾く誕生日

わが夏帽どこまで転べども故郷

逢びきの小さな食欲南京虫

（小さき食欲・南京豆）

夏井戸や故郷の少女は海知らず

30・3／S31・12、「新しき血」、われに五月を、＊、花粉航海】

【牧羊神S29・3、青年俳句S31・12、われに五月を、＊、花粉航海】

【牧羊神S29・2、＊、花粉航海】

【七曜S28・2、牧羊神S29・7、青年俳句S31・12、われに五月を、＊、花粉航海】

【パン句会S29・5、われに五月を、＊、花粉航海】

【初出＊、花粉航海】

【パン句会S29・8、＊、花粉航海】

【牧羊神S29・4、氷海S29・6、青年俳句S31・12、われに五月を、＊、花粉航海】

【暖鳥S29・6、牧羊神S29・7、氷海S29・7、青年俳句S31・12、われに五月を、＊、花粉航海（政変す）】

【暖鳥S29・6、パン句会S29・6、牧羊神S29・7、青年俳句S29・7、＊、花粉航海】

【牧羊神S29・7（5号）、青年俳句S31・12、＊、花粉航海】

【青い森S28・8、暖鳥S28・10、浪漫飛行S28・12、われに五月を】

【別巻青い森S28・8、浪漫飛行S28・12、牧羊神S29・7／

舟虫は桶ごと乾けり母恋し
（桶のまま舟虫乾けり母恋し）
種まく人おのれはずみて日あたれる
麦熟るゝ帽子のみ見え走る子に

紙漉くやひらがなで子を愛す母
燕と旅人こゝが起点の一電柱
蚤追えり灯下の道化帽のまま
草餅や故郷出し友噂もなし

二階ひゞきやすし桃咲く誕生日

母は息もて竃日火創るチェホフ祭

S30・1、青年俳句S31・12、＊、花粉航海】
【牧羊神S29・4、暖鳥S29・6、埼玉よみうり文芸S29・5・23、青年俳句S29・5／S31・12、俳句研究S30・8、＊】
【われに五月を】
【浪漫飛行S28・12、暖鳥S29・1、牧羊神S29・2／S30・9、七曜S29・4、青年俳句S31、＊、花粉航海】
【青高新聞S26・12・13、べにがにS27・4・1（走る子よ）、＊、花粉航海（走る子に）】
【初出＊、花粉航海】
【牧羊神S29・4、青年俳句S31・12、＊、花粉航海】
【牧羊神S29・4暖鳥S30・1、＊、花粉航海】
【別巻青い森S28・8、暖鳥S28・11、俳句研究S29・9、木兎S29・2、牧羊神S30・1、青年俳句S31・12、われに五月を、＊、花粉航海】
【東奥日報S28・1・18、辛夷花S28・1・2、七曜S28・4、氷海S28・5、青い森S28・8、牧羊神S29・3、俳句研究S29・9、青年俳句S31・12、われに五月を、＊、花粉航海】
【浪漫飛行S28・12、七曜S28・12、牧羊神S29・2、學燈S29・4、俳句研究S29・9、青年俳句S31・12、われに五月

を、＊、花粉航海】

絹糸赤し村の暗部に出生し
【初出＊、花粉航海】

蟻走る患者の影を出てもなお
【暖鳥S26・12、べにがにS27・4、＊、われに五月を（蟻走る母の影より」）】

西行忌あおむけて屋根裏せまし
【暖鳥S28・4、青い森S28・8、學燈S28・12、俳句研究S29・9、青年俳句S31・12、われに五月を、＊、花粉航海】
（筆者注・あほむけに⬇S29・3牧羊神「雲上律」句集より）

浴衣着てゆえなく母に信ぜられ
【七曜S27・10、山彦S28・7、＊、花粉航海】

筏の一語北暗ければ北望み
【初出＊】

裏町よりピアノを運ぶ癌の父
【初出＊、花粉航海】

紙屑捨てに来ては舟みる西行忌
【牧羊神S29・3、＊、花粉航海】

枯野ゆく棺のひとふと目覚めずや
【暖鳥初出S27・2、べにがにS27・4、＊、ひと↓東奥日報S27・12（友）↓花粉航海（われ）】

（枯野ゆく棺の友ふと目覚めずや）
（S27・10『青森県句集第拾四輯松寿社・16歳』）

〈参考歌〉音立てて墓穴ふかく父の棺下ろさる、時父目覚めずや（「チエホフ祭」）

青む林檎水兵帽に髪あまる
【牧羊神S29・2、青年俳句S29・3、暖鳥、氷海S29・6、俳句研究S29・9、青年俳句S31・12、われに五月を、＊、花粉航海】

同人誌は明日配らむ銀河の冷え
【牧羊神S29・10、暖鳥S30・1、俳句研究S30・8、青年俳句S31・12、われに五月を、＊、花粉航海、パン句会S29・

7（配らむ花大根）、万緑S29・9（同人雑誌明日配らむ花茨）】

多喜二恋し桶の暗きに梅漬けて
（梅漬ける）
【初出＊、花粉航海】

父と呼びたき番人が棲む林檎園
【暖鳥S29・10、青年俳句S29・12】
【牧羊神S30・1（7号）、青年俳句S30・3（6号）、＊、花粉航海】

〈参考歌〉わが通る果樹園の小屋いつも暗く父と呼びたき番人が棲む（『われに五月を』、「十五才初期歌篇」『寺山修司全歌集』）

北の男はほほえみやすし雁わたる
【暖鳥S29・9、牧羊神S29・10、青年俳句S31・12、われに五月を、＊、花粉航海】

黒髪に乗る麦埃婚約す
【牧羊神S30・1、われに五月を、＊、花粉航海】

勝ちて得し少年の桃腐りやすき
（**腐りたる**）
【初出＊、花粉航海】

胸痛きまで鉄棒に凭れり鰯雲
【暖鳥S29・9、牧羊神S30・1、青年俳句S30・3／S31・12、われに五月を】

暗き蜜少年は扉の影で待つ
【七曜S28・10、牧羊神S29・7（5号）、＊、花粉航海】

暗室より水の音する母の情事
【初出＊、花粉航海】

蹴球の彼方の夏の嶺を羞じき
【初出＊、花粉航海】

燕の巣盗れり少女に信ぜられ
（燕の巣を）
【パン句会S29・5、＊、花粉航海、七曜S29・11、暖鳥S30・1】

五月の雲のみ仰げり吹けば飛ぶ男

【牧羊神S29・3、暖鳥S29・6、木兎№2S29・5、青年俳句S31・12、＊】

母を消す火事の中なる鏡台に

【初出＊、花粉航海】

冬に滅ぶ聖掃除夫の前ボタン

【初出＊、花粉航海】

夏の蝶木の根にはずむ母を訪わむ

【パン句会S29・5、暖鳥S29・6、牧羊神S29・7、七曜S29・7、俳句研究S29・9、青年俳句S31・12、われに五月を、＊、花粉航海】

たんぽぽは地の糧詩人は不遇でよし

【寂光例会S29・2・22、寂光S29・3、牧羊神S29・3、暖鳥S29・6、埼玉よみうり文芸S29・5・27（タンポポ）、青年俳句S31・12、われに五月を、＊、花粉航海】

野茨つむわれが欺せし教師のため

【初出＊、花粉航海】

（欺せし少年に）

【牧羊神S30・1、青年俳句S30・3】

老嬢に暗き蜜あれわれには詩を

【初出＊、花粉航海】

（冬墓の上にて凧がうらがへし）

【べにがにS27・4、寂光例会S27・3、寂光S27・4、断崖S27・6（うらがえる）】

ここで逢びき落葉の下に川流れ

【浪漫飛行（一）S28・12、天狼S29・2、牧羊神、七曜S29・4、青年俳句S31・12、われに五月を、＊、花粉航海】

（筆者注）浪漫飛行（一）（下に→下を）、浪漫飛行（一）・牧羊神・青年俳句（ここで→こゝで）

明日はあり拾いて光る鷹の羽根

【牧羊神S29・10、暖鳥S30・1、青年俳句S31・12、われに五月を、＊、花粉航海（明日もあり）】

目つむりて雪崩聞きおり告白以前
【牧羊神S30・1、青年俳句S30・3（6号）、＊、花粉航海】

訛り強き父の高唱ひばりの天
【暖鳥S28・12、牧羊神S29・2、＊】
（筆者注）木兎№1冬の鼻（S29・2・28日発行）にも所収

眼の上を這う蝸牛俳句の死
【初出＊、花粉航海（敗北し））】

《資料6》『べにがに』

寺山の俳句集発行のスタートは、一六歳の自撰句集『べにがに』四十句（一九五二（昭和二十七）年四月一日）としたい。高校一年時に新聞や俳句誌に掲載された俳句を選句し、新作を加えまとめている。高校二年春に、自撰句集として刊行。自筆手書き歌集『咲耶姫』の俳句版といえる。ガリ版刷りになっているので、手書きの『咲耶姫』より発行部数は増えただろう。

（　）内の書き入れは寺山修司である。暖は「暖鳥」、万は、「万緑」、寂は「寂光」、七は、「七曜」、辛は「辛夷」、東は「東奥日報新聞」、読は「青森よみうり文芸」を、校は「青森高校新聞」に掲載されたことを示している。

【　】内は筆者注。俳句の上の「金・花」は、『わが金枝篇』と『花粉航海』に収録されたことを示す。『わが金枝篇』に収録された句に＊印を付し関連性をわかりやすくした。

蜩の道の半に母と逢ふ（暖東万）
金・花　＊　麦熟るゝ帽子のみ見え走る子よ（万）
金魚腹を見せ飛行雲遠し（万）
金・花　＊　コスモスやベル押せど人現れず（暖。《マ》校東）
金・花　＊　蟻走る患者の影を出てもなお（東暖）
晝の虫　百性の女土間に眠る（寂）
焚き落葉へ少女の手紙青くけむる（読七）
枯野来て少女の母と逢いにけり（読）
そこより闇　冬ばえゆきてふと止る（読）

いま逝く蝶声あらば誰が名を呼ばむ（読）
寒雀とぶとき胸毛かくさずに（辛）
初荷船帽振れば帽をふりかえす（辛読）
餅を焼く百姓の子は嘘もたず（暖）
狂院の窓ごとにある寒灯（暖）
病者らの視線冬雲のせり上る（暖）
紅蟹がかくれ岩間に足あまる（七暖）
背をぐんとはる鉄棒や鰯雲（山東）読
冬の葬列吸殻なほ燃えんとす（暖）
ちゝはゝの墓寄りそひぬ合歓のなか（読）
金・花　＊　影を出ておどろきやすき蟻となる
金・花　＊　枯野ゆく棺のひと　ふと目覚めずや（暖）　【後に「ひと」を「友」「われ」とと改める】
片影を出てよりわれの影生る　【初出】
言ひそびれつゝいくたびも炉灯をつむ　【初出】
父の馬鹿　泣きながら手袋かじる（読）
虹うすれやがて記憶に失せしひと（寂）
冬鏡おそろし恋をはじめし顔（暖）
記録古りて凍蝶の翅欠きやすし（東）
花　冬墓の上にて凧がうらがへし（寂）　【断崖27・6】
冬浪がつくりし岩の貌をふむ（暖東）

わが声もまじりて卒業歌は高し（東辛七）

一木がありて野分をまともにす　【断崖27・6「一本の木あり」に改める】

土筆芽へずしりと旅行鞄置く　【初出】

おもいきり泣かむこゝより前は海　【初出】

鉄柵のなかにて墓標相触れず（暖）

冬の雁―ｂｙｅの一語果てしとき

母の咳のとゞくところに居て臥す　【初出】

もしジャズが止めば凩ばかりの夜（寂）

一杭をのこし囲を解きおわる　【初出】

西日はじきかえして汽罐車が退る　【初出】

老木を打ちしひびきを杖に受く（七寂）

（以上四十句）

終章　望郷の念

1　故郷への想い

母想ひ故郷を想ひ寝ころびて畳の上にフルサトと書く

この短歌は鉛筆手書き回覧文芸雑誌「二故郷」（中学二年生夏）が初出で、「野脇中學校二年九組学級新聞」（九月二十日発行）に再録、中学三年の夏休みに作成した文芸雑誌『白鳥』に再再録と持ちまわした、寺山少年お気に入りの短歌である。詠歌当時、母は九州へ働きに出て、寺山は一人青森市の母方の叔父の映画館「歌舞伎座」に寄宿していた。「野脇中學校新聞」、回覧手書き文芸誌「二故郷」に掲載された母の歌二首を引く。

閑古鳥の聲ききながら朝げする母と二人の故郷の家　（第四號）
「母さん」と呼んでにっこり笑みて見る帰郷の夜更のやわらかきふとん　（「二故郷」）

高校卒業時に到達した寺山の創作論は「僕達の究極に於て求めている夢へ（是は美と云っても同じことなんですが）をまず最初に、打ち出してしまってそれから、現実を導いて行こうとする、云わば逆説的なやり方であった。この創作論の無自覚な実作が、右に引用した寺山の中学時代の歌や詩であった。彼の崩れ散りそうであった精神を優しい母の作品が反転させ、現実から救い出した体験は、どれほど彼の支えになったことであろうか。寺山修司の作品創作の手法を考察する上で、この実作体験を見逃してはならいだろう。創作論＝創作の手法の詳細は第四章2に詳しく述べた。また中学時代「崩れ散る精神＝危険な精神状況」を抱え、不登校状態にあったと考えられる寺山の姿は、前著『編集少年寺山修司』で詳述した。参照されたい。

中学校卒業後の高校三年間は、俳句少年の日々であった。中学時代の短歌と高校卒業後の昭和二十九年十一月に「チエホフ祭」（原題「父還せ」で特選を受賞した頃では寺山の短歌はかなり変化している。俳句創作の熱中が影響してのことだろう。もちろん年齢との関係もあろう。

アカハタ賣るわれを夏蝶越えゆけり母は故郷の田を打ちてゐむ　「チエホフ祭」
ころがりしカンカン帽を追うごとく故郷の道を駈けて歸らむ　「チエホフ祭」

卒業歌なれば耕地に母立たす　「青高新聞」昭和二十八年三月十二日
わが夏帽どこまで転べども故郷　初出「暖鳥昭和・パン句会」二十九年六月
葱坊主どこをふり向きても故郷　初出「山彦俳句会」昭和二十八年五月

俳句で構成された世界が、そのまま短歌の世界と重なる。俳句の創作が短歌より先である。俳句を短歌に仕立て直したことになる。俳句と短歌が分かち難く共存していることについては述べた（第一章1「『昨耶姫』について」）。熱狂的な俳句創作の体験が寺山初期短歌を生む助けになったとみてよいだろう。寺山の俳句は、ある題の下に物語的に構成されていた。彼の俳句は単独で鑑賞すると同時に、構成された物語の文脈の中で読むように指示されていた。物語の完成のために新作俳句を急ぎ追加する例もみてきた（第四章6参照）。物語の構成を念頭にした寺山俳句は、物語的性格を持つ短歌との相性がよく、相互の交流は容易であったとみえる。

シュウル・リアリズム論と出会った寺山ではあるが、作品は現実と乖離しては存在しないことも『咲耶姫』で学んでいる。『われに五月を』『空には本』にみる故郷短歌は、明るい瑞々しさのみならずある種の翳りも内包している。『われに五月を』の発行時には、中学時代の厳しい現実生活と異質の孤独を抱えていた。俳句革命を標榜し仲間と「牧羊神」を立ち上げ、野望に満ちた出発をした。その先頭を走っていた寺山であったが、ある時、振り向くと仲間がいないという事態に陥り、「牧羊神」から身を引く無念さに直面する。この先頭を走る孤独な傷が深ければ深い程、反転させるシュウルな歌を詠まなければならなかった。病魔との闘いもあった。このような背景は、寺山作品の表層の瑞々しさの奥から自ずと滲み出る。ことに故郷歌では隠し切れず翳りが歌に顕れている。

この砂の果てに故郷のあるごとく思いて歩む春の海かな　『咲耶姫』（中学三年生）
冬鵙の叫喚はげし椅子さむく故郷喪失していしわれに　『我に五月を』『空には本』
わが窓にかならず断崖さむく青し故郷喪失しつつ叫べず　『空には本』

群衆のなかに故郷を捨ててきしわれを夕陽のさす壁が待つ　『空には本』

さらに、二十九歳『田園に死す』に至ると、故郷が売買の対象になる。『咲耶姫』の掲載歌からスタートした寺山の故郷との距離は、遠く乾いたものになり、詠われる故郷は軋みをみせる。

ひとの故郷買ひそこねたる男来て古着屋の前通りすぎたり　「子守唄・捨子海峡」

青麦を大いなる歩で測りつつ他人の故郷売る男あり　「子守唄・暴に與ふる書」

一九七〇年前後の状況と『寺山修司全歌集』の刊行目的

寺山修司をとりまく七十年代前後の社会や身辺状況を確認してみたい。寺山は、三十一歳（一九六七（昭和四十二）年）で、「天井棧敷」を設立し、短歌の世界から前衛劇（アングラ演劇）の世界へ大きく踏み出した。七〇年代は、世界全体が激動の時代であった。ヒッピー族の台頭、パリ五月革命の始動、全共闘による大学闘争、安保闘争、ウーマンリブ運動等々、日本が高度成長に向かう中、若者は変革（革命）を目指していた。寺山個人も、「東大闘争安田講堂のルポルタージュをサンデー毎日に書く」、「時には母のない子のように」のヒット（一九六九年）、テレビアニメオープニングテーマ曲「あしたのジョー」の作詞、「力石徹の葬儀」（一九七〇年）等々、大衆文化（サブカルチャー）の世界に身を置き、時の人として話題をさらっていた。天井棧敷第一作目は「青森県のせむし男」、六八年には『誰か故郷を想はざる——自叙伝らしくなく』刊行、ラジオドラマ「狼少年」は、地元のＲＡＢ青森放送の仕事で、芸術祭奨励賞受賞。故郷関係の仕事も多くこなした。アメリカ、ドイツ、フランスと海外公演も開始された時代である。東京では「家出のすすめ」に感化された若い家出人が劇団に集まっていた。ハイティーン詩人を舞台に上げた「書を捨てよ町へ出よう」の絶叫的な朗読劇もスタート。

さらに寺山の身近に事件が続いた。一九六九年四月、永山則夫、連続ピストル射殺事件で逮捕。九條映子と別居、離婚。一九七〇年十月二十八日、同級生の報道カメラマン沢田教一がプノンペン（カンボジア）にて襲撃を受け死亡。十一月二十五日、三島由紀夫が自衛隊市ヶ谷駐屯地にて割腹自殺。衝撃的な事件が連続して起きている。

三島の事件は、綿密な計画の下に実行された。その一例として、決行日の八日前、東武百貨店で別れの意を込めた三島由紀夫展（十一月十二日から十七日）を開催した。それを観た寺山は「三島の時代は終わったな。次は俺の番だ。自分も整理しとかないと、な」と言ったという。「番」が活躍する番なのか、展示会をする番なのか微妙である。また聞きの情報ではっきりしない。同時期、芥正彦（東大全共闘の一人として三島由紀夫との公開討論会に参加）と『地下演劇』誌（創刊は一九六九年、演劇の理論誌）を発行。赤軍派ハイジャック事件（一九七〇年三月三十一日〜四月五日）の犯人の声明文に「われわれは明日のジョーである」という言葉があったことで、赤軍派との関係が疑われ、警察から取り調べも受けた。危険人物であるとみられていたのであろう。一九七一年（昭和四十六年）、長編映画「書を捨てよ町へ出よう」（サンレモ映画祭グランプリ受賞）の撮影も開始。ナンシー（フランス）、アムステルダム（オランダ）の海外公演。その頃、足がむくみ蛋白が出ていた。白金の北里大学病院に通院、一ヶ月入院。病魔に侵され始めていた。（田中未知『寺山修司と生きて』新書館、二〇〇七年五月）。

このように目まぐるしく多忙で厳しい状況下で、『寺山修司全歌集』（風土社、一九七一（昭和四十六）年一月）を刊行し、歌のまとめをする。既刊歌集にある歌の大幅に入れ替えや削除、表記の変更（旧仮名から新仮名へ、旧漢字を新字体漢字へ）等の校正を経て、寺山短歌の到達点を示す歌集を完成させた。跋を引用する。

跋

歌のわかれをしたわけではないのだが、いつの間にか歌を書かなくなってしまった。だから、こうして「全歌集」という名で歌をまとめてしまうことは、私の中の歌ごころを生き埋めにしてしまうようなものである。このあと書きたくなったからと言って、「全歌集」の全という意味を易く裏切る訳にはいかないだろう。

思えば私の作歌は、説明的にはじめられて説明的に終った。本質の方が存在に先行している畸型児だったような気がする。三十一の言葉の牢獄に、肉声のしたたりまでも封じこめてしまった暗い少年時代を、私は今なつかしく思いだしている。

十二、三才から書きはじめた歌の、ほとんど全部をおさめたために、省みると稚いものが多く、気負いばかりが目立っている。口やさしく「表現」などという言葉を使っているが、表現の背景に「裏現」とか「表没」といった歌い方もあることを検証してみたこともなかったし、いつも「私」を規定することにばかりこだわっていて、ついに裏返しの自己肯定の傲岸さを脱けることがなかったこともよくわかる。ともかく、こうして私はまだ未練のある私の表現手段の一つに終止符を打ち、「全歌集」を出すことになったが、実際は、生きているうちに、一つ位は自分の墓を立ててみたかったというのが、本音である。

一九七〇年十一月

（著者注・『寺山修司全歌集』昭和五十七年十一月十五日刊行の沖積舎版に跋はない。）

この跋文に因れば『寺山修司全歌集』は「うたとの別れ」の宣言書であったことになる。これは、俳句との別れ（第五章「俳句との別れ」）の手法と全く同じである。俳句をまとめて整理しその上で新しい短歌の世界に移っていくあり様である。しかも「別れ」の表明は「カルネ」・「新しき血」と「五月の詩―序詞」の二種類を用意するという念の入れようであった。とすれば、この『寺山修司全歌集』（以下『全歌集』とも表記。）と同主旨の対になる作品がどこかに同時に発表されているだろうと推測される。『全歌集』を考察しながら、もう一つの対になる作品を探してみたい。

『全歌集』の構成と主題

まず『全歌集』の構成をみたい。既刊歌集の収録や新たに創設された歌集のあり様を確認しておく。歌の移動の経緯等は《資料7》を参照されたい。

（1）第三歌集『田園に死す』―歌の主な舞台が「恐山」で、初版を改訂なしで収録。

（2）『初期歌篇』―既刊初版歌集『空には本』『血と麦』から一四〇首を選歌して『全歌集』を編むにあたり歌集を新設。『全歌集』に独立した少年時代篇を設けたことになる。

（3）第一歌集『空には本』―小題「チエホフ祭」で始まる。歌人デビュウが「チエホフ祭」であるとする構成に組み替えたものであろう。初版『空には本』では「チエホフ祭」の前に「燃ゆる頽」がおかれる。
（4）第二歌集『血と麦』―初版本から大幅な構成変更による歌の入れ換えがある。「蜥蜴の時代」、
「真夏の死」は、初版『空には本』より収録。
（5）未刊歌集『テーブルの上の荒野』短歌八十四首と長歌「花札伝綺―邪魔人畜悉頓滅《じやまなりくつはだまらせよ》」。
歌論
解説　塚本邦雄
跋

目につくのは（2）『初期歌篇』の新設と（1）第三歌集『田園に死す』を冒頭に据えたことであろう。『田園に死す』を冒頭におき、『初期歌篇』を新設した寺山の意図は、少年期の『初期歌篇』から、青年期の第一歌集『空には本』、第二歌集『血と麦』、未刊歌集『テーブルの上の荒野』と、「私」の生立ちの「記録」を自叙伝風物語に仕立て、その物語を、今、大人になった「私」が眺め返すという構成の歌集を作ることにあったようだ。この構成の採用は、『田園に死す』跋の冒頭で「これは、私の「記録」である。／自分の原体験を、立ちどまつて反芻してみることで、私が一体どこから来て、どこへ行こうとしているのかを考えてみることは意味のないことではなかつたと思う。／もしかしたら、私は憎むほどに故郷を愛していたのかも知れない。」で示した考えを『全歌集』にも適用したと考えてもよいであろう。

『田園に死す』から約六年を経て『全歌集』において「うたのわかれ」をするにあたり、「自分はいったいどこから来てどこへ行こうとしているのか」自分は何者なのかという、自分探しの視点を、さ

らに掘り下げたといえる。その時、彼にみえてきたものは、あまりにも「私」を規定することにこだわっていた自分と、「自己肯定の傲岸さ」であった。傲慢に走り続けた短歌表現活動に反省の弁を持ち、「歌との別れ」の場で、自分の過去を反芻した。しかし、自分探しは簡単にはいかなかったとみえる。この問いはその後も継続的に行われるからである。一九七四（昭和四十九）年に、公開された長編映画第二作目「田園に死す」に引き継がれていく。映画監督になった私が、少年時代の私の物語を作るが真実に迫り得ない。ならばと、過去の自分＝少年に母殺しを命じ、履歴の塗り替えを試みるが、母殺しは未遂に終り、これもうまくいかない。『全歌集』も「映画」も自分探しの物語であると同時に、映画「田園に死す」の演出ノートで寺山が「実際に体験しなかったことも思い出の裡である」というように、記録の変更を試みた作品でもある。記録の変更とは、自分を写実的に画かず、「僕達の究極に於て求めている夢を作品化し、その打ち出した作品で現実を導く」という考えに近いものである。理想の自分、なりたい自分を画く寺山の自分探しは、写実主義者の自分探しとは異なる。どうも「牧羊神」時代のシュウル・リアリズムによる創作に懐疑が生まれつつあったともみえる。

『田園に死す』と『全歌集』は、主題的にも構成上も類似している。『田園に死す』についてもう少し考えてみたい。自分探しの意図の着想で始められた『田園に死す』の巻頭歌は周知のように、

　大工町寺町米町仏町老母買ふ町あらずやつばめよ

であり、歌集の最終歌は

　わが息もて花粉どこまでとばすとも青森県を越ゆる由なし

である。つまり、『田園に死す』では、難しい自分探しの問いを故郷青森県を越えられない「私」の

物語として、ひとまず丸く収めたといえる。

冒頭歌「大工町寺町米町……」は、「恐山」という題を持つ。小題は「少年時代」である。大工町寺町米町は実在の町で、寺山が少年時代に住んでいた塩町（現・青柳町）の目と鼻の先にあった。文字通り「どこから」にあたる町である。その「大工町寺町米町仏町」を序詞にして、架空の「老母買ふ町」を引き寄せ、母捨てを扇動する詠いようはなかなかである。『田園に死す』の跋にあるように「偉大な質問になりたい」と願う「私の質問の歌集」の始まりである。「どこへ行こうとしている」のかの答えは、最終短歌「わが息もて…」で示された。何者であるかの答えはやはり跋でいう「憎むほど故郷を愛していた」自分ということになる。つまり、私は故郷と葛藤しながらも故郷を愛していた「私」であったことになる。しかもその葛藤は「群衆のなかに故郷を捨ててきし…」や「ひとの故郷買ひそこねたる男来て…」の歌にみるように常軌を逸した感のあるものだ。

少年の出発地である故郷の初夏の町を、自由にすいすいと飛ぶ燕。その燕に老いた母を買ってくれる町があるだろうか、あれば母を売りたいと尋ねた瞬間、景色は一転し、次のような歌の世界を呼び出す。懐かしい故郷が持つ二重性である。

中古の斧買ひにゆく母のため長子は学びをり　法医学

「恐山・悪霊とその他の観察」『田園に死す』

母を売る相談すすみゐるらしも土中の芋らふとる真夜中

「山姥・むがしこ」『田園に死す』

引用歌から「老母買ふ町」は見つからず、「母捨て」は実現していないことがわかる。成人して東京に住む少年（寺山）に町は「喪失した故郷」である。歌集を読み進むと「喪失した故郷」の売り買いの歌がみえる。

ひとの故郷買ひそこねたる男来て古着屋の前通りすぎたり　「子守唄・捨子海峡」
青麦を大いなる歩で測りつつ他人の故郷売る男あり　「子守唄・暴に與ふる書」

しかも売り買いの対象になる故郷は、他人の故郷である。ねじれをみせた故郷の売買さえもうまくいかないことをうかがわせる。「大工町寺町米町」を起点歌とした少年が「喪失した故郷」を手にすることも「母捨て」も実現できず、もがく姿をみせている。

以上のような葛藤を抱えた『田園に死す』を冒頭においた『全歌集』の構成の意図は、少年期からの「私」の「記録」を、今、大人になった「私」が眺め返すという物語にするためであろうと考える。つまり『田園に死す』の視座を重ねて「初期歌篇」以降の歌を読み解くように構成されたことになる。瑞々しい抒情歌と評価の高い寺山初期歌も「喪失した故郷」を手にすることも「母捨て」も実現できない『田園に死す』の文脈で読み解くと単純に瑞々しいでは済まなくなる。『田園に死す』の冒頭歌以降の小題「少年時代」の歌は「恐山」の題名が示す世界にふさわしい歌である。冒頭歌に続く五首を引く。

新しき仏壇買ひに行きしまま行方不明のおとうとと鳥
地平線縫ひ閉ぢむため針箱に姉がかくしておきし絹針
兎追ふこともなかりき故里の銭湯地獄の壁の絵の山

売りにゆく柱時計がふいに鳴る横抱きにして枯野ゆくとき
間引かれしゆゑに一生欠席する学校地獄のおとうとの椅子

このような世界も意識に入れて、『全歌集』の『初期歌篇』『空には本』『血や麦』を読むことになる。新設された初期歌篇は、初版や『空には本』『血と麦』に収録された短歌と同じ読みは許されないことになる。俳句がそうであったように『全歌集』が構成した文脈に沿った読みを「寺山」から要請されているからである。既刊短歌集の読みの捉え直しを『全歌集』の構成は生じさせる。読者は、「少年時代」で引用した初夏の町が内包するおどろおどろしさやねじれた故郷を体験した「私」の目を通して『全歌集』の「瑞々しい初期歌」を読まなければならないということになる。『田園に死す』が巻頭歌集に据えられた意味は深い。往還する歌の読みは、初期歌の瑞々しさを一層増すと同時に、その影と軋みも浮上させる。『寺山修司全歌集』は、編集者寺山修司が周到に再構成した文脈の下に自叙伝風自分探しの物語を、慎重に読み解かなければならないようだ。過酷な状況の中で『全歌集』を刊行した主な意図は、故郷への思いのねじれや軋みを統一された物語に構成するためではなかったろうか。翳りのある関係の故郷ではあるが、それでも「私」(寺山)は、故郷愛し、故郷が欲しかったのである。

青麦を大いなる歩で測りつつ他人の故郷売る男あり

啄木のように「ふるさとの/山に向かひて/言うことなし/ふるさとの山は/ありがたきかな」と、抒情的には詠えなかったのである。啄木風に詠いたくなかった自分の内面をみせたともいえる。

今は、『寺山修司全歌集』が、自叙伝的構成に仕立てた自分探しの歌集であること、故郷回帰を滲ませる物語歌集であること、その読み解きには、時間の重ねの配慮が必要であるという理解にとどめ、寺山短歌の考察は後日を期すことにして次に進みたい。

2 『続・書を捨てよ町へ出よう』と巻末付録新聞について

前節で『寺山修司全歌集』について考えてきた。それは「歌の別れ」を宣言した歌集であり、既刊歌集の大幅な改稿や未刊歌集『テーブルの上の荒野』を収録し、自叙伝風物語に再構成した寺山修司の集大成歌集であった。第三歌集『田園に死す』のテーマである「自分探し」を一層掘り下げた内容に構成する姿がみえた。歌の別れのあたり、このように歌の総まとめをする手法は、「俳句の別れ」の時と同様寺山流の定番手法である。

あらためて「俳句の別れ」を振り返ってみる。寺山は、俳句から別れ、短歌に移行する時、「カルネ」・「新しき血」（「青年俳句」）と「五月の詩―序詞」（『われに五月を』）の二作品をほぼ同時に、別のメディアに発表して「俳句の別れ」を宣言した（第五章参照）。『寺山修司全歌集』が「歌の別れ」を宣言し、短歌の総まとめをした歌集であれば、俳句の時と同様に『全歌集』と対になる作品がどこか異なるメディアに、同時に発表されていると推測される。七十一年七月に刊行された『続・書を捨てよ町へ出よう』（芳賀書店）がそれではないだろうかと考えている。

これから『続・書を捨てよ町へ出よう』と巻末付録「野脇中學校（新年號第三號）を次の三項目に分けて読み、果たして『全歌集』と対の作品であるか確かめてみたい。

（1）①「グラビア寺山修司アルバム自叙伝」『続・書を捨てよ町へ出よう』を読み解く

『続・書を捨てよ町へ出よう』は、奇抜な寺山修司らしい、よく言えば斬新な編集・装幀の本である。最初に巻頭論文「青少年のための家出入門」が載る。次に「グラビア寺山修司アルバム自叙伝」が続く。「アルバム自叙伝」と称するようにスナップ写真をふんだんに掲載している。自叙伝は、野脇中学校・青森高校時代の文芸活動から始まり、『短歌研究』「第二回五十首応募作品」特選受賞、早稲田詩劇祭の頃までの活動を中心に記載している。『寺山修司全歌集』でいえば、『初期歌篇』「少年時代」にあたる時代から、俳句との別れを経て、活動の場を短歌の世界へ移した頃までということになる。若き日の「記録」を自叙伝風に仕立ててのふり返りは、『全歌集』と共通である。発行年も両著は同年である。『続・書を捨てよ町へ出よう』を読み解いていく。

一九七一年七月『続・書を捨てよ町へ出よう』の刊行時、彼にはすでにかなりの著書がある。天井桟敷の主宰者、「時には母のない子のように」の作詞者としても知られ、華々しく活動していた。このアルバム自叙伝に掲載する記事の選択基準が那辺にあったのか、一般に周知された作品は選んでいないようにみえる。あるいは、「アルバム自叙伝」が扱う時間の関係からの記事選択であろうか。外部の目でみると、小さい話題に見える。掲載された記事を箇条書きにしてみたい。

・青森高校時代の『生徒会誌』や「青高新聞」に掲載された作品・「少年歌」（『俳句研究』）・「帰去来詩」（『牧羊神』十号掲載俳句）・青森県詩祭入選詩「秋」・『學燈俳壇』に採録された二句「菊売車いづこへ押すも母貧し／煙突の見ゆる日向に足袋乾けり」・『麦唱』（青森高校文化祭にて作成、

販売した作品集）に収録の詩・『青銅文学』収録の「いたりあの匣」「美しい秘密」等の詩・「小鳥飼うある日のかずこ夢にみてわれは眠れり外套のまゝ」の歌に、病室にいる寺山の写真が左下に添付されている葉書らしきもの・昭和二十八年度の青森高校の通知表・緑の詩祭のパンフレット等々である。

タイトル名のみが掲載されたものを以下に引く。

・「牧羊神」・「早稲田詩人」・「ＶＯＵ」・『短歌研究』表紙画像（この表紙画像には以下の見出しが見える。三十首特集の歌人に木俣修、生方たつみ、寺山修司、服部直人、第四回作品五十首募集の見出し）等。

その他詩、・「ジジの恋唄」・「距離」（内容は、かずこの詩）・「海のジョッキー」・「草競馬」・「航海」が載る。

記載内容は、野脇中学校から二十一、二歳までの文芸活動の足跡をアルバム自叙伝構成にしたものとわかる。また、比較的周知度の低い活動内容が選ばれている。しかし、このアルバム自叙伝記事からは、寺山の異議申し立てが仕掛けられているとわかる。たとえば、『青銅文学』の記事があるが、寺山との関係が判明するのは、小菅麻起子の指摘が最初で、ごく最近のことである（「寺山修司と『青銅文学』」（寺山修司研究4号2011年1月、「樫村幹夫『青銅文学』への参加」『初期寺山修司研究』（翰林書房2013年3月）。また、『學燈俳壇』（昭和二十八年十一月号）の「菊売車いづこへ押すも母貧し」は、石田波郷が、寺山の投句「花売車どこへ押せども母貧し」を「単に花では季節が曖昧になるので

「菊」にした方がよい」と添削し、掲載した俳句である。今でこそ、この添削は改悪として語られるが、高校生の寺山は当初から不満であったようで「花売車どこへ押せども母貧し」をそのまま発表し続けた。

こうみると異議申し立て事項が記事の選択基準の一つであるとみてよいだろう。周知度の低かった詩を集中して掲載していることも、詩にも注目してほしい、という彼の異議申し立てではなかったろうか。「グラビア寺山修司アルバム自叙伝」は、三十五歳の寺山が、少年時代から大学時代までに創作した作品で周知されず埋もれがちにあるが、文芸活動では重要な作品を前面に出し、自叙伝としてまとめたものである。記載事項は、今、激動の七〇年、三島由紀夫事件もあり、真実を証し反論しておかなければならないものでもあった。『寺山修司全歌集』が歌で綴った自叙伝風のまとめであれば、「グラビア寺山修司アルバム自叙伝」は、これまでの創作活動の足跡全般に目配りをし、寺山には蔑ろにすることができない事項を網羅して、まとめたものといえる。ここまで青少年期の文芸活動を詳しく語る人もめずらしいだろう。寺山には青少年期が如何に重要であったかを示す掲載記事ともいえる。この世界こそが彼の忘れられない原点ではないだろうか。

（1）②巻頭論文「青少年のための家出入門」を読み解く

この巻頭論文「青少年のための家出入門」は、「家出論」『家出のすすめ』からの再録である。「青少年のための家出入門」にも「グラビア寺山修司アルバム自叙伝」にみたような寺山の思惑が隠されているようだ。

この評論の寺山の主張はこんな具合である。祖国や家父長制度の概念が消失した現代にあっては若者が家を出て自立するために残された障害は愛情機能からの抜け出しである。愛情機能の際たるものが母であるから、母を捨てよ、捨てた者が母情をうたうことができると説く。「望郷の歌をうたうことが出来るのは、故郷を捨てた者だけである。そして、母情をうたうこともまた、同じではないだろうか?」と故郷や母捨てを果たした者だけが故郷を母をうたえると論を結ぶ。

故郷を捨てた者や母を売った者が望郷や母情をうたえるという考えは、室生犀星の「ふるさとは遠きにありて思ふもの／そして悲しくうたふもの／よしや／うらぶれて異土の乞食となるとても／帰るところにあるまじや」を念頭においた言葉であろう。しかし、犀星との違いは、寺山がアプリオリに与えられた血の愛情機能に踏み込み、故郷や母を売り買いの対象にする概念を導入してみせたことである。寺山は著書「田園に死す」『家出のすすめ』（一九六三年・昭和三十八年二十七歳発行）で犀星のこの詩の感傷性を評価したが、今、三十五歳の寺山の心にはすわりの悪さが芽生えたのであろう。これ以降の寺山作品には「母捨て」や「故郷捨て」をテーマにしたおどろおどろしいと言われる世界が増えている。

『寺山修司全歌集』は、「歌の別れ」にあたり全歌を自叙伝風の構成に仕立てた歌集であり、「自分探し」を基底におき「母捨て願望」と「故郷回帰」が主なテーマになっていた。一方、「青少年のための家出入門」は、母を捨てよ、故郷を捨てよ（反語的意味を含む）と扇動するが主旨は同じである。十二、三才から詠んだ歌のほとんど全部をおさめた『寺山修司全歌集』と「グラビア寺山修司アルバム自叙伝」や「青少年のための家出入門」の再掲載のための執筆時間はほぼ同じで、扱う内容も共通している。ところが、『続・書を捨てよ町へ出よう』は、サブカルチャー仕様の本であり、あまりに過激な装丁や編集から一見お遊びで刊行されたものにみえる。とても『寺山修司全歌集』と対の作品とはみえない。しかし、同主旨、同時期、別のメディアで趣きを変えて発表する寺山流の手法を満たしている。対と考えてよいだろう。歌集とは異なる別の角度から自叙伝を作成し、反芻を試みた書なのであろう。

さて、「青少年のための家出入門」唯一の挿入歌「大工町米町寺町仏町老母買う町あらずやつばめよ」についてふれたい。歌集『田園に死す』『寺山修司全歌集』では、周知のように「大工町寺町米町仏町…」は、重要な巻頭歌であった。この町名の入れ換え歌を映画「田園に死す」で聞いた人が、寺山のうっかりミスだろうと言った。はたしてしてそうであろうか。町名の入れ換えの初出は、引用元の「家出論」『家出のすすめ』からで「青少年のための家出入門」『続・書を捨てよ町へ出よう』、映画「田園に死す」と続く。意図があり、寺山が町名入れ換え歌を挿入したと考えられないだろうか。『全歌集』と一見全く別ものにみえる『続・書を捨てよ町へ出よう』。何とか同じ性質の書であると読者に理解してほしい寺山は、「町名入れ換え歌」を利用したのではなかったろうか。「大工町米町寺町仏町老母買う町あらずやつばめよ」の歌から読者は無理なく『田園に死す』や『寺山修司全歌集』を想起できる。「グラビア寺山修司アルバム自叙伝」や「青少年のための家出入門」が『全歌集』に接近する。「町名入れ換え歌」の挿入の意図はそのためではなかったろうか。『全歌集』も『続・書を捨てよ町へ出よう』も映画「田園に死す」も中年期に差し掛かった三十五歳の寺山の自分探しの作品であった。手慣れた「まとめの定番スタイル」を活用して多層的に自分を表明したとみえる。「大工町米町寺町仏町老母買う町あらずやつばめよ」の挿入は、別物にみえた両著を繋ぐトリックばかりでなく、両著のテーマが共通した「母捨て」「故郷回帰」をテーマにしている事も理解させる。また、「グラビア寺山修司アルバム自叙伝」にみたように無念な異議申し立てを遺言のように書き連ねることも『続・書を捨てよ町へ出よう』であればこそ可能であったろう。『全歌集』では詠えない不満である。

両著を繋ぐ意味であれば、「大工町寺町米町仏町」を「大工町米町寺町仏町」とあえて変える必要はないだろう、という意見もあろうが、見るからにおどろおどろしく奇抜で胡散臭そうな『続・書を捨てよ町へ出よう』に、伝統的ジャンルの正統派路線の『全歌集』からそのまま引用することは躊躇されたのであろう。対になる二作品の発表も二十代初期の頃とは比較にならないほど手の込んだものだが、この両著は寺山の「記録」の反芻のための二つの貴重な資料といってよいだろう。

さらにもう一点加えたい。巻頭論文「青少年のための家出入門」は「家出論」『家出のすすめ』より冒頭部分を省略し再録したものである。新聞掲載や大学での講演をまとめた『家出のすすめ』は、一九六三年四月『現代の青春論』(三一書房)と改題して出版された。担当編集者の「家出のすすめ」ではあまりに挑発的である、という意見によるものであった。寺山修司は納得していなかったようで、「家出のすすめ」を手放さなかった。「家出論」を「青少年のための家出入門」と改題し再録したあたりに、寺山の異議申し立てがうかがえる。「グラビア寺山修司アルバム自叙伝」にみた異議申し立てより、一層シニカルでパンチのある異議申し立てといえよう。

(2)① 特別とじ込み附録 ぼくの新宿+「のわき」について

(1)②で、『寺山修司短歌全集』と『続・書を捨てよ町へ出よう』が対になった作品であると推定した。「グラビア寺山修司アルバム自叙伝」「青少年のための家出入門」(『続・書を捨てよ町へ出よう』)

には、埋もれがちにある自作の公開と、作品発表時、不本意で終わったことへの異議申し立ての思いが見え隠れしていた。このような性質の本の巻末に、★特別とじ込み付録　ぼくの新宿＋「のわき」がある。表が「野脇中學校新聞」新年號第三號（昭和二十五年一月一日発行）の【二】面、【四】面のコピー。裏が朝日新聞「無名の青春のうた―都会で働く若者の報告」である。この付録をどう受け止めたらよいのだろうか、と迷っている。見た瞬間「僕のこの新聞に掲載された作品を忘れないでくれ」という寺山の異議申し立ての声が聞こえてくるようであった。が、素直に「わかりました」と応えられない疑義もある。

この付録の存在は、以前、演劇評論家の山田勝仁（元日刊ゲンダイ記者・演劇評論家）からの問い合わせで初めて知った。それ以来、付録新聞のコピー元、実物を探しているが、探しあてられず今に至り調査中である。素直に「わかりました」と言えない点はここにある。穿った見方で気がとがめるが、付録の新聞は本物だろうか、という疑念を拭えずにいる。疑念を晴らすために「野脇中學校新聞」の発行状況をみたい。（筆者注・以下、旧字体と新字体漢字の表記は、引用資料に従う。）

付録の表「野脇中學校新聞」新年號【第三號】第一面発行日は、昭和二十五年一月一日。一番上は、「謹賀新年、野脇中學校」と横書き見出しが、美しいデザインのカットに挟まれている。その下の段に、学校長、中道武雄、年頭所感―祖國再建の歩み―が載る。さらにその下の段には「生活断片融合と超越」高杉せつ（教師）「虹より美しく」相馬克夫（教師）「新年に際して」（二ノ九田村利美子）が載る。

新聞第四面は、生徒の文芸欄である。上二段のスペースに寺山の童話「大空の彼方」（二年九組寺山修司）が載る。二年短歌コーナーには、生徒八名の歌がそれぞれ各一首で八首載る。その他、詩が六篇（生徒）、「三面鏡」には先生方の横顔紹介。編集後記とある。問題になるのは童話「大空の彼方」であるが、この作品は『母の蛍』（新書館一九八五年二月）に収載されている。「野脇中学校新聞」（昭和二十五年一月一日、中学二年の時）と作品の最後に引用元が明記されている。ここでいう「野脇中学校新聞」が実物新聞からであるか、あるいはこの付録の新聞からの再録であるかにより話は複雑になる。『母の蛍』が実物新聞からのコピーであれば、疑う余地もなく、新聞は存在していたが、現在見つかっていないことになる。但し、付録の学校新聞からの再録であれば、付録の新聞は、寺山の捏造という疑いも生じる。筆者には、付録の新聞の真贋の判断はできない。これから関係資料を提供し、疑義を持つ理由についてふれる。実物がみつかるまでは、判断は保留にしたいというのが現在の心境である。

野脇中学校新聞の発行の混乱

新聞の発行と掲載された寺山修司の作品上げる。（　　）には筆者の説明を入れた。

（中学二年時発行。寺山修司の野脇中学校への転校は諸説あるが中学二年生時春とする。）

1、第二号　　発行日　昭和24年12月15日

・詩「海中の岩君へ」（三面）

・詩「留守番」（四面）

（付録新聞・実物不明号）

2、第三号　新年号　発行日　昭和25年1月1日「大空の彼方」、和歌一首

（この号は一面から四面までが第三号。二面の日付は1月1日　である。）

3、第三号　祝卒業　発行日　昭和25年3月25日

・寺山修司作品なし

（第三回卒業特別号）

4、第四号　祝卒業　発行日　昭和25年3月25日　五面から六面までが第四号。）

・寺山修司作品なし

5、第五号　発行日　昭和26年2月25日

・和歌十二首（六面）（すべて寺山修司の短歌）

（中学三年時発行）

6、第六号　卒業号　発行日　昭和26年3月21日

・北海道修学旅行回想記「登別温泉」――「苫小牧」

・俳句三句

・詩二篇「のれん」、「やきいも」

・綴方大会文芸部主催「特選　星」

発行日と寺山作品の掲載状況を示した。問題の付録版第三号が実在したとすれば、2と3の二種類発行されたことになる。第三号と第四号では、右に示したように、同日発行の第三号を途中から第四号とカウントする混乱も生じている。戦後の混乱期、教育現場も苦労が多かったろう。中学二年時の

寺山の掲載作品は少なく、中学三年時は、掲載作品が爆発的に増えている。因みに、寺山修司が三沢市の古間木中学校から青森市の野脇中学校に転校した時期は、中学一年、中学二年夏等、諸説あり確定をみない。筆者は、通信連絡表（現在の通信簿）に記載の中学二年の四月十九日転入説を採る。但し不登校の時期が半年ほどあり、実際に通学を開始したのが夏休み明けであったろうと考えている。そう判断する理由は、寺山修司と同学年の方の寺山体験談による。その方は、ある事情で登校できず毎日県立図書館に通っていたが、寺山修司も来ていたと、うかがったことによる。新聞発行日と寺山作品の掲載状況からも中学二年時が妥当のようである。

編集後記を読む

第二号編集後記から問題になる第三号の情報をみたい。

【第二号発刊の遅れた事を心からおわびします。本号は文化部や適性指導部の記事を多く載せて特色をもたせたいと思ひました。／生徒の原稿が少いので又学校からの記事が多くなつたのは遺憾です。十二月末締切で第三号を出す予定ですから沢山寄稿を願います。／版画やカットも生徒の作品を載せてもつと潤いのある新聞に育て、行きたいと思ひます。

／一年生の文芸作品がないので何だか淋しい感がします。一年は一年らしい、はつらつとした文をどんどん投稿して下さい。／冬休み中の中間出校日には新年号（第三号）を発行するつもりです。】

この編集後記によると第三号は、新年号として発行すること、原稿の締切りが十二月末であること、冬休み中の中間出校日に発行予定であることがわかる。はたして、この原稿締切り日で、２の付録版第三号、新年号が、一月一日に発行できたかと疑問である。3の第三号（昭和25年3月25日発行）にしても矛盾がある。発行日付と配布日が異なることも考えられるので、即断できない難しさがある。

2、付録版第三号編集後記（所在不明の新聞）

【昭和二十四年も正に去らんとしている、新校舎に移つてあわただしい幾月かを送り「のわき」も愈々三号を重ねた。皆さんの御援助によつて段々形も整つてきた。三ツ子の魂百までもと云うからこの三号の姿が基となつて益々発展するのだと思うと編集生一同喜びにたえない。古橋選手と湯川博士の二大ヒットを挙げた二十四年も今日一日で終りを告げる。対日講和の輝かしい二十五年には如何なるヒットがカツ飛ばされるだろう。皆さんの御活躍を鶴首している。除夜の鐘を待ちつつこの編集を完了した。……】

第二号の編集後記と趣を異にする自信に満ちた編集後記である。次の第四号の編集後記を読むと付録版第三号の編集後記の異質性がさらに際立つ。

第四号編集後記

【卒業生の皆さん、おめでとう。進学に職場に家事手伝いに、各々腕一ぱいの実力を発揮して頑張って下さい。皆さんの成功は即本校の名誉であり、先生方の喜びであり、両親の誇りであります。編集子一同心から成功をお祈り申します。／本誌が誕生して四回目になりますが編集子の手腕が足りない為めに皆さんへ満足を與えられない事を深くおわび申します。本号は卒業に関する記事や文を満載しました。送る人も送られる人も充分にその中の心持を汲みつゝ読んで下さい。気にかけながらまた、絵も写真もない殺風景ものとなりました。皆さんが飛びついて読むような興味あり、潤いのある新聞でなければ学校新聞の価値がないことは知りつゝも……。残念です。／皆さんの絶大なる御協力には感謝していますが、唯沢山の人々の変った原稿がほしかったのです。幾人かの熱心な寄稿者だけでは淋しいのです。／経費の関係で写真版を多く取り入れられなかったが版画等は皆さんの協力によって実現可能であったのですが……。／タブロイド判二頁でもよいから毎月発行する方が理想的なようですね。／明年度はどなたが編集生となって出るか？、とにかく私達はこれで責任解除でバトンタッチをいたします。では皆さんさようなら……】

編集子の反省と苦労が記される。「幾人かの熱心な寄稿者だけでは淋しいのです。」に注目したい。熱心に原稿を持ち込み、先生を困らせたのはどうも寺山らしい。編集担当の竹原（旧姓本田）輝子先生とよく口論になった場面を友人が目にしている。さらに、実物不明の第三号・新年号の「二年短歌」と童話「空の彼方」をみたい。（　）中の記入は筆者。

二年短歌

西村美穂子

しょうしょうと渡る川のせせらぎの間遠に聞ゆ思ひ出の道

安藤美恵子

ぐつすりと櫻色にそめしほほ晝寝する妹のいじらしき顔

（二故郷、掲載）

斎藤徳三郎

川風のまともに通ふ朝の土手尾をふりながら馬が草飯む　（第二号掲載）

川村良悦

きのう見れば八甲田見ゆる今日見れば雲にかくれて心さびしき　（第二号掲載）

中村和徳

あかさびて廣場の隅に唯一つ防火用水横たえてあり

東義方

夜ふけて懐しく聞く羽衣の父の謡老ひしとぞ思ふ　（二故郷、掲載）

田中久子

ふかぶかと朝霧の中に咲き出でし朝顔の花の小さき玉露　（第二号掲載）

寺山修司

思想《ママ》ひ故郷想ひ寝ころびて畳の上にフルサトと書く　（二故郷、掲載、自慢の持ち回り短歌）

この「二年短歌」のコーナーの選歌にも疑義がうかぶ。直前の「第二号」（昭和２４年１２月１５発行）に掲載された短歌が三首、寺山が三沢市古間木中学校から青森市野脇中学校に転校直後に始めた鉛筆手書きの回覧文芸雑誌「二故郷」から三首が引用掲載されている。編集者の選歌とは考えられない。寺山の選歌による短歌コーナーかもしれないという思いもする。この点もはたして付録の新聞は本物であろうか、と疑義を持つ理由の一つである。

次に童話「大空の彼方」であるが、この作品が寺山の中学二年時の作品であるか、どうか、一番判断に困っている点である。『母の蛍』では、表記等校正されているが、付録についた学級新聞から改めずに引用したい。

童話　大空の彼方（筆者注・文字の右に付した・は、原文表記のママを示す）

昔々、支那のお話です。地圖をごらんなさい。河南の少し下に伏牛山という字が書いてあるでしよう。伏牛山はそれは〳〵大きな山でした。山の麓にたつた三軒だけお百姓さんがいました。中で大仁さんというお百姓さんの家には黎明という子供があります。黎明は今年十歳になる賢い子でした。今日も伏牛山のふもとに寝ころんで空を眺めていると色々の考えが浮びました。

〝大空には何があるんだろう…それに空つて一体どんなものだろう？　きつとあの高い伏牛山に続いているんだナー、昇つて見たいなアー〟

こんな事を考えている内に黎明は眠くなりました。おやおやもう寝てしまいました。

ふと気がついて見ると、黎明は伏牛山をどん〳〵昇つていました。何故昇つているの？　黎明は自分ながらも不思議でたまりません。けれども足はそんな事は一向かまわず、どん〳〵どん〳〵昇つて行くのです。全く自覚が失われい《ママ》ます。空へ行んだ！心がこうつぶやいているようです…。

〝ソラーツ〟と叫ぶと花かいつぱい入つた香水のような水があたりにまきちらし、早くおいで〳〵と天國からのような優しい聲がむかえます。もううれしくてたまりません。夢中で昇りました。とう〳〵頂につきました。けれども空はやはりずつと〳〵上でした。黎明は悲しくなりました。やがて空は黄昏のまくを下し見るまに暗くなつてしまいます。ほうほうとふくろうがさびしく鳴いていています。夜風の中にす、きがさみしくおいで〳〵をしています。突然！　ゴァーツと雷でも落ちたかと思われる顔にすごいお化けが現れました。眞赤な血が顔について口は耳までさけ虫歯が七本ばかりつき出でいます。アッ黎明はびつくり仰天！　逃げたくても逃げられません。可哀そうに黎明は腰を抜かしました。〝俺は空だ〟男はどなりました。手の刀がギラ〳〵と光つています。俺は空だツ用がなかつたら歸れッ。口から火がメラ〳〵と出ています。「か…か歸ります」と逃げようとしますが立てる譯はありません。殺すぞッピカッ稲光がして刀から水が飛び顔にかかります。キヤーッたたすけて―助けて―と叫んだ時水が首すじにサーッとかけられた様な寒さを感じコロリと意しきが不明になりました。ボンヤリ何か見えます。―足です―誰かの？〝風邪を引くぞ〟と突然父さんの優しい聲が耳元に響きました。気がつくと黎明は伏牛山のふもとに寝ころんでいたのです。では―

夢…夢だつたのです。黎明は再び空を見上げました。〝空つてあんなこわいものかな〟（空なんて天國のような気がするけどなア）黎明はこうつぶやきました。

夜風がサーツと流れて、ほほに當ります。黎明は立ち上つて歸りかけました。星がにこ〳〵とそれを見送っていました。―完―


中学生らしい拙さもある。やはり中学二年時の創作であろう、新聞は本物であろうとの思いが湧く。

当時、寺山は二年九組の学級雑誌「黎明」（昭和二十五年四月十日発行）発行の準備をしていた。「大空の彼方」の主人公名「黎明」は、その文芸雑誌名からの着想であろうか。この付録の新聞が本物のコピーであれば、必ずどこかにあり、いつか出て来るであろう。

一方、捏造新聞説に固執すれば、一九七一年『続・書を捨てよ町へ出よう』の発行時に、野脇中學校新聞の捏造を考えついたことになる。捏造新聞発行の目的は、「童話大空の彼方」の掲載であった。「童話大空の彼方」について考えられることは、この作品が七一年の『続・書を捨てよ町へ出よう』当時の創作か、あるいは中学時代の作品であるかの問題になるが、七一年創作とすれば、学級文芸雑誌『黎明』が寺山の手元にあり、そこから主人公名を得て、童話の創作をしたという推測ができる。

中学時代の作品説を採るとすれば、二通り考えられる。『続・書を捨てよ町へ出よう』には異議申し立てが色濃く出ていた。「童話大空の彼方」を中学二年時に書いたが、編集子とうまくいかず掲載されずに無念な思いをした。野脇新聞の発行状況の混乱をみれば、2第三号・新年号自体が発行されなかった可能性もある。どちらにしてもお蔵入りの作品を新聞に掲載し、少年時代の故郷での無念さを晴らすために捏造野脇中學校新聞を巻末付録にし異議申し立てをした。あるいは、新聞は発行されたが、周知されず無念な思いをしてきた。そこで、実物コピーを付録にした。寺山のためにはこの案を採りたいと思うが、新聞の存在が明らかになるまでは、巻末付録新聞の真偽は保留にしておきたい。

次に童話の内容を考えてみる。「空」と「父」は、寺山修司の生涯に渡る作品創作の素材であり、重要なテーマと深く関係するキイワードである。俳句、短歌、詩、演劇で頻繁に登場する。劇「書を捨てよ町へ出よう」（一九六八年八月初演）のラストシーンの桃中軒花月の台詞をみよう。

とびたい人には、とび方を教えますよ。人力飛行機、なみだエンジンまわして、みなさん、空を見あげて下さい　あの空を！　こどもの頃、あたしはとびたいと思っていました。あたしのプロペラはタンポポ一輪口にくわえて戦争ごっこ、目をつぶったんです。（少しずつ音楽、B・G）そよ風のように、雲が頬にあたりました。／一番高い場所には、何があるの？　ってききました、みんなだまっていました。一番高い場所には、何があるの？　教室は、とびませんでした。ドアは風でバタン！　バタン！　まぶたをとじると、飛行士がとび去っていって、それっきり帰ってきませんでした！
一番高い場所には、何があるの？（しだいに音楽高く）
一番高い場所には、何があるの？／わかっていました、一番高い場所にあるのはお父さんの死体です。ニューギニアの空中戦で死んだお父さんの死体です。それを青空が塗りこめてしまったのです。
あたしにだってできる。青空を塗るぐらいのことならバケツ一杯で、世界全部を塗ってやる！とびましょう！（以下省略）

「大空の彼方」は、引用した花月の台詞の原形のようでもある。「黎明」の「空には何があるんだろう…それに空って一体どんなものだろう？　昇ってみたいな」このつぶやきと、花月の台詞「一番高い場所には、何があるの？」は、同じ心情の疑問であり、「一番高い場所にあるのはお父さんの死体です」が花月の答えです。「大空の彼方」の黎明が夢で到達した高い場所には、怖いお化けが居て黎明は追い帰された。お化けの出現は、高い空は、死者のいる場所であり、ここへ来てはいけないという忠告でもあろう。そして、〝風邪を引くぞ〟と優しい父の声がして、夢から覚める黎明。寺山の「大空の彼方」は、優しい父がいる場所でもある。「空に何があり、どうなっているのか」という黎明の疑問の答えは、戦病死した父が居る世界、死の世界であり、行ってみたい世界であったことになる。黎明（寺山）の空は、実物の空を越えた空間で、空想の書き込みも、疑問の答えの引出しも可能な場所としてあった。
この短い童話には、少年寺山の「空」と「父」がある。彼の生涯の父物語が塗りこめられた重要な作品が新聞に掲載されずにあったことはやはり我慢ならなかったのだろう。あちらこちらに持ち回したお気に入りの短歌、「思想ひ《ママ》故郷想ひ寝ころびて畳の上にフルサトと書く」一首と、童話の載る2第三號野脇中學校新聞新年號を付録にする寺山修司の意を正しく理解するためにも、この付録の新聞が出現する日を願っている。『寺山修司全歌集』刊行の準備で多忙の中、三十五歳の寺山修司が発行した『続・書を捨てよ町へ出よう』を通してみる自作への思いの強さに驚愕する。あらためて『青蛾』の一首を引用して置く。

　西海の日の入るかたに鬼住むと母が語りぬ父逝きし日に

（3）①　特別とじ込み附録　ぼくの新宿＋「のわき」

巻末付録の裏面は、一九六九（昭和四十四）年五月四日、日曜版「朝日新聞」９ページ10番に掲載された「無名の青春のうた都会で働く若者の報告」がコピーされている。『続・書を捨てよ町へ出よう』刊行の約一年前の取材ルポである。この記事も単行本未収録作品で周知度は低い。知ってほしい寺山の思いが透けてみえる。寺山の詩と前書きをそのまま引用する。

【無名の青春のうた　都会で働く若者の報告】

労働力としての少年、少女の大群を、都会は毎春、まるでクジラのように飲込む。頭数で、量でこい——金の卵、いやダイアモンドなんて、キャッチフレーズはどこの、どいつが考えた——。

だれか、この少年、少女、つまり無名の青春のうたに、ほんとに耳を傾けたやつがいたか。

寺山修司

かぞえている
ダンス教習所の二階の電線の上の
つぐみを
かぞえている
その日起った殺人事件を
かぞえている
いままで変えてきた仕事を
かぞえている
生まれてから今日までに
ひとから貰った手紙の数を
かぞえている
拾ったことのあるお金を
かぞえている
家出してからの月日を
かぞえている
トルコ風呂へ行った回数を
かぞえている

泣いた日を
かぞえている
新宿のネオンの数と欲しい本と
買いたいシャツとハイミナールと
行ってみたい国
かぞえられるものが
人生以上で
かぞえられないものが
人生以下だと思うと
涙がつまって深夜映画館の中で
膝を抱いたまま
泣けてきた

五本のルポも載る。「　　」内はルポのタイトル名である。ルポ内容は筆者がまとめた。
一、「家さ金送らねば——ある出かせぎ兄弟」
中学校を卒業後、故郷の青森県北津軽郡市浦村から上京。東京の建築現場で働く兄弟（一九歳と十五歳）を取材した報告である。けなげに働き、家に送金する兄弟。兄弟と一緒に働く出稼ぎ者の「三拝九拝で集められた者も所詮繁栄の中のドレイ市場で一人一人の人間性など念頭にない」という労働者の言葉が最後に引用される。

一、「壁に息づく新宿詩集」
新宿のジャズ喫茶の壁に幾層にも幾層にも塗りこめられたつぶやき（落書き）をそのまま引用している。歌舞伎町のジャズ喫茶の壁紙に書かれた腹のすいた一匹のネズミが一匹のゾウを食い尽くす物語を冒頭に紹介し、ゾウをくい尽くすネズミに似た大都会で生きる少年が、深夜の盛り場で切羽詰まって書いたつぶやきとして、壁の落書きを原文のまま拾いルポしている。
一、「ひとりぼっちの道—永山少年の同僚たち」
永山と西村のフルーツパーラーで働いた少年に取材した報告。西村から「永山君のことは他人事ではない。」「集団就職者のほとんどが、一人ぽつねんと大都会の中を歩いている。」「大都会でうまくいかなった永山の同僚たちの多くが故郷に帰っている。」等の発言を得ている。
一、「幸福は飛去った—爆破犯若松の履歴書」
山形県尾花沢材の農家生れの次男である爆破犯若松義紀（二五）の都会での報われなかった生活を紹介。桜が満開の中、横浜の拘置所にいる若松に面会をした記事。神奈川県警の心理分析報告書の「彼を特異性格者とはいえない。マンモス都市の谷間に若松は無数いる」を最後に引用する。
一、「心の窓あけずに—焼死したトルコ娘」
秋田県横手市出身のトルコ嬢が、職場の火事で死亡。誰にも心の窓をあけずに、婚約者にも母にも悲しまれず、亡くなった少女の人生の報告である。

寺山修司が沢田教一や三島由紀夫の死の影響を少なからず受けて、仕事のまとめをした『寺山修司全歌集』と『続・書を捨てよ町へ出よう』は、対の作品であり、どちらにも故郷へ思いが詰まっていた。一九七〇年代に至り自己の足跡のふり返りをする中で、抽出した「グラビア寺山修司アルバム自叙伝」や巻末付録「野脇中學校新聞」には、少年期の故郷での忘れられない体験がみえた。しかし寺山は個人的故郷体験を越えて、故郷、東北の若者の境遇にも心を砕いた。巻末付録の裏面に掲載した「朝日新聞」の取材記事がそれである。この取材記事は、東北から集団就職で大都会に出た貧困家庭の少年少女の姿をルポし、彼らの声に耳を傾けよ、と叫んだものである。「無名の青春のうた」は、大都会に無数にいる無名な若者に心を寄せた寺山自身の「望郷のうた」でもあった。東京に暮らす寺山修司は、「故郷を捨てた者」で、「望郷の歌をうたう」資格を持った人間である。無数にいる若者たちも故郷を捨てた人間である。大都会の受け止めがたい現実生活を前にして彼等がうたう、うたは、壁の落書きであった。その声を聞いてくれ、忘れないでくれと言う。寺山修司からの田舎の若者を疎外する大都市の大人への異議申し立てであろう。

寺山修司の「人間は愛情機能から抜け出せず、母も故郷も捨てられない」という論を知った後は、室生犀星の詩がおおらかで霞んだものに見える。この若者たちの現実の前に立ち、うたを拾う行為が前衛芸術家寺山修司の真骨頂なのであろう。

もう一点この著書の不思議さを指摘したい。通常の本の柱とは異なり、下の見開きページにつけた柱はすべて、人名とその人の住所録になっている。本のページ数は二八五ページである。中高時代の友人名に住所が記載されている。同様に「牧羊神」仲間、交流のあった先生方、著名な俳人が続く。この製本方法では、この本が住所録も兼ねることになる。もちろん、厳密なものではないが、必死に「故郷を買おう」としている寺山修司の何とも言えない姿がうかぶ。彼のなりたい自分は、故郷に抱かれた自分であったことになるだろうか。

みてきたように『続・書を捨てよ町へ出よう』には、寺山修司が中学高校時代を自分のスタートとし重要視していたことが随所にみえた。そのことは、《資料7》「『寺山修司全歌集』の構成」、「寺山修司歌集の歌の移動状況」からも、故郷の「十五才」を特別な思いで見つめていることでよくわかる。なにかと、おどろおどろしさが話題になる寺山作品であるが、「故郷への想い」の最後に、青森の風景を素直に詠った「故郷俳句」を紹介したい。選句理由は、第四章6「大衆に読まれ愛される俳句とは——少年期、少年歌、少年の日、少年の時間」を参照されたい。

鵞鳥の列は川沿いがちに冬の旅
山拓かむ薄雪つらぬき一土筆
青空がぐんぐんと引く凧の糸
手にうけて天を仰ぐや初あられ
ねがふこことみなきゆるてのひらの雪
夕たちにとり残されし下駄一つ
流すべき流灯われの胸照らす
麦の芽に日当るごとく父が欲し
花売車どこへ押せども母貧し
いま逝く蝶声あらば誰が名を呼ばむ
りんごの木ゆさぶりやまず逢ひたき時
土筆と旅人すこし傾き小学校

軒つばめ古書売りし日は海へゆく
詩人死して舞台は閉じぬ冬の鼻
目つむりていても吾を統ぶ五月の鷹

《資料7》

『寺山修司全歌集』（風土社一九七一年一月十日）の構成

一九六四年

『田園に死す』

一部表記の校正はあるが初版がそのまま所収。

一九五七年以前　高校生以前

『初期歌篇』　一四〇首

初版『空には本』より一〇二首と、初版『血と麦』「呼ぶ」三十八首を「十五才」と改題し、収録。『空には本』よりの収録歌は、初版『血と麦』刊行時に「わが時、その始まり」として、『空には本』から抜粋再構成収録された歌が、母体になっている。

構成は以下のようになっている。

【燃ゆる頬】　四十六首　（小題「森番」より削除歌一首）

【記憶する生】　十六首

【季節が僕を連れ去ったあとに】　十五首

【夏美の歌】　二十五首　（小題「空の種子」より削除歌二首）

【十五才】　三十八首　初版『血と麦』の「呼ぶ」を改題し収録。

削除歌

「森番」
・ばら色の雲に時間をのせおかむ少女とキャベツスープをすすり
「空の種子」
・樫の木のすぐ上の夜の空をとぶ寝台にわれと夏美と声と
・草にねて恋うとき空をながれゆく夏美と麦藁帽子と影と

一九五七年以降　高校生時代
『空には本』
詳細は「寺山修司歌集の歌の移動状況」参照

一九六一年
『血と麦』
詳細は「寺山修司歌集の歌の移動状況」参照

未刊歌集『テーブルの上の荒野』八十四首。
【テーブルの上の荒野】二十六首
【ボクシング】十五首
【煮ゆるジャム】十三首
【飛ばない男】十五首
×月×日の日記の詞書を付けたスタイルである。

【罪】　六首

【遺伝】　九首

花札伝綺―邪魔人畜悉頓滅《じゃまなりくつはだまらせよ》

注解1

初版『血と麦』の「わが時、その始まり」（歌の移動の詳細は註解3を参照）の題名が示すように歌の始発をまとめて置く構想があったのであろう。「叫ぶ」は、「十五才」と改題され若い「叫び」となった。初期歌篇の新設により、『寺山修司全歌集』は物語色を一層鮮明にした。「どこから来て」の問いへの完成である。

寺山修司歌集の歌の移動状況―『初期歌篇』新設に向けての動きをみる。

まず初版本『空には本』、初版本『血と麦』、からの『寺山修司全歌集』（以後『全歌集』と表記）への流れをみる。（　）の歌数は、小題の歌数を示す。

初版本『空には本』　301首

【燃ゆる頬】　47首

森　番　（29首）

海の休暇　（18首）

【記憶する生】　16首

【季節が僕を連れ去ったあとに】　15首

【夏美の歌】　27首

空の種子（14首）
木や草のうた（2首）
朝のひばり（11首）
【チエホフ祭】29首
【冬の斧】21首
【直角の空に】26首
【浮浪児】8首
【熱い茎】20首
【マダムと薔薇と黒ん坊と】10首
（『全歌集』全首削除』）
【少年】7首
【蜥蜴の時代】30首
【真夏の死】21首
【祖国喪失Ⅰ・Ⅱ】Ⅰ（12首）Ⅱ（12首）
僕のノオト
↓
『全歌集』版『空には本』134首
【チエホフ祭】28首
【冬の斧】21首
【直角の空】（改題）26首

【浮浪児】　8首
【熱い茎】　20首
【少年】　7首
【祖国喪失　壱・弐】壱（12首）　弐（12首）
僕のノオト

註解2　初版本にある【マダムと薔薇と黒ん坊と】は、『全歌集』では全首（十首）削除。【チエホフ祭】からは、「アカハタ売るわれを夏蝶越えゆけり母は故郷の田を打ちていむ」を削除。また【チエホフ祭】にある「ノラならぬ女工の手にて噛みあいし春の歯車の巨いなる声」と【熱い茎】にある「ノラならぬ女工の手にて噛みあいし春の歯車の大いなる声」は、一部表記の違いはあるが重複歌とみえる。しかし、どちらの歌も初版本のまま、『全歌集』に収載される。

初版本『血と麦』　296首
【砒素とブルース】　41首
1　彼の場合　（8首）
2　肉について　（10首）
3　soul—soul—soul　（23首）
【老年物語】　31首
【血】　49首
第一楽章　（11首）

第二楽章　　（12首）
第三楽章　　（13首）
第四楽章　　（13首）
【わが時、その始まり】　37首
注解3参照（『初期歌篇』に移動）
【呼ぶ】　38首
注解3参照（「十五才」と改題し『初期歌篇』に移動）
【うつむく日本人】　32首
1　他人の時　（14首）
2　小さい支那　（18首）
【映子をみつめる】　27首
【血と麦1・2】　1（25首）・2（5首）
【山羊をつなぐ】　11首
注釈4参照（【山羊をつなぐ】は、『全歌集』版では【うつむく日本人】小題「参山羊をつなぐ」に移動）
行為とその誇り（エッセイ）
私のノオト

注解3　【わが時、その始まり】三十七首は、初版『空には本』より抜粋構成され収載。内訳は、森番7、海の休暇2、記憶する生4、チエホフ祭3、冬の斧4、浮浪児1、熱い茎3、少年2、蜥蜴の時代4、真夏の死4、祖国喪失Ⅰから2、Ⅱから1、合計三十七首。『全歌集』では、【わが時、その始まり】は、抜粋した初版本『空には本』に戻され『初期歌篇』に収載される。

↓

『全歌集版』『血と麦』　263首

【砒素とブルース】　40首

　壱　彼の場合　（8首）

　弐　肉について　（10首）

　参　soul—soul—soul　22首

【血と麦】　30首

　壱　（25首）

　弐　（5首）

【老年物語】　31首

【映子をみつめる】　27首

【蜥蜴の時代】　28首

　（初版本『空には本』より）

【真夏の死】　21首

　（初版本『空には本』より）

【血】

　第一楽章　（11首）

　第二楽章　（12首）

第三楽章　(13首)
第四楽章　(13首)
【うつむく日本人】　37首
壱　他人の時　13首
（初版本から次の一首削除）
・冬濤に横向きに尾を巻く犬よ闘志しずかに白息ごもる（削除歌）
弐　小さい支那　17首
（初版本から次の一首削除）
・小作人の悪霊たちに夜をこめてじゃがいもも和す夜あけの歌を（削除歌）
参　山羊をつなぐ　7首
（初版本から四首削除）

私のノオト

注釈4　初版本【砒素とブルース】「参 soul—soul—soul」から次の一首が削除された。
・まっくらな子守唄きこゆアパートのガス管に西日うすらぎながら
また【蜥蜴の時代】と【真夏の死】は、表記したように、初版本『空には本』より収載された。初版本『空には本』【蜥蜴の時代】から次の二首が削除された。
・口づけする母をば見たり枇杷の樹皮はぎつ、われは誰をにくまむ
・首飾りは模造ならむとひとり決めにおのれなぐさむ哀れなロミオ
初版本「山羊をつなぐ」十一首から次の四首削除された。

・一本の楡の木にさえ戦後史は逞しくあり山羊を繋ぐとき
・きみのためついに愛の詩遺さざりしちいさなまるい消しゴムちぢむ
・わが内の古き艇庫にとじこめしボートのごとき欲望のあり
・目つむれどわれを統べいし鷹は見えず少年の日の村の城跡

注釈5『全歌集』の跋で寺山は『全歌集』刊行の目的を「実際は、生きているうちに、一つ位は自分の墓を立ててみたかったというのが本音である」言う。墓とは、第三歌集『田園に死す』跋で言う「これは、私の記録である。自分の原体験を立ちどまって反芻してみることで、私が一体どこから来て、どこへ行こうとしているのかを考えてみることは意味のないことではなかったと思う。もしかしたら、私は憎むほど故郷を愛していたのかも知れない。私は少年時代にロートレアモン伯爵の書を世界で一ばん美しい自叙伝だと思っていた。そして、私版「マルドロールの歌」をいつか書いてみたいと思っていた」に響くものであろう。

一九七一年一月刊行した『全歌集』を自叙伝歌集にするためには、「わが時、その始まり」(『血と麦』一九六二年刊行)を充実させた『初期歌篇』の創設が必要であった。俳句の改革でみてきたように、全短歌を一編の物語、小説として読まれるように構成し、短歌結社の枠を超えて、広く愛される文芸にする構想があったとみえる。そして「どこへ行こうとしているか」の答えは、「私は憎むほど故郷を愛していたのかも知れない」と言うところをみれば、「故郷」であろう。

資料7の作成にあたっては、福島泰樹『現代歌人文庫寺山修司歌集』国土社1983年11月)と高取英「全歌」編注『寺山修司全詩歌句』(思潮社1986年5月)の学恩にあずかった。

無名の青春のうた
都会で働く若者の報告

幸福は飛去った

心の窓 あけずに

壁に息づく新宿詩集

寺山修司

ひとりぼっちの道

家さ金送らねば

ある出かせぎ兄弟

（『続・書を捨てよ町へ出よう』付録新聞の裏面）

寺山修司略年譜（太字の文芸誌は本著にて紹介）

一九三五年（昭和10年）０歳　十二月十日誕生。

一九三六年（昭和11年）　一月十日誕生（出生届け日、戸籍上の誕生日）。

一九四一年（昭和16年）５歳　青森駅で父の出征を見送る。

一九四五年（昭和20年）９歳　青森大空襲で焼き出され、三沢市へ転居。青森市橋本国民小学校から古間木小学校に転校。「少年倶楽部」愛読。
父八郎９月３日セレベス島にて戦病死（享年三十四歳）。

一九四八年（昭和23年）12歳　古間木中学校入学。
「週刊古中」新聞をたった一人で発行。

一九四九年（昭和24年）13歳　青森市野脇中学校に転校。京武久美と出会う。母は、九州芦屋町のベースキャンプに勤めに出る。
「2年9組学級新聞」編集（青森市野脇中学校）。
「二故郷」発行（学級文芸雑誌。鉛筆書き回覧文芸同人誌）。

「野脇中学校新聞」（2号・3号・4号）に作品掲載。
2号詩2編「海中の岩君へ」「留守番」、3号（寺山修司の作品掲載なし）、4号（短歌2首）
学級文芸雑誌『黎明』文芸仲間と発行。

一九五〇年（昭和25年）14歳
『若潮』第3号に作品掲載。
『白鳥』（野脇中学校文芸部雑誌）仲間と発行。
「野脇中学校新聞」（5号・6号）に作品掲載。
5号和歌十二首、6号綴方大会特選「星」、詩二編「のれん」「やきいも」、俳句二句
学級文芸雑誌『はまべ』文芸仲間と発行。
県詩祭（北詩人会主催）に参加、入賞せず。

一九五一年（昭和26年）15歳　野脇中学校卒業、青森県立青森高校入学。

『咲耶姫殉情歌集』（四十五首）発行。（自撰歌集。編集・装幀・製本すべて寺山修司。）

『青蛾』（九月三十日発行）に作品掲載。詩「日曜」、短歌「八月集抄」十二首。

青森高校文化祭にて、記念の校内俳句大会（十月）を企画・主催。

「やまびこ」句会誕生十一月。

「東奥日報」に短歌、俳句投稿。

「寂光」、「暖鳥」等の俳句結社に参加開始。

一九五二年（昭和27年）16歳

『べにがに』（四十句）寺山修司自撰句集発行。（編集・装幀・製本すべて寺山修司。）

「青高新聞」文芸欄、この年から寺山修司（文学部長）の担当となる。

「山彦」のちに「青い森」（5号より）一月創刊発行。

（学生俳句雑誌として月1回発行）顧問「天狼」同人の秋元不死男を迎える。

「山彦」2号（3月）3号（6月）4号（七月）発行。

青森高校文化祭にて、記念の県下俳句大会（十月）を企画・主催。

『麦唱』（作品集青森高等学校文化部文化祭記念十月発行、一部十円で販売。）

「県下高校生俳句大会秀句集—文化祭記念大会—」発行。

「青い森」発行、「青い森」5号（十月）・6号（十二月）。

青森県立黒石高校俳句誌「三ツ葉」（十月号より六回発行）に作品掲載。

『蛍雪時代』『學燈』等に俳句投稿。

一九五三年（昭和28年）17歳

「青い森」9号（8号との記載もある）三月発行。10号六月発行。11号八月発行。

全日本学生俳句コンクール開催、十月青森高等学校文化祭行事として、百数名参加。

『麦唱』（作品集青森高等学校文化部文化祭記念、十月発行、一部三十円で販売。）

「魚類の薔薇」発行開始十二月（東義方編集）に参加。

「明星」に参加。

一九五四年（昭和29年）18歳　青森高校卒業、早稲田大学教育学部国文学科に入学。

「ガラスの髭」青森県学生文学連盟の文芸誌（一月）に参加。

十代の俳句研究誌「牧羊神」発行開始（2月）10号まで、8号、9号は欠番。

豆本俳句誌「木兎」（二月）に参加。

「青年俳句」（三月一日創刊）に創刊号から六号まで参加。

「牧羊神」2号（三月）発行。

「牧羊神」3号（四月）発行。

「耕群」（柏農業高校俳句会・創刊号二月）に参加。

「魚類の薔薇」3号（三月）、4号（四月）に参加。

「圏」（圏詩社発行、鎌田喜八主宰）に、三月№3より同人。

「牧羊神」4号（七月）5号と同日発行
「牧羊神」5号（七月）発行。

「牧羊神」6号（十月）発行。

山形健次郎『銅像』発行（牧羊神俳句会三月三十一日）に跋文掲載。

「チエホフ祭」『短歌研究』（十一月号）五十首詠募集特選受賞。

原題「父還せ」で応募（締め切り八月末）。中井英夫が「チエホフ祭」に改題。

北園克衛の「ＶＯＵ」に参加。

一九五五年（昭和30年）19歳　新年明け立川の河野病院入院。一旦退院。ネフローゼを発症し新宿の社会保険中央病院に生活保護で入院。約四年ほどの入退院生活の始まるとなる。病状悪化のために面会謝の時もある。

「**牧羊神**」**7号**（**一月**）**発行**。

「**青年俳句**」**6号**（**三月**）**作品掲載**。

一九五六年（昭和31年）20歳　絶対安静の日続く。

詩劇グループ「ガラスの髭」組織。早稲田大学緑の詩祭の旗揚げ公演に戯曲第一作「忘れた領分」で参加。

「**俳句研究**」**主催の全国学生俳句祭**（**コンクール**）**で一位入賞。昨年の雪辱を果たす**。

「ＮＯＡＨ」発行。第一号のみで終刊。河野典生・秋元潔・金子黎子・雫石尚子・塩谷律子等参加。

「**青年俳句**」**十二月**（**19・20号合併号**）**に俳句**「**新しき血**」**と**「**カルネ**」（**俳句絶縁宣言**）**を発表**。

一九五七年（昭和32年）21歳　俳句から新しい創作舞台に移りる。

第一作品集『**われに五月を**』（**作品社一月**）

一九五八年（昭和33年）22歳　七月退院、青森に一時帰省。再上京後、新宿区諏訪町の幸荘（六畳一間）に住む。

第一歌集『空には本』（的場書房七月）

実験映画、ラジオドラマの活動。（五十九年）

一九五九年（昭和34年）23歳

ラジオドラマ「中村一郎」（ＲＫＢ毎日）、民放祭会長賞を受賞。

一九六〇年代（24歳〜33歳）

短詩型文学から戯曲、シナリオ、実験映像の世界に進む。寺山修司の映画、演劇は、短詩型作品と分ち難くある。

「血は立ったまま眠っている」（長編戯曲、劇団四季公演六〇年）

「一本の樫の木やさしそのなかに血は立ったまま眠れるものを」（初版「呼ぶ」『血と麦』から『初期篇』へ。さらに戯曲へ。

「テレビドラマQ」（TBS六〇年）「大人狩り」（RKB毎日六〇年）

篠田正浩の映画シナリオ「夕陽に赤い俺の顔」、「わが恋の旅路」長篇叙事詩「李庚順」を「現代詩連」連載開始（六十一年）

第二歌集『血と麦』（白玉書房六十二年七月）人形実験劇「狂人教育」放送叙事詩「恐山」（NHK六二年）テレビドラマ「一匹」（NHK六十二年）

九條今日子（映子）と結婚（六十二年昭和三十七年）。

「家出のすすめ」を大学にて講演。『現代の青春論』（三一書房六十三年四月）

仮面劇「吸血鬼の研究」、放送詩劇「山姥」（NHK・イタリア賞でグランプリ受賞六十四年）第三歌集『田園に死す』（白玉書房六十五年八月）評論集『戦後史』（紀伊國屋新書六五年十一月）。フォークソングの作詞もする。

長篇小説『ああ、荒野』（現代評論社六十六年十一月。

演劇実験室「天井棧敷」設立（六七年）アングラ演劇の世界に参入。「見世物の復権」を提唱した。『書を捨てよ、町へ出よう』（芳賀書店六十七年三月）　　）

『誰か故郷を想はざる—自叙伝らしくなく』（芳賀書店六十八年一〇月）。

劇『書を捨てよ町へ出よう』（六十八年）

「時には母のない子のように」（作曲田中未知）大ヒット。（六十九年）。

一九七〇年代（34歳〜43歳）

七〇年代寺山修司の体は悲鳴をあげていた。蛋白が出て足がむくみ、入退院を繰り返しながら、演劇、映画、海外公演等をこなす。短歌、俳句、戯曲、シナリオ等の纏めにも力を注いだ。

見世物劇から市街劇へ。「人力飛行機ソロモン」、「イエス」（七〇年）。真のドラマツルギーを生成するために劇場を出た。演劇形式の革命のスタートである。

漫画「あしたのジョー」の力石徹の葬儀を行う。（七〇年）

赤軍ハイジャック事件で取り調べを受ける。

同級生の報道写真家沢田教一死亡。（七〇年一〇月二八日、カンボジアにて。）

三島由紀夫が割腹自殺。七〇年十一月二五日、陸上自衛隊市ヶ谷駐屯地にて。）

長編映画第一作『書を捨てよ町へ出よう』（七十一年四月二六日公開）

『寺山修司全歌集』刊行（風土社七十一年一月）。

『続・書を捨てよ町へ出よう』刊行（芳賀書店七十一年七月）。

句集『わが金枝篇』刊行（湯川書房七十三年七月））

長編映画第二作「田園に死す」（七十四年）

句集『花粉航海』（深夜叢書社七五年一月）

「奴婢訓」晴海国際貿易センターで公開ワークショップ。以降オランダ、ベルギー、西ドイツ各都市で巡

演。ロンドンで上演、ガーディアン紙等絶賛される。（七十八年）
「レミングー世界の涯てへ連れてって」（七十九年晴海国際貿易センター）
北里大学病院入院、肝硬変とわかる。**（七十九年一二月）**

一九八〇年代（44歳〜47歳）
一月相模大野の北里大学病院診察。「寺山修司の命はあと一年」と噂が流れる。
一ヶ月白金の北里大学病院に入院。**（八十一年三月より。）**
病を抱えながら、映画『さらば箱舟』脚本・監督、沖縄ロケ。（八十二年一月クランクイン）ロケ中肝硬変一時悪化。
最後の海外公演パリ「奴婢訓」。（八十二年）
『寺山修司戯曲集1初期一幕物語篇』刊行（劇書房八十二年八月）
詩「懐かしのわが家」朝日新聞東京夕刊九月一日発表。遺構的詩となる（八十二年九月）。
「レミングー世界ー壁抜け男」（八十二年十二月紀伊國屋ホール。最後の演出。）
谷川俊太郎とビデオ。レターの交換を始める。（八十二年）

一九八三年（昭和58年）47歳
西武劇場（現パルコ劇場）にて、美輪明宏主演による「毛皮のマリー」の再演決定、記者会見をするが、公演できず。
夏には「ねぶた」祭に行くことを予定。唐十郎作「佐川君からの手紙」映画化決定（監督大島渚）。脚本を引き受けていた。

絶筆となる「墓場まで何マイル?」(週刊読売)を書く。
四月二二日意識不明になり、東京杉並区河北総合病院に入院。肝硬変と腹膜炎のために敗血症を併発し、
五月四日午後0時5分死去。

主な参考文献

寺山修司『わが金枝篇』（湯川書房、一九七三年七月）
寺山修司『花粉航海』（深夜叢書社、一九七五年一月）
寺山修司『われに五月を』（作品社、新装発行一九九三年四月）
『寺山修司全歌集』（風土社、一九七一年一月）
『寺山修司全歌集』（沖積社、一九八二年十一月）
寺山修司『書を捨てよ町へ出よう』（芳賀書店、一九六七年三月）
寺山修司『続書を捨てよ町へ出よう』（芳賀書店、一九七一年七月）
寺山修司『自伝らしくなく――誰か故郷を想はざる』（芳賀書店、一九六八年十月）
『寺山修司歌集現代歌人文庫』（国土社、一九八三年十一月）
『寺山修司』現代詩手帖11月臨時増刊（思潮社、一九八三年十一月）
「寺山修司全詩歌句」（思潮社、一九八六年五月）
『寺山修司俳句全集全一巻』（新書館、一九八六年十月）
『新潮日本文学アルバム寺山修司』（新潮社一九九三年）
『寺山修司俳句全集全一巻増補改訂版』（あんず堂、一九九九年五月）
『俳句現代寺山修司の俳句、21世紀へ』（角川春樹事務所、一九九九年六月号）
栗坪良樹『寺山修司論』（砂子屋書房、二〇〇三年三月）
山形健次郎・林俊博・吉野かず子『句集青春の光芒』（テラヤマ・ワールド、二〇〇三年五月）

寺山修司『寺山修司の俳句入門』（光文社、二〇〇六年九月）
寺山修司著／斎藤慎爾ほか編『寺山修司の〈歌〉と〈うた〉』（春陽堂、二〇二一年九月）
「没後二〇年　寺山修司の青春時代展」図録（世田谷文学館、二〇〇三年四月）
九條今日子監修／小菅麻起子編『寺山修司青春書簡――恩師・中野トクへの75通』（二玄社、二〇〇五年十二月）
田中未知『寺山修司と生きて』（新書館、二〇〇七年五月）
北川登園『寺山修司入門』（春日出版、二〇〇九年二月）
松井牧歌『寺山修司の牧羊神』（朝日新聞出版、二〇一一年八月）
小菅麻起子『初期寺山修司研究』（翰林書房、二〇一三年三月）
久慈きみ代『編集少年寺山修司』（論創社、二〇一四年八月）＊本著は姉妹編
寺山修司著／田中未知編『秋たちぬ』（岩波書店、二〇一四年十一月）
「新発見寺山修司から中井英夫への手紙」『短歌研究』（短歌研究社、二〇一七年四月号）
守安敏久『寺山修司論――バロックの大世界劇場』（国書刊行会、二〇一七年二月）
寺山修司著／堀江秀史編『ロミイの代辨――寺山修司単行本未収録作品集』（幻戯書房、二〇一八年五月）
葉名尻竜一『文学における〈隣人〉――寺山修司への入口』（角川文化振興財団、二〇一八年三月）
上田敏『海潮音』（新潮文庫、一九五二年十一月）
上田敏『牧羊神』（新潮文庫、一九五三年三月）
ロートレアモン著／栗田勇訳『マルドロールの歌』（現代思潮社、一九六一年十一月）
小西甚一『俳句の世界』（講談社学術文庫、一九九五年一月）
新編日本古典文学全集『古今和歌集』（小学館、一九九四年十月）

仁平勝『俳句が文学になるとき』（五柳書院、一九九六年七月）
神田龍身『記貫之』（ミネルヴァ書房、二〇〇九年一月）
久慈きみ代、相馬信吉、畠山幸吉「青森市映画上映記録・昭和26年～昭和29年5月」『駅を出ると文豪の街Ⅱ』（青森大学社会学部社会学科久慈研究室発行、二〇一七年三月）
小菅麻起子『中野トク伝―寺山修司と青森・三沢』（幻戯書房、二〇二二年四月）
「寺山修司短歌語彙　今野寿美（監修）『りとむ　三十周年記念号』（りとむ短歌会、二〇二二年七月）

資料提供及び研究協力者

福島泰樹、京武久美、橘川まもる、赤田マル、相馬信吉、高木保、佐々木英明、広瀬有紀、笹目浩之、山形健次郎、斎藤しじみ、葉名尻竜一、堀江秀史、小菅麻起子、山田勝仁、藤巻健二、寺山偏陸、速水清之進、成田美代治、棟方啓爾　東奥日報新聞社　朝日新聞社青森総局、三沢市寺山修司記念館、俳句文学館（図書部、吉野洋子）、札幌市寺山修司資料館、青森県近代文学館